AF284896

Martha und
Malina
1

Urlaub in Schweden

Bibliografische Information der Deutschen Nationalbibliothek: Die Deutsche Nationalbibliothek verzeichnet diese Publikation in der Deutschen Nationalbibliografie; detaillierte bibliografische Daten sind im Internet über dnb.de abrufbar.

Umschlaggestaltung: Christian „Rorschachhamster" Sturke und Susanne Gripp

C 2020 Gripp, Susanne

Herstellung und Verlag: BoD – Books on Demand, Norderstedt
ISBN 9783751958394

Vorwort:

Vielen Dank, liebe Leserinnen und Leser, dass Sie
sich für „Martha und Malina" entschieden haben. Ihr
Vertrauen auf eine gute Unterhaltung freut mich
sehr und bestärkt mich, immer nach vorne zu
schauen und viele weitere Buchstaben auf ehemals
leeren Seiten zu hinterlassen.

Alles Gute für Sie und liebe Grüße
Susanne Gripp

Viel Spaß beim Lesen!

Martha und Malina 1

Auf der Suche nach Kater Ludwig

Die Schwestern Martha und Malina lebten mit ihrem kleinen Bruder Thore und ihren Eltern in dem Hamburger Vorort Elmshorn. Vater Axel Johannsen war Polizeibeamter im Schichtdienst. Mama Levke, eine gebürtige Schwedin, war seit der Geburt ihrer ältesten Tochter Martha Hausfrau und kümmerte sich mit vollem Einsatz um ihre Liebsten und deren Zuhause. Der ehemaligen Sprachwissenschaftlerin und Dolmetscherin wurde es mit ihren drei Kindern, dem Stadtreihenhaus und ihrem Mann Axel nie langweilig. Im Gegenteil, jeden Morgen war sie aufs Neue gespannt, welche Überraschungen ihren Weg kreuzen würden.

Für die beiden Mädchen standen sechs Wochen Sommerferien unmittelbar bevor, während der kleine Bruder Thore in diesem Jahr noch eingeschult werden sollte. Mama und Papa unterhielten sich abends oft über Axels Arbeit. Wenn die Kinder dann endlich im Bett waren, redeten die Eltern ganz leise. Sie waren sich sicher, dass Martha, Malina und Thore ihre Erwachsenen-Gespräche nicht mitbekamen. Für die sich ein Zimmer teilenden Mädchen war es schon zum abendlichen Ritual geworden, die Eltern zu belauschen. Martha war elf Jahre alt und Malina vor kurzem neun Jahre alt geworden. Abends schlichen sie sich heimlich und barfüßig auf die obersten Stufen der Steintreppe. Dann hörten sie ihren Eltern und deren Geschichten gespannt zu. Ganz besonders interessant war das, was Papa von seiner Arbeit zu erzählen hatte. Martha wollte später einmal Polizeipräsidentin und Malina eine erfolgreiche Privatdetektivin werden.

In der Nachbarschaft waren die Mädchen schon für ihren Spürsinn und ihre Neugier bekannt. Letzten Monat hatten sie Oma Harmsen geholfen, ihren Kater Ludwig wiederzufinden. Ludwig hatte hinten links ein weißes Pfötchen sowie ein kleines weißes Dreieck auf der Nase. Ansonsten war er pechschwarz. Jeden Morgen ließ die alte Frau Harmsen ihren Kater zur Terrassentür hinaus. Normalerweise kam er dann nach ein paar Stunden Streunerei wieder zurück. Immer pünktlich zum Mittagessen. Nur an diesem einen Tag, da kam er nicht nach Hause.

Für Martha fielen die letzten zwei Stunden Unterricht aus, da ihre Klassenlehrerin erkrankt war. Auf dem Heimweg traf sie zufällig ihre Schwester Malina. Kaum waren die beiden ein paar Meter gemeinsam gegangen, hörten sie Oma Harmsen laut nach Ludwig rufen. Die Mädchen bogen in den benachbarten Eulenweg ab, um zu erfahren, was passiert war. Oma Harmsen war ganz aufgeregt und ein wenig durcheinander, als sie zu erzählen begann.

„Ach Martha, Malina, ich weiß gar nicht was ich sagen soll. Er ist weg. Er war noch nie so lange weg." Sie seufzte. Die Kinder wussten sofort, dass sie ihren Kater Ludwig meinte. Schließlich hatten sie die alte Frau ja schon nach ihm rufen hören. „Ludwig kommt sonst immer zum Mittagessen nach Hause. Ich mache mir solche Sorgen, dass ihm etwas passiert sein könnte." Ganz blass geworden setzte sich die alte Frau auf die kleine weiße Gartenbank vor ihrer Haustür. Malina nahm ihre Hand und drückte diese fest. „Oma Harmsen, wir helfen dir, Ludwig zu suchen. Wir finden ihn bestimmt." „Malina, wir müssen Mama aber erst Bescheid sagen, sonst kriegen wir wieder Ärger!" Martha übernahm das Kommando und versprach, dass die Mädchen schnellst möglich wieder zurückkommen würden.

Mit ihren schweren Ranzen auf den Rücken liefen sie nach Hause. Leicht außer Atem kamen sie keine zwei Minuten später im Fabelweg 17d an. Mama und Thore standen schon vor der Tür in dem kleinen Vorgarten des Endreihenhauses und warteten auf die Mädchen. Levke bemerkte sofort, dass irgendetwas nicht stimmte und fragte ihre Töchter, was passiert sei und warum die beiden so außer Atem seien. Es sprudelte nur so aus Malina heraus, und sie erzählte aufgeregt vom Verschwinden Ludwigs und dass Oma Harmsen ganz traurig wäre, weil sie Angst um ihren Kater habe. Martha und Malina wollten gleich wieder los, um Ludwig zu suchen.

Thore fing an zu weinen. Er wollte auch mitkommen und helfen, den Kater zu finden. Martha wurde laut, „Nein, du bist zu klein, auf dich können wir nicht auch noch aufpassen." Thores Schluchzen wurde lauter. Levke nahm ihren Jüngsten in den Arm und instruierte die Mädchen. Bei allem, was sie machen würden, sollten sie vorsichtig sein. Nicht ungefragt auf fremde Grundstücke gehen, auf Autos und Fahrradfahrer aufpassen und spätestens in einer

Stunde wieder Bericht erstatten. Das waren die Anweisungen der besorgten Mutter.

Dann bückte sie sich etwas zu den Mädchen herunter und redete so leise, dass der kleine Bruder es nicht verstehen konnte. „Ihr wisst, dass Ludwig auch etwas zugestoßen sein kann. Katzen rennen manchmal einfach vor ein Auto oder legen sich mit großen Hunden an. Sollte ihm etwas passiert sein, bleibt bitte ganz ruhig und kommt zuerst zu mir. Ich würde dann mit euch zusammen zu Frau Harmsen gehen." „Mama, ihm geht es bestimmt gut und wir finden ihn irgendwo beim Fressen oder er lässt sich gerade kraulen. Du weißt doch, dass er sich am liebsten stundenlang kraulen lassen möchte." Martha schüttelte den Kopf. Malina warf ihrer Mutter nur einen bösen Blick zu, bevor die beiden Mädchen wieder losrannten.

„Da seid ihr ja schon wieder", freute sich die alte Frau. „Was machen wir denn jetzt?" Martha meinte, dass es bestimmt das Beste sei, wenn Oma Harmsen zu Hause sei, falls Ludwig dort auftauchen würde. Malina und sie würden sich auf den Weg machen, um die Nachbarn zu befragen. Irgendwer würde Ludwig schon gesehen haben.

Zu ihrem elften Geburtstag hatte Martha ein Smartphone geschenkt bekommen und konnte fast schon besser und schneller als ihre Mutter damit umgehen. Allen Freundinnen und Bekannten in der Nachbarschaft hatte sie deshalb schon geschrieben und gefragt, ob jemand Ludwig in den letzten Stunden gesehen habe. Ein Foto des Katers hatte sie gleich mitgeschickt. Es dauerte nicht lange und ihr Handy brummte und brummte. Es kamen ein paar Nachrichten mit dem Betreff „oh, leider nicht", „nein, ich habe Ludwig nicht gesehen" oder „oh, ist der aber süß."

Von Luisas Mutter kam dann aber doch noch ein entscheidender Hinweis. Sie hatte Ludwig vor etwa zwei Stunden an ihrer Haustür vorbei in Richtung Sportplatz schleichen sehen. Marthas Herz fing an zu pochen. Sie freute sich, endlich eine gute Nachricht erhalten zu haben. Für einen kurzen Moment überlegte die Elfjährige, ob sie ihre Mutter über die Neuigkeiten informieren sollte, entschied sich dann aber doch dagegen. Schließlich hatte Mama gesagt, dass sich die Mädchen in einer Stunde wieder melden sollten, und jetzt waren erst zwanzig Minuten vergangen. Zum Sportplatz würden sie höchstens zehn Minuten brauchen. Allerdings könnte es etwas länger dauern, wenn sie ganz genau in jeden Vorgarten schauen würden.

So war es dann auch. Malina und Martha riefen zwischendurch immer wieder nach Ludwig. Sie befragten fast jede Person, die ihnen entgegen kam. Alle schauten sich bereitwillig das Foto von Ludwig an, schüttelten dann aber doch den Kopf. Auf die Frage, ob ihnen etwas Ungewöhnliches aufgefallen sei oder etwas anders als die Tage zuvor schien, hatte eine junge Frau dann doch noch einen Hinweis. Sie glaubte, dass in der Nachbarschaft ein Hund ziemlich laut und ausdauernd gebellt habe. Einmal hatte er sogar laut aufgeheult. Sie war sich aber nicht sicher, ob es der Jagdhund vom Zeugwart der Fußballer oder der Collie der Familie Jensen gewesen war. Sie erklärte den Mädchen, wo genau die beiden in Frage kommenden Hunde wohnten, und wünschte ihnen viel Glück bei der Suche nach Ludwig. Malina fragte ihre Schwester, was denn ein Zeugwart wäre. Das wusste Martha aber auch nicht so genau. Sie würden das später im Internet nachschauen, wenn sie wieder zu Hause wären.

Zuerst kamen sie an das Haus der Familie Jensen. Ein altes und schönes Haus mit einem großen Garten. Malina entdeckte einen Apfelbaum und einen Stachelbeerstrauch, keine Spur jedoch von dem Hund oder dem Kater. Sie riefen Ludwig, leider ohne Erfolg. Martha traute sich zu klingeln, aber es machte keiner auf. Martha wollte um das Haus herumgehen und genauer nachschauen, Malina hingegen traute sich das nicht und blieb an der Pforte stehen. Erst als sie einen Schrei ihrer Schwester hörte, rannte sie in den Garten. „Martha, geht es dir gut? Wo bist du denn?" Malina konnte ihre Schwester nicht sehen und war kurz davor anzufangen zu weinen. Zum Glück hörte sie dann Ihre Schwester rufen. „Hier bin ich, in den Kellerschacht gefallen. Mein Knie tut weh." Malina ging vorsichtig näher an das Haus heran und bemerkte eine offene Fensterluke am Boden. Ganz langsam ging sie immer dichter heran. „Martha, wie hast du das denn geschafft?" „Eigentlich wollte ich nur mal runtergucken. Dann ist das Gitter aufgegangen. Das Fenster ist aber heil geblieben. Ich kann hineinsehen, hier sind viele Kartons im Keller, genau wie bei uns. Kannst du mich hier wieder rausholen?" „Wie denn? Soll ich Mama holen, Martha?" Ihre große Schwester wollte auf gar keinen Fall die Mutter informieren oder gar zur Hilfe holen, schließlich hatte Levke verboten, unerlaubt auf fremde Grundstücke zu gehen. „Schau mal nach, ob irgendwo eine Leiter liegt oder ein Seil." Martha wurde langsam ungeduldig. Malina konnte nichts finden, aber ein Ast lag da, wahrscheinlich vom Sturm der letzten Woche. Dass ein einzelner Ast so schwer sein kann, hätte Malina nie gedacht und gab alles, bis sie den Ast zu ihrer Schwester in die Luke herunter ließ. „Super, Malina, danke!" Nun war es eine Leichtigkeit für Martha, aus der Kellerluke wieder herauszuklettern. Gewissenhaft zogen sie den Ast gemeinsam wieder an die Stelle, an die ihn der Sturm geweht haben musste. Beide Mädchen waren inzwischen nicht mehr ganz so adrett gekleidet. Deutlich sichtbare Schmutzspuren waren auf ihren Bluejeans erkennbar. Leicht enttäuscht darüber, Ludwig immer noch nicht gefunden zu haben, gingen die beiden zum letzten Haus vor dem Sportplatz. Hier sollte der Zeugwart mit dem Jagdhund wohnen. An der Gartenpforte hing ein großes Schild mit der Abbildung eines Hundes und der Aufschrift: „Vorsicht, hier wache ich, Luna!"

Da kam sie auch schon angerannt und bellte. „Hallo Luna", begrüßte Martha das Tier. Der Hund freute sich und wedelte mit dem Schwanz. Mit einem Blick hatten beide Mädchen den offenbar frischen Kratzer auf Lunas Nase bemerkt. Sie waren sich einig, das musste Ludwig gewesen sein. Sie riefen ihn und ... tatsächlich, es kam ein klägliches Miauen aus dem Garten. Sofort rannte Luna bellender Weise zu einer großen Eiche. Sie setzte sich hin, schaute nach oben und knurrte furchterregend. „Ludwig", schrie Malina und zeigte auf den Baum. Die Mädchen sahen den zitternden Kater auf einem Ast sitzen. „Was machen wir denn jetzt?" Malina war den Tränen nahe. Martha drückte den Klingelknopf, doch auch hier kam keine Reaktion.

Ein paar Sekunden später öffnete sich die Eingangstür des Nachbarhauses. Eine junge Frau kam heraus und fragte, ob sie den Mädchen helfen könne. Martha deutete auf den Baum und fragte mit zarter Stimme, ob die Frau den Hund da wegbekommen könne, damit sie Kater Ludwig retten könnten. „Ich versuche es gleich", sagte sie und rannte kurz zurück ins Haus. Sie kam mit einer kleinen Tüte und einem Schlüssel wieder heraus. Es handelte sich um den Haustürschlüssel ihrer Nachbarn. „Ich bin übrigens Maja", sagte sie und öffnete die Gartenpforte. „Luna, Leckerli", rief sie und eilte zur Haustür. Luna kam angewetzt. Maja öffnete die Haustür und schon waren der Hund und die Frau nicht mehr zu sehen. Schnell rannten Martha und Malina zu dem verstörten Kater und redeten mit Engelszungen auf ihn ein. Ludwig wollte den Ast aber nicht verlassen. Er saß im Baum und zitterte. Ludwig miaute, bewegte sich aber nicht. „Martha, ich glaube, der hat einen Schock", sagte Malina. Gute zehn Minuten redeten die Mädchen auf ihn ein, bis er schließlich rückwärts am Stamm der dicken Eiche herunterrutschte. Unten angekommen nahm Martha ihn gleich auf den Arm und drückte ihn fest an sich. Malina fing sofort an, Ludwig zu kraulen. Dabei redeten die beiden Mädchen die ganze Zeit beruhigend auf das Tier ein. Maja war inzwischen auch zu ihnen nach draußen gekommen, zum Glück ohne

Luna, worüber die Mädchen froh waren. Sie bedankten sich bei Maja und machten sich mit dem Kater auf dem Arm auf den Heimweg.

Ludwig hatte inzwischen angefangen zu schnurren. Nach ein paar hundert Metern bemerkte Martha, dass das Tier ganz schön schwer sei und sie das gar nicht vermutet habe. Außerdem würde ihr Knie noch schmerzen. Malina übernahm Ludwig für den Rest des Weges. Weit hatten sie es nicht mehr bis in den Eulenweg zu Oma Harmsen. Loslassen wollten sie Ludwig aber auf keinen Fall. Die beiden wollten verhindern, dass er eventuell weglaufen könne.

Oma Harmsen saß auf der weißen Bank vor ihrer Haustür. Als sie die drei kommen sah, lief sie ihnen ein paar Meter entgegen. Sie überzeugte sich davon, dass es Ludwig gut ging, und Martha und Malina erzählten ihr die ganze Geschichte. Fast die ganze Geschichte, denn sie hatten vereinbart, den Teil mit der Kellerluke lieber für sich zu behalten. Dann klingelte Marthas Handy. „Martha, geht es euch gut? Wir hatten vereinbart, dass ihr in einer Stunde zurück sein solltet. Ich habe dir drei Nachrichten geschrieben!" Ihre Mutter hatte so laut gesprochen, dass Malina und Oma Harmsen jedes Wort verstanden hatten. Die alte Frau bat mit einer Geste um das Handy. „Frau Johannsen, bitte seien Sie nicht mehr böse. Ihre kleinen Heldinnen haben meinen Ludwig gerettet. Ich bin so glücklich. Dabei haben sie wohl die Zeit etwas vergessen." Mama Levke war beruhigt und Martha und Malina verabschiedeten sich, zuerst von Ludwig und dann von Oma Harmsen.

Zu Hause angekommen, hatten sie ein schlechtes Gewissen. Martha hatte ihr Handy während der ganzen Aufregung weder gehört noch daran gedacht, sich bei ihrer Mutter zu melden. Auch bemerkten die Mädchen erst jetzt, dass sie großen Hunger hatten. Wie schön, dass Mama Nudeln mit Tomatensauce gemacht hatte. Sie stürzten sich förmlich auf ihre Teller. Später erzählten sie auch Thore und Mama haarklein fast die ganze Geschichte. Levke nahm ihren Töchtern das Versprechen ab, sich zukünftig halbstündlich während ihrer Unternehmungen zu melden. Sie wollte sich nicht mehr so große Sorgen machen müssen. Levke erwähnte dann aber auch noch, dass sie sehr stolz auf Martha und Malina sei, weil die beiden Ludwig gerettet und ihn wieder zurück zu Frau Harmsen gebracht hatten.

Als Malina und ihre Schwester an diesem Abend zur Ruhe kamen, schauten sie im Internet nach, was denn nun ein Zeugwart wäre. Sie erfuhren, dass ein „Zeugwart" jemand war, der sich in seiner Freizeit um die Kleidung und auch die Verpflegung der Spieler eines Vereins kümmerte. Größere Clubs hatten sogar teilweise fest angestellte Zeugwarte. Später, als die beiden wieder auf den Stufen der Steintreppe saßen, um zu lauschen, waren sie immer noch ganz glücklich, dass Ludwig nicht von Luna verletzt worden war. Die Mädchen waren sehr müde. In Zukunft würden sie noch besser aufpassen, ob irgendwo etwas Spannendes passierte oder gar wieder ihre Hilfe benötigt werden würde. Erleichtert schlichen die Schwestern zurück in ihr Zimmer und schliefen umgehend ein.

Martha und Malina 2

Der goldene Stift

Die beiden neun- und elfjährigen Schwestern mussten nur noch eine Woche zur Schule, bevor die lang ersehnten Sommerferien starteten. Dieses Mal würden sie vier Wochen zu Oma Liv und Opa Peer nach Gustavsberg in Schweden fahren. Die Mädchen konnten es kaum noch abwarten, bis es endlich soweit war und ihre Familie auf die große Fahrt ging. Vor zwei Jahren waren sie zuletzt zu ihren Großeltern gefahren. Damals kam Malina erst in die zweite Klasse. „Martha, das ist ewig her, dass ich in Schweden war. Ich halte es kaum noch aus und freue mich so." „Ich mich auch, Linchen, die Felsen …" „Du sollst nicht Linchen zu mir sagen", unterbrach ihre Schwester sie. „Ich bin schon fast erwachsen." „Wer's glaubt … Aber okay." Martha grinste ihre kleine Schwester an, während diese böse die Stirn in Falten legte.

„Martha, wir dürfen Papas Geburtstag nicht vergessen. Freitag wird er einundvierzig und Sonntag fahren wir in den Urlaub."

Letztes Jahr um diese Zeit hatte ein großer Trubel, fast schon ein Chaos, in dem kleinen Endreihenhaus der Familie Johannsen geherrscht. Als Papa Axel damals seinen vierzigsten Geburtstag feierte, war fast die ganze schwedische Verwandtschaft angereist. Oma und Opa schliefen in ihrem Wohnmobil auf dem Parkplatz vor der Garage. Die anderen schliefen überall verteilt im Haus. Die Mädchen teilten sich zu viert ein Zimmer mit ihren Cousinen. Es wurde fast eine

Woche lang gefeiert und gelacht. Das war richtig schön.

Mama hatte Papa einen goldenen Stift zum Vierzigsten geschenkt. Den hatte sie beim Juwelier gekauft und die Initialen A J eingravieren lassen. Mama nannte Papa Axel manchmal „ÄHJAY". Eben diesen Stift konnte er gerade nicht finden. Axel befürchtete, dass er ihm aus der Tasche gefallen war. Einer seiner Kollegen ging in den Ruhestand und feierte seine Verabschiedung. Das Revier hatte ihm eine riesengroße Karte gekauft, auf der alle Kollegen unterschrieben hatten. Papa vermutete nun, dass er dabei den Stift verloren hatte. Er fragte seine Töchter, ob sie ihm nicht bei der Suche nach dem goldenen Stift helfen könnten. Malina und Martha freuten sich. Schließlich war ihr Vater ja ein Polizist. Martha merkte an, dass der Kuli ja auch vom Tisch gekullert sein könnte, vor kurzem war ihm doch der Clip abgebrochen. So würde der Kugelschreiber viel schneller kullern. Axel überlegte einen Moment und stimmte seiner Tochter dann zu.

Danach ging er nach oben ins Büro und suchte den Clip. Er war sich ganz sicher, dass er ihn in die rechte obere Schublade des Schreibtischs gelegt hatte. Nun schien der Clip ebenso verschwunden zu sein wie der Stift. Er ärgerte sich ein wenig über die Unordnung in seinem Büro. Da hatte Levke einige Defizite, dachte er. Leicht genervt ging er wieder zu seinen Töchtern ins Wohnzimmer. „Jetzt kann ich den Clip auch nicht mehr finden. Wenn Mama gleich wiederkommt, sagen wir ihr nichts davon. Ist das klar? Sie wäre bestimmt sehr traurig, weil sie mir den Stift doch zum

Geburtstag geschenkt hat." „Klar, Papa, wir halten dicht und helfen dir", sagte Malina. Martha nickte. Seinen Kindern erneut zugewandt, bat der Vater auch um Diskretion in der Nachbarschaft. Er würde am Wochenende noch einmal genau nachsehen, ob er den Stift nicht vielleicht doch nur verlegt hätte. Und am Montag würde er in der Wache nachschauen, falls er zu Hause nicht fündig werden sollte. Axel Johannsen seufzte und Martha schaute ihn mit großen Augen an. „Ach", sagte er, „mir ist gerade eingefallen, dass die Putzfrauen schon gegen halb sechs die Büros säubern. Und die sind gründlich." „Papa, man sagt nicht mehr Putzfrau. Das heißt jetzt Raumpflegekosmetikerin." Er lachte laut auf. „Martha, du hast Recht, es heißt nicht mehr Putzfrau. Die korrekte Bezeichnung ist aber nicht Raumpflegekosmetikerin, sondern Reinigungskraft. Von mir aus auch Raumpflegerin." „Ach so, na gut". Martha überlegte einen Moment. „Du Papa, was ist denn, wenn dir jemand deinen goldenen Kugelschreiber geklaut hat? Vielleicht ein Kollege mit Geldnot?" Axel Johannsen rang um Fassung. Er wollte seine schlaue und wissbegierige Tochter nicht vor den Kopf stoßen oder gar auslachen. „Wir sind Polizisten, mein Schatz. Bei uns begeht niemand einen Diebstahl. Das ist ausgeschlossen." „Ausgeschlossen? Papa, du hast uns doch beigebracht, dass alles und jeder schuld sein kann. Erst brauchen wir doch Fakten, bevor wir etwas ausschließen können." „Wir lassen das Thema jetzt bis Montagabend ruhen und unterhalten uns erst dann wieder darüber. Mama und Thore kommen gleich nach Hause." Malina mischte sich ein, „sollten wir nicht den Tisch decken für das Abendbrot?"

In Windeseile zauberten die drei einen wunderschön gedeckten Stubentisch. Sie nahmen die guten Gläser und die bunten Blumenservietten. Papa Axel schnitt eine Gurke und ein paar Tomaten klein. Malina legte immer abwechselnd eine Scheibe Graubrot, eine Scheibe Weißbrot und eine Scheibe Schwarzbrot in den Brötchenkorb. Sie waren gerade mit allen Vorbereitungen fertig, als Mama und Thore vom Einkaufen nach Hause kamen. Auf die Frage, wo die beiden denn so lange gesteckt haben, meinte der kleine Bruder nur: „Das ist geheim, Papa. Jemand hat bald Geburtstag."

Es wurde ein sehr schönes und lustiges Familienwochenende. Unbemerkt von Frau und Kindern hatte Axel die Wohnung nach seinem goldenen Stift durchsucht. Er schaute an den unmöglichsten Stellen nach. Seine Bemühungen blieben jedoch erfolglos. Er würde tatsächlich am darauf folgenden Tag in der Wache weitersuchen müssen. Axel hatte ein schlechtes Gewissen seiner Frau gegenüber. So ein wertvolles Geschenk, dachte er. Und er hatte es verloren.

Montagnachmittag warteten die Mädchen sehnsüchtig darauf, dass ihr Vater von der Arbeit nach Hause kam. Er hatte Tagesdienst. Das bedeutete, dass er gegen halb sechs zur Tür hereinkommen müsste. Es sei denn, er musste noch einen Fall abschließen und Berichte schreiben oder einen Bösewicht dem Haftrichter vorführen. Um viertel nach sechs war Axel endlich zu Hause. Er sah ein wenig abgekämpft aus. Malina und Martha tauschten wieder Blicke. Das sagte aus, dass die Mädchen abends auf der Treppe sitzen würden, um ihre Eltern zu belauschen. Sie wollten erfahren, was Papa bei der Arbeit erlebt hatte. Aber sie wollten auch wissen, ob er seinen goldenen Kugelschreiber wiedergefunden hatte oder nicht. Als Mama Thore zu Bett brachte, nutzten sie die Gelegenheit, um mit Papa zu sprechen. „Es tut mir leid, Mädels", sagte er. „Ich habe die Kollegen und das Sekretariat gefragt. Niemand hat den Stift gesehen. Auf der Wache ist er nicht. Ich fürchte, ich habe ihn verloren."

„Papa, wir helfen dir. Wir haben schon einen Plan B." Malina grinste ihren Vater an. Als Axel nachfragen wollte, was seine Jüngste damit meinte, kam Levke die Treppe hinunter. Sie wechselten schnell das Thema und sprachen über ihren bevorstehenden Schwedenurlaub.

Am nächsten Tag kam Martha erst um zwei aus der Schule. Es gab Pfannkuchen mit Kirschen. Das liebten alle in der Familie. Mama hatte einen ganzen Stapel davon gemacht. Dank der Mikrowelle konnte jeder warm essen, sobald er nach Hause kam. Schularbeiten hatten sie nicht mehr viele auf, so kurz vor den großen Ferien. Die Schwestern hatten sich für diesen Nachmittag verabredet. Sie wollten Papas goldenen Stift finden.

Plan B startete, wie sie es nannten. Sie mussten nur noch Mama davon überzeugen, dass sie allein in die Stadt gehen durften. Martha hatte eine kleine Notlüge benutzt und gemeint, dass sie unbedingt Geburtstagsgeschenke für Papa einkaufen müssten. Levke war unter der Bedingung einverstanden, dass sich die

Mädchen halbstündlich via Handynachricht melden sollten.

Als die Schwestern außer Sichtweite ihres Elternhauses waren, strahlten sie sich an und klatschten die rechten Hände gegeneinander. „Gimmifeif", würde Thore sagen. „Martha, wo müssen wir denn jetzt lang?" „Ich habe meine Navi-App aktiviert. Wir müssen nachher über die Hauptstraße, da passen wir besonders auf, ja?" „Ja", strahlte Malina. Die Mädchen hatten sich vorher im Internet darüber informiert, wo in Elmshorn Pfandleihhäuser zu finden waren. Zwei Stück hatten sie gefunden. Wenn jemand den Kugelschreiber gestohlen oder auf der Straße gefunden hätte, müsste er ihn ja schließlich auch verkaufen, dachten sie. Mit den eingravierten Buchstaben von Papa passte der Stift ja nicht zu vielen Menschen. Große Erwartungen und Hoffnungen setzten sie in die Pfandleiher. Ein bisschen enttäuscht waren die Schwestern dann vom äußeren Eindruck des ersten Ladens. Anders konnte man es nicht bezeichnen. „Das ist ja ein Handyladen und sonst nichts." „Lass uns reingehen, Malina. Da muss doch noch mehr drin sein." Eine sehr nette Verkäuferin erklärte den Mädchen, dass sie in diesem Geschäft nur elektronische Geräte annahmen. Die meisten wurden repariert und dann wieder verkauft.

Leicht enttäuscht machten sich Martha und Malina auf den weiten Weg zur zweiten Pfandleihe. An diesem Tag vergaßen sie auch nicht, halbstündlich eine kurze Nachricht an Mama zu schicken, um Levke mitzuteilen, dass es ihnen gut ging. Malina taten die Füße schon weh und Martha musste in absehbarer Zeit auf die Toilette. Endlich hatten die Mädchen die richtige Adresse erreicht. Vor dem Eingang zuckten sie zusammen. „Da gehe ich nicht rein, das sieht ja aus wie ein Gefängnis." Malina schüttelte den Kopf. Vor den kleinen Fenstern waren in kurzen Abständen mehrere ca. ein Zentimeter dicke Eisenstangen angebracht. Sehr düster war der Blick durch die Fenster. Martha traute sich, an der Eingangstür zu ziehen. Ein lautes Glockenläuten ließ sie erschrecken und auf der Stelle verharren. Zaghaft rief sie „Hallo … ist da jemand?" Ein dicker Mann mit Glatze kam zur Tür geeilt und fragte freundlich, ob er den beiden helfen könne. „Wir suchen einen goldenen Kugelschreiber mit den Initialen A J." „Wow, da habt ihr ja eine ganz konkrete Vorstellung. Habt ihr den Stift verloren oder wurde er euch gestohlen?" „Ja, genau", meldete Malina sich zu Wort. „Woher wissen Sie das denn?" Martha schaute entsetzt zu ihrer Schwester hinüber.

Der Mann lächelte und gab den Mädchen den Tipp, es bei den Juwelieren zu versuchen. Denen würden viele goldene Schmuckstücke zum Einschmelzen angeboten. Sie bedankten sich und machten sich auf den Nachhauseweg.

Nach ein paar Metern meldete sich Marthas Blase wieder und sie beklagte sich, dass sie ganz dringend auf die Toilette müsse. Vor einem Blumenladen stand eine junge Frau und verteilte kleine Pflanzen in ein Regal. Offenbar hatte sie Marthas Klagen gehört und bot dem Mädchen an, das Mitarbeiter-WC zu benutzen. Martha strahlte, als sie den Verkaufsraum wieder betrat. Malina hatte inzwischen einen kleinen Kaktus für ihren Papa zum Geburtstag gekauft und freute sich.

Als sie wieder in den Fabelweg kamen, erkannten sie schon von weitem, dass Mama und Thore es sich im Vorgarten bequem gemacht hatten. Nachmittags war hier mehr Schatten als auf der Terrasse. So war es angenehmer bei heißen Temperaturen. Sie saßen auf einer Baumwolldecke und Mama las ein Buch, während Thore mit Papas altem Handy spielte. Oh, Kater Ludwig lag in der Mitte und ließ sich kraulen. Martha und Malina fingen an zu rennen und begrüßten zuerst den Kater von Oma Harmsen und danach Mama und Thore. Malina holte den Kaktus aus der Tasche und zeigte ihn stolz herum. Ganz nebenbei bemerkte Martha noch, dass sie am nächsten Nachmittag wieder in die Stadt müssten, damit Papa auch von ihr ein schönes Geschenk bekommen würde. Ihre Mutter hatte nur den Einwand, dass die Mädchen auch noch ihre wichtigsten Sachen für Schweden zusammensuchen mussten. Papa hätte Freitag Geburtstag und die Familie würde sicherlich auswärts essen gehen. Samstag hätte er noch Nachtdienst und Sonntagabend würde die Familie über Dänemark nach Schweden fahren.

Martha hatte abends noch einige Juweliere in der Innenstadt herausgesucht. Dann kam Papa herein und bat darum, den Computer auszuschalten, denn es war Schlafenszeit.

Der nächste Nachmittag wurde sehr spannend für die Mädchen. Zuerst besuchten Martha und Malina einen großen Schmuckladen in der Fußgängerzone. Leider kauften sie in diesem Geschäft kein Gold an, dafür hatten sie wunderschöne Kinderringe und Ketten. Malina war total fasziniert. Martha schob ihre Schwester sanft in Richtung Ausgangstür. Beim nächsten Juwelier erlebten sie dann eine große Überraschung. Auf die Frage nach dem goldenen Kuli mit den Initialen A J antwortete die junge Verkäuferin: „Ja, ich hole den Stift, er ist heute früh fertig geworden." Martha und Malina schauten sich verwundert an. Eine Weile standen sie da und warteten. Dann kam die Frau wieder und entschuldigte sich, dass sie den Stift nicht finden könne. Sie nahm das Telefon und rief ihre Kollegin an. „Hallo Inge, weißt du, wo der goldene Kugelschreiber von Frau Johannsen liegt? Ich kann ihn nicht finden … Ah, gut, vielen Dank, Tschüss." Sie wandte sich wieder den Mädchen zu. „Eure Mama hat den Stift heute Vormittag schon abgeholt."

Das war ein Schock. Auf dem Nachhauseweg fragten sich Martha und Malina, ob ihre Mutter die Diebin war, oder ob sie nur einen neuen Stift zu Papas Geburtstag gekauft hatte. Es ergab alles keinen Sinn. Zu Papa dürften sie nichts sagen. Martha kaufte noch schnell ein kleines blaues Notizbuch für Papa zum Geburtstag, bevor sie die Fußgängerzone verließen.

Zuhause angekommen, wollten sie von Mama wissen, ob sie einen neuen goldenen Stift für „ÄHJAY" gekauft hatte. „Was? Wie kommt ihr denn darauf? Natürlich nicht. Ich habe ihm den Stift gemopst, das hat er gar nicht gemerkt. Und dann bin ich damit zum Juwelier gegangen und habe den Clip wieder anlöten lassen. Papa wird sich bestimmt ganz doll freuen, wenn sein goldener Kugelschreiber wieder heil ist."

Levke strahlte ihre Töchter an, doch die Mädchen gingen einfach weg. Sie stiegen die Treppe hinauf in ihr Zimmer. Das Telefon klingelte und lenkte die Mutter ab. Martha und ihre Schwester beschlossen, Papa nichts davon zu erzählen und das Thema „Goldener Stift" bis zu seinem Geburtstag zu vermeiden. Nächstes Mal würden sie besser aufpassen, ob Mama vielleicht dahintersteckte. So manches Mal hatte ihre Mutter schon für eine Überraschung gesorgt.

Mama ganz in Weiß

Einen Tag zuvor hatte Familie Johannsen Papas 41. Geburtstag gefeiert. Mama Levke hatte ihm seinen goldenen Stift heimlich entwendet und reparieren lassen. Als Axel den Kuli auspackte, blieb ihm fast die Spucke weg. Tagelang hatte er mit Hilfe seiner eifrigen Töchter, vergeblich nach dem vermissten Kugelschreiber gesucht. „Mein goldener Stift", rief er laut und freute sich. Abends war die Familie beim Italiener essen. Sie kamen erst gegen zweiundzwanzig Uhr nach Hause. Axel musste den sechsjährigen Thore ins Haus tragen. Sein Sohn behauptete, dass er zu müde sei, um noch einen Schritt zu laufen.

Am Samstagmorgen mussten sie dann alle ganz leise sein. Papa hatte noch eine Nachtschicht auf dem Präsidium vor sich. Er sollte vor der Arbeit dringend noch ein paar Stunden schlafen. Am Sonntagabend wollte die Familie in den Urlaub fahren. Ihre Route ging mit dem Auto über die große Oeresundbrücke von Dänemark nach Schweden. Mama und die Kinder würden vier Wochen bei ihren schwedischen Großeltern bleiben. Axel hatte nur zwei Wochen Urlaub und würde daher allein mit dem Auto zurück fahren.

Martha konnte nicht einschlafen. Sie hatte angefangen, ihren Koffer zu packen und überlegte, was sie denn überhaupt zu Hause lassen solle. Vier Wochen Schweden waren eine lange Zeit. Ihre Schwester schlief schon tief und fest. Martha hörte Malinas leisem Atem eine Weile zu, wurde aber nicht müde und stand wieder auf. An der Treppe angekommen, hörte sie unten den Fernseher. Sie würde sich eine Weile zu Mama auf das Kuschelsofa setzen und bestimmt endlich müde werden, dachte sie.

Aber Mama war gar nicht auf dem Sofa. Martha legte sich gemütlich hin und schaute auf den Bildschirm. Es lief ein spannender Film. Mama war bestimmt nur kurz auf der Toilette. Vielleicht holte sie sich auch Schokolade oder Chips. Das machte sie manchmal, wenn sie glaubte, dass die Kinder schliefen. Malina und Martha hatten sie schon heimlich beobachtet. Nach einer Weile hörte sie ein leises „Patsch, Patsch." Das musste Malina sein, das war ihr sofort klar. Thore wäre barfuß auf der Steintreppe deutlich lauter zu hören. Er stampfte immer richtig laut herunter. „Warum bist du aufgestanden? Wo ist Mama denn?", fragte ihre kleine Schwester. „Ich konnte nicht mehr schlafen. Mama ist eigentlich schon ganz schön lange weg. Sie war gar nicht unten, als ich runter kam, nur der Fernseher lief." „Ich schau mal, ob sie auf dem Gästeklo hier unten ist."

Nach kurzer Zeit kam Martha zurück. „Weder in der Küche, noch auf dem Klo." „Hmmm, wollen wir sie suchen?" „Ja, schauen wir zuerst bei Thore nach. Vielleicht konnte er wieder nicht schlafen und Mama ist zuerst eingeschlafen." Das könnte so sein, dachte Martha und die beiden Mädchen patschten gemeinsam die Treppe wieder hinauf. Leise öffneten sie die Zimmertür zu Thores Drachenreich. Es war ziemlich dunkel und sie gingen ganz dicht an Thores Bett heran. Sie wollten sehen, ob Mama auch mit im Bett lag. Martha beugte sich vor. In dem Moment öffnete ihr kleiner Bruder die Augen und fing laut an zu schreien. Martha reagierte fast zeitgleich mit einem grellen Schrei und Malina begann zu heulen, ohne genau zu wissen, was eigentlich los war. Es dauerte eine Weile, bis die Mädchen ihrem Bruder erklärt hatten, warum sie in seinem Zimmer standen. Alles wäre in Ordnung, nur ihre Mutter könnten sie nicht finden. „Gar nichts ist gut. Ich geh' sie suchen. Ihr könnt ja wieder in euer Zimmer gehen!", schimpfte der Sechsjährige. Nach kurzem Streit vertrugen sich die drei wieder und beschlossen, gemeinsam auf die Suche zu gehen. Von oben nach unten wollten sie das Haus durchsuchen. „Und was ist damit?" Thore hatte seinen Arm nach oben gestreckt und zeigte auf die Dachluke, die zum Dachboden führte. „Da kann sie nicht sein, dann wäre die Treppe ja schließlich heruntergelassen. Wenn wir sie gar nicht finden, können wir ja später noch auf dem Boden nachschauen." „Da dürfen wir doch nicht alleine hoch", erwiderte Thore. Malina zuckte nur mit den Schultern.

Im Obergeschoss befand sich noch ein großes Badezimmer mit WC. Die Vermutung, dass ihre Mutter ein Bad nehme, hatte sich ebenso schnell zerschlagen wie die Hoffnung, dass sie vielleicht beim Kofferpacken eingeschlafen wäre. Auf dem großen Ehebett lag sie jedenfalls nicht. Vorsichtshalber schauten die Drei auch noch einmal in das Mädchenzimmer. „Boah, das ist ja krass, wie viele Koffer nehmt ihr denn mit?" Thore starrte entsetzt auf drei große Koffer. „Vielleicht lasse ich doch noch etwas hier", sagte Martha.

„Papa wird wohl den schwarzen Koffer selber brauchen."

Sie beschlossen, ihre Suche nach der Mutter im Erdgeschoss fortzusetzen und patschten nun zu dritt die Steintreppe wieder herunter. Gästeklo, Küche, Hauswirtschaftsraum und das große Wohnzimmer brachten keinen Erfolg. Das war nicht normal, sonst war ihre Mutter doch auch immer irgendwo zu finden. Die Kinder dachten einen Moment darüber nach, ihren Vater auf seinem Diensthandy anzurufen. Für Notfälle durften sie das tun. Erst wollten sie aber noch im Keller nachschauen. „Das Gästezimmer, wir haben das Gästezimmer vergessen", rief Malina. Alle Drei rannten den Flur entlang zum hinteren kleinen Zimmer für Besucher. Hier herrschte Chaos. Offenbar hatte ihre Mutter auf dem Bett angefangen, die Elternkoffer zu packen. Martha ermahnte ihre Geschwister, nichts durcheinander zu bringen. Thore fand den alten, riesigen Fotoapparat sehr spannend. Aber auch in diesem Raum war keine Spur von ihrer Mutter zu entdecken.

Bevor sie gemeinsam in den Keller hinabstiegen, zogen sie Hausschuhe an und holten ihre Taschenlampen. Martha musste den roten Koffer ordentlich durchwühlen, bevor sie ihre pinkfarbene LED-Taschenlampe endlich fand. Sie suchten jetzt schon fast eine halbe Stunde erfolglos nach ihrer Mutter. Thore seufzte „Ich habe Angst. Was ist denn, wenn sie wirklich nicht im Keller ist. Gehen wir dann auf den Dachboden?" „Nein", meldete sich Martha, „dann rufen wir Papa an, damit er uns hilft. Das wäre ja wohl ein echter Notfall und er kann nicht wieder schimpfen."

Die Drei einigten sich darauf, erst einmal gründlich den Keller zu durchsuchen. Schließlich war es nicht ausgeschlossen, dass Mama irgendwo ohnmächtig liegen konnte. Als sie mit Thore schwanger war, war sie auch ein paar Mal einfach umgefallen. Martha wollte diesen Gedanken aber gar nicht weiterdenken und riss sich zusammen. Papa sagte auch immer: ERST DIE FAKTEN, DANN ÄRGERN ODER FREUEN – NICHT VORHER.

Ganz langsam schlichen die drei, nur mit ihren Taschenlampen bewaffnet, die Kellertreppe hinunter. Als Älteste ging Martha voraus und leuchtete in den langen Flur. Vier feuerfeste, dicke Eisentüren gingen davon ab, auf jeder Seite zwei. Im ersten Raum links befand sich die Heizungsanlage. Da gingen sie eigentlich nur sehr selten rein. Malina leuchtete um den großen Öltank herum. Es stank stark nach Heizöl, kein schöner Raum. „Hier ist Mama nicht, wir gehen weiter", bestimmte Martha. Hinter der nächsten Tür war der Fahrradkeller. Im Winter standen hier ihre Fahrräder. Eine Wäscheleine lief quer durch den niedrigen Raum. Circa zehn Zentimeter unter der Decke hing die grüne, mit vielen bunten Klammern bestückte Leine. In der Ecke hinter der Tür stand ein großer Kühlschrank. Der wurde nur bei Familienfeiern zusätzlich benutzt. Von Mama Levke war auch hier keine Spur. „Ich habe etwas gehört", flüsterte Thore. „So ein Kratzen, habt ihr das auch gehört?" Die Mädchen schüttelten die Köpfe.

Hinter der dritten Tür befand sich der große Rumpelkeller, wie Oma Andrea ihn immer nannte. Malina ging hinein und leuchtete mit ihrer Taschenlampe auf einen großen Kartonstapel. Hier standen wirklich viele Kartons, es war spannend, sich umzuschauen. Papa Axel hatte in diesem Raum sogar noch Spielzeug aus seiner Kindheit. Malina drehte sich um und stolperte über eine auf dem Fußboden liegende Hantel. Mit dem Kopf knallte sie gegen einen Karton und fing laut an zu schreien. Fast im selben Moment drückte Thore auf den Lichtschalter und es wurde hell. Abrupt war Malina still. „Häh, wieso haben wir denn nicht gleich das Licht angemacht?", seufzte sie. „Das weiß ich auch nicht. Ich glaube, wir sind irgendwie gar nicht auf die Idee gekommen, dass es auch ohne Taschenlampen geht." „Du brauchst ein Kühlpad. Du kriegst eine Beule", meinte Thore. Martha warf noch schnell einen Blick in den letzten Kellerraum, aber auch hier war von ihrer Mutter keine Spur zu finden.

Die Geschwister liefen schnell nach oben, um in der Küche Malinas Beule zu versorgen. Mama hatte immer ein Kühlpad im Kühlschrank liegen. Schon als die Drei den Flur im Erdgeschoss betraten, bemerkten sie den vertrauten Kaffeegeruch. Jeden Morgen roch es genau so. In der Küche lief die Kaffeemaschine. „Maaaaaamaaaa", brüllte Thore, doch er bekam keine Antwort. Malina kümmerte sich um ihre Stirn und Martha meinte stockend: „Halt, nicht bewegen. Hier sind Spuren auf dem Boden, weiße Kleckse." Sie bückte sich und wischte mit dem Zeigefinger über einen Farbklecks. Es roch wie Binderfarbe. „Wir folgen den Flecken. Schaut mal, da sind noch mehr." „Die kann man ja kaum sehen, aber sie führen in Richtung Garagentür", sagte Malina. „Stimmt", bestätigte ihr

Bruder, „jetzt fällt es mir wieder ein. Mama wollte vielleicht die Garage pütschern." „Witschern!" Martha schüttelte den Kopf. Das hätte er ja mal eher sagen können, dachte sie, sagte aber nichts und folgte ihren Geschwistern in Richtung Garage. Kurz vor der Tür hörte man schon laute Rockmusik. Mama stand auf Iron Maiden. Sie fand den Schlagzeuger Nicko so süß.

Thore riss die Tür auf und den Kindern schallten die Bässe entgegen. „Run to the hills, run for your lifes." Levke hörte ihre Kinder nicht. Sie pinselte gerade in der hinteren oberen Ecke und stand laut singend mitsamt Farbeimer auf der Leiter. Malina schlenderte zum Radio und schaltete es aus. Mit einem Ruck drehte Mama sich um und kam dabei ins Straucheln. Der Farbeimer verlor den Halt und schwappte über. Die ganze Farbe floss ihr über die Kleidung runter auf den Boden. Entsetzt schauten sich Mutter und Kinder an. „Mama, du siehst vielleicht weiß aus …" Leicht verärgert schaute Levke ihren Jüngsten an. Sie bemühte sich um Fassung. „Bitte holt mir alle Küchenrollen, die ihr finden könnt. Und einen Müllbeutel." Sie versuchte, etwas Farbe in den Eimer zurück zu bekommen. Leider nur mit mäßigem Erfolg. Die Kinder wies sie an, in der Tür stehen zu bleiben, um die Farbe nicht im ganzen Haus zu verteilen. Es dauerte über eine halbe Stunde, bis die Schadensbegrenzung abgeschlossen war. Levke zog sich in der Garage aus. Martha hatte ihr Papa Axels blauweiß gestreiften Bademantel gebracht. Schlafen konnte jetzt keiner, sie waren alle noch zu aufgewühlt. Gemeinsam kuschelten sie sich für einen Moment auf das Sofa und schauten die DVD von Papas vierzigstem Geburtstag an. Bald würden sie ihre Cousinen Alva und Svea in Schweden wiedersehen. Langsam fingen die Kinder an zu gähnen und Levke schickte sie ins Bett. Sie selbst würde erst einmal ein schönes Schaumbad nehmen und sich die Kalkflecken aus dem Gesicht und von den Armen waschen. Ihre Haare würde sie vielleicht nachher noch vorsichtig ausbürsten und gründlich waschen. Um die Garage würde sie sich erst wieder nach dem Urlaub kümmern.

Axel Johannsen kam erst gegen sieben Uhr morgens nach Hause. Er freute sich auf zwei Wochen und einen Tag Urlaub. Ein bisschen hatte er gehofft, dass seine Frau ihn mit einem frisch aufgebrühten Kaffee begrüßen würde. Die Kanne war zwar noch voll, aber der Inhalt allerhöchstens lauwarm. Die Garage stank nach frischer Farbe und das ganze Haus war still. In diesem Moment fühlte er sich etwas einsam, doch das sollte zum Glück nicht allzu lange anhalten.

Dem lauten „Patsch, Patsch" folgte sein Sohn Thore. „Papa, Mama hat die ganze Farbe über sich gekippt." Er erzählte seinem Vater die Geschichte von der wackelnden Leiter und dem ausgekippten Eimer. Axel schüttelte nur den Kopf. „Wollen wir zusammen Brötchen holen fahren?" „Jaaaaa" „Dann zieh dir schnell etwas an, aber leise bitte!" Axel legte vorsichtshalber einen Zettel mit einer kurzen Nachricht auf den Esstisch, dass die beiden Männer Brötchen holen seien.

Wieder zurück, kochte er Kaffee und sie deckten zusammen den Tisch. Es dauerte nicht lange und Malina kam die Treppe herunter. Axel erschrak beim Anblick seiner Tochter. „Was ist dir denn passiert? Deine Stirn ist ja ganz blau." „Ach, dumm gelaufen, Papa. Bin hingefallen. Martha will mich nachher schminken, damit es nicht mehr so auffällt. Da freu´ ich mich schon drauf."

Als letzte kam Levke die Treppe herunter. Axel ging ihr entgegen und fragte sie dezent nach Malinas Verletzung. Levke schaute ihn ungläubig an. „Das habe ich gar nicht mitgekriegt, wirklich?" Für einen Moment war Axel sprachlos. Vielleicht mutete er seiner Frau mit den drei Kindern und seinem Schichtdienst ja doch ein wenig zu viel zu? Zum Glück fuhr die Familie in ein paar Stunden zusammen in den lang ersehnten Urlaub. Er würde schon dafür sorgen, dass sie in Zukunft etwas entspannter durch den Alltag kommen würden.

Die chaotische Fahrt in den Urlaub

Endlich saß die fünfköpfige Familie Johannsen komplett im Auto. Mittlerweile war es Viertel vor eins in der Nacht und die Urlaubsfahrt in Richtung Schweden konnte starten. Zuvor hatte Papa Axel sich noch mit seiner Tochter Martha um seinen Reisekoffer gestritten. Danach musste er dann auch noch feststellen, dass die Hälfte seiner Freizeitkleidung wohl im Kleiderschrank eingelaufen war. Am meisten ärgerte ihn, dass sein Fußballtrikot nicht mehr passte. Schließlich war 2018 ein Fußball-Weltmeisterschafts-Jahr. Wo sollte er jetzt noch auf die Schnelle ein neues Deutschlandtrikot herbekommen?

Das Auto war randvoll. Koffer, Reisetaschen sowie Spielzeug schränkten die hintere Sicht ein, ansonsten war die Stimmung sehr gut. Der Jüngste hinten in der Mitte, links Martha hinter Papa und rechts Malina hinter Mama. Levke hatte zu ihren Füßen eine kleine sowie eine große Kühltasche stehen. Beide waren gut gefüllt mit Getränken und ein paar süßen Snacks. Das Navi hatte sie vorerst im Handschuhfach verstaut, unmittelbar neben der Mappe mit ihren Ausweisen.

Der erste Abschnitt ihrer Reise sollte ein Kinderspiel werden. Von Elmshorn aus fuhren sie über die Landstraße bis nach Neumünster. Von dort aus ging es auf der Autobahn A7 Richtung Flensburg weiter. Schon nach kurzer Autobahnfahrt bemerkte Axel einen Drängler hinter ihnen. In der Dunkelheit konnte er leider nur wenig von dem Fahrzeug erkennen. Außerdem blendeten ihn die Scheinwerfer. Axel schimpfte und Levke bat ihn, sich nicht so aufzuregen. Es sollte schließlich ein schöner und harmonischer Urlaub werden. Die Kinder stimmten ihr zu und er gab nach. Kurz vor Rendsburg gab es eine Baustelle. Eigentlich durfte Axel jetzt nicht schneller als achtzig Stundenkilometer fahren. „Ich habe Hunger." Das kam von Thore. „Jetzt nicht", erwiderte sein Vater. Mitten in der Baustelle überholte der Drängler dann doch noch. Er fuhr ein breites Auto, amerikanisches Format. „Merkt euch das Nummernschild", schrie Axel, nachdem der andere Wagen einen Pylon nahe der Mittelleitplanke berührt und dadurch in hohem Bogen durch die Luft geschleudert hatte. Nun reichte es dem Polizisten Johannsen. „Den schnapp` ich mir", rief er und lenkte auf die Überholspur. Levke krallte ihre rechte Hand an den Handlauf der Beifahrertür. „Axel, lass es! Du bist nicht im Dienst!" „Boah, Papa, du kriegst ihn", freute Malina sich. Viel zu schnell rasten die beiden Wagen über die Autobahn. „Ich habe Hunger!", maulte Thore wieder. „Hoffentlich fängt er nicht an zu heulen oder zu bocken", dachte Levke.

Langsam wurde es gefährlich. Die Baustelle war endlich zu Ende und der Drängler war zum Raser geworden. Nach einer kurzen Verfolgungsjagd besann sich Axel und bat seine Familie um Entschuldigung. Ein paar Sekunden später setzte sich ein PKW vor sie. In der Heckscheibe ein Laufband: „POLIZEI – BITTE FOLGEN".

„Oh, Scheiße", fluchte Axel. Sie wurden auf eine Autobahnraststätte gelotst. Viel los war da mitten in der Nacht nicht. Dann standen zwei Polizisten nahe der Fahrertür. Axel ließ die Scheibe herunter. „Führerschein und Fahrzeugschein bitte! Und dann steigen Sie bitte aus! Ihre Fahrt ist hiermit beendet, wir werden Ihren Führerschein einbehalten. Unter Videobeweis sind Sie innerhalb einer Gefahrenzone und erlaubter 80 Stundenkilometer 165 Stundenkilometer schnell gefahren."

Axel versuchte sich rauszureden. Er sei Polizist und habe seinerseits einen Gefährder verfolgt. Die Beamten schüttelten den Kopf und deuteten auf seine Familie. Sie baten ihn, mit auf die kleine Wache hinter dem Tankshop zu kommen. Seine Familie könne ja in der Zwischenzeit in das Autobahnrestaurant gehen, bis die Formalitäten geklärt wären. Im letzten Moment fiel Axel noch ein, dass er die Kinder gebeten hatte, sich das Nummernschild des Rasers zu merken. „Ich habe Hunger." „Thore, du hältst jetzt bitte mal den Mund", forderte sein Vater. Die Mädchen versuchten, sich an das Nummernschild zu erinnern. Bei FL und den beiden Buchstaben danach waren sie sich einig. Nur bei den beiden letzten Zahlen nicht ganz, drei und sieben vermuteten sie. Durch eine Blitzabfrage des Kennzeichens stand jedoch fest, dass es sich nicht um das gesuchte Fahrzeug handeln konnte. Thore wollte etwas sagen, Mama stupste ihn jedoch an und schüttelte den Kopf. Die Beamten wollten Axel jetzt mitnehmen und Thore brüllte: „Es sind zwei und vier hinten, nicht drei und sieben. Das weiß ich ganz genau. Ich bin immer für die letzten zwei

Zahlen zuständig. Martha für vorne, Malina in der Mitte und ich die beiden letzten Zahlen. Außerdem lassen mich meine Eltern verhungern. Können Sie mir da helfen?"

„Thore, wir gehen gleich etwas essen. Warum hast du denn nicht früher was gesagt?" Levke war, wie auch der Rest der Familie, leicht irritiert. Thore deutete auf seinen Vater. Ach, dachte Levke und seufzte. „Klar, Axel hatte ihm verboten, dazwischen zu reden".

Diese Kennzeichenabfrage war erfolgreich. Es handelte sich um einen schwarzen Pontiac Trans Am aus Flensburg. Axel Johannsen atmete auf. Er folgte den Beamten, während Levke und die Kinder sich auf den Weg in das Restaurant machten.

Mittlerweile wurde es schon wieder hell, schließlich befanden sie sich im Sonnenmonat Juni. Im Restaurant waren ein paar Tramper mit Rucksäcken sowie einige andere, ebenfalls müde aussehende Urlauber. Das übliche Selbstbedienungsrestaurant, also bat Levke ihre Kinder, ruhig auf den roten Kunstlederbänken sitzen zu bleiben. Sie würde gleich mit dem Essen zurückkommen. Sie bestellte viermal die Kinderportion Spaghetti mit Tomatensoße und einen Pott Kaffee. Zweiundzwanzig Euro sechzig fand sie ziemlich teuer, aber das war jetzt ihre geringste Sorge. „Wo sind denn unsere Getränke?", fragte Malina. „Wir haben das ganze Auto voller Getränke. Jetzt esst erstmal." „Aber du, Mama. Das ist ungerecht", protestierte ihr Jüngster. „Kaffee haben wir leider nicht im Auto. Und jetzt guten Appetit."

Das Essen war einfach, aber lecker. Malina fragte nach dem Autoschlüssel, um zwischendurch einen Schluck trinken zu können. Thore wollte mit. Das Auto stand in Sichtweite und Levke erlaubte den Kindern, kurz zu gehen. Als die beiden Kleinen weg waren, fragte Martha: „Mama, was machen wir denn, wenn Papa seinen Führerschein abgegeben hat?" Levke erschrak. „Dann fahr ich eben." „Oh, naja, wir haben ja vier Wochen Zeit anzukommen." „Martha, sei nicht so frech. Wenigstens rase ich nicht so, dass ich meinen Führerschein verliere. Hoffentlich kommt dein Vater bald wieder. Wo bleiben Thore und Malina eigentlich?" Martha schaute aus dem großen Fenster, sah sie aber nicht. Die Teller waren fast leer und Levke beschloss, mit Martha nach draußen zu gehen.

In der Zwischenzeit hatten sich die beiden jüngsten Johannsens auf Verbrecherjagd begeben.

Thore war der Deckel seiner Trinkflasche herunter gefallen. Während er sich bückte, um ihn wieder aufzuheben, schweiften seine Augen ab. „Malina, hinter dem Laster steht der Raser, da hinten." Er zeigte auf den LKW-Parkplatz. Die beiden schlichen sich in die Nähe des Lasters, um das Nummernschild zu überprüfen. Tatsächlich, dort stand das gesuchte Auto. Vorsichtig entfernten sich die Kinder ein paar Meter und rannten dann zur kleinen Polizeiwache. Dort angekommen, trommelten sie mit ihren Fäusten gegen die Tür. Eine Beamtin öffnete ihnen und Malina rief sofort laut: „Papa, das Auto ist hier!" Innerhalb weniger Sekunden erschien ihr Vater in Begleitung dreier Polizisten. Malina deutete auf den blauen LKW mit Anhänger und erzählte mit zitternder Stimme, dass sich das gesuchte Auto hinter dem LKW befinde. Ein Mann würde darin sitzen. Dann ging alles sehr schnell. Ein Streifenwagen fuhr in Richtung Parkplatzausfahrt und blockierte sie. Die anderen Polizisten rannten zum parkenden Wagen und stellten den mutmaßlichen Raser. Super spannend war das, da waren Thore und Malina sich einig. Und Malina überlegte ernsthaft, ob sie später vielleicht doch lieber Polizistin anstatt Detektivin werden sollte.

Inzwischen waren Levke und Martha auch eingetroffen. Die Mutter begab sich mit den Kindern zurück ins Auto, um zu warten, während Axel zusammen mit mehreren Männern wieder in die Wache ging. Der Raser schien auch unter ihnen zu sein. Levke machte sich wieder einmal unnötig Gedanken um Ihren Ehemann. Nach einer weiteren halben Stunde kam er grinsend aus der Wache. Sie konnte erkennen, dass er sich fast schon herzlich von einem der Beamten verabschiedete. Gut gelaunt stieg er ins Auto. Thore und Martha waren inzwischen eingeschlafen und so redete er leise. „Alles ist gut. Ich werde allerdings als Zeuge in ein paar Monaten aussagen müssen." „Dein Führerschein?" „Süße, ich bin es doch, dein Ehemann. Frag' einfach nicht weiter!" Er zwinkerte ihr zu. „Jetzt können wir endlich entspannt in den Urlaub fahren. Die paar Stunden kann ich ja vielleicht wieder einholen." „Axel!" „War nur ein Scherz, Levke. Ich fahre ab jetzt vorsichtiger."

Die Straße hatte sich mittlerweile etwas gefüllt. Langsam setzte der Berufsverkehr ein. Kurz vor der dänischen Grenze war auch Levke eingeschlafen. So in den erwachenden Morgen hinein zu fahren war wunderschön, dachte der Familienvater und passierte fröhlich die deutsche Grenze. Auf dänischer Seite grüßte er freundlich und wollte eigentlich durchfahren, doch die Zeichen des dänischen Zöllners waren eindeutig. Also fuhr Axel auf den angewiesenen Parkplatz. Leise öffnete er das Handschuhfach und übergab seinem dänischen Kollegen die Ausweispapiere. Überraschenderweise reichte das noch nicht. Der Kofferraum wurde geöffnet und der Beamte deutete an, in die Koffer schauen zu wollen. Frustriert öffnete Axel den gleich vorn an stehenden Koffer von Levke. Mit ein paar geschickten Handbewegungen wurden vier quadratische Schachteln aus dem Koffer gezogen. Die Frage nach dem Inhalt konnte der deutsche Polizist und Familienvater leider nicht beantworten. Ohne Rücksicht auf das schicke Papier öffnete der Däne eins der Geschenke. Heraus kam ein wertvolles silbernes Armband. Ein paar Kollegen wurden zu Hilfe gerufen und das gesamte Gepäck nach Wertgegenständen durchsucht, mit erschreckendem Ergebnis. Axel war sprachlos und weckte seine Frau. „Levke, wach bitte auf! Wir haben ein Zollproblem." „Was? Wieso das denn?" „Ja, das wollte ich dich gerade fragen. Wieso haben wir denn Schmuck im Wert von viertausend Euro sowie siebentausend Euro in bar dabei?" „Ach, da habe ich gar nicht drüber nachgedacht. Entschuldigung. Das ist aus Omas Erbschaft. Beziehungsweise aus meiner Erbschaft von Oma. Die Armreifen habe ich auch von Ihrem Geld gekauft. Sozusagen für ihre Urenkel. Ich dachte, dass sie sich bestimmt darüber freuen würde, wenn sie das wüsste, Axel." Er stöhnte. „Wir haben gegen die Einfuhrbestimmungen verstoßen und müssen Strafzoll zahlen."

Inzwischen waren auch die Kinder aufgewacht. Die ganze Familie vertrat sich die Beine. Levke erteilte den dänischen Zollbeamten bereitwillig Auskunft über ihre Vorhaben. Da zwei der vier Schmuckstücke für ihre eigenen Töchter bestimmt waren, gab es die Möglichkeit, die Armbänder an Ort und Stelle zu verschenken, um die dänischen Zollbestimmungen einzuhalten. Martha und Malina waren außer sich vor Freude und Thore schmollte.

Natürlich solle ihr Sohn auch ein wertvolles Andenken im Namen der Urgroßmutter bekommen. Allerdings handele es sich derzeit um einen wirklich schlechten Zeitpunkt, darüber zu sprechen.

Das war gerade nochmal gut gegangen und die Familie Johannsen durfte in Richtung Schweden aufbrechen. Euphorisch riss Vater Axel die Autotür auf und schon war es passiert. Er hatte zu viel Schwung. Die Tür rutschte ihm aus der Hand und prallte mit einem lauten „Pock" gegen den zwischenzeitlich neben ihnen geparkten Streifenwagen der Dänen. Er starrte auf die kleine, aber deutlich sichtbare Beule in der anderen Autotür. Martha sah sich nach allen Seiten um: „Da sind überall Kameras, Papa." „Ich wollte es sowieso gerade melden." Axel machte sich wieder auf den Weg in das Bürogebäude und seine Tochter rief ihm nach „Wer`s glaubt, Papa!"

„Martha!" Ihre Mutter war sichtlich verärgert über diese Bemerkung. „Papa ist ehrlich und zudem noch Polizist. Selbstverständlich meldet er es. Außerdem haben wir eine Haftpflichtversicherung." Martha überlegte eine Weile. „Gilt die überhaupt in Dänemark?" Das wusste ihre Mutter auch nicht genau. Da es sie aber auch sehr interessierte, würde sie unmittelbar nach Urlaubsende bei der Versicherung nachfragen. Oder besser doch noch heute anrufen, um den Schaden zu melden? Levke beschloss in ein paar Stunden mit ihrem Versicherungsmakler zu telefonieren.

Bald setzten sie ihre Fahrt fort, doch nach ungefähr zehn Minuten kam von der Rückbank „Ich hab Hunger." Die Eltern wollten ihre Reise zum jetzigen Zeitpunkt auf keinen Fall wieder unterbrechen und fütterten ihre Kinder ausnahmsweise mal mit Schokoriegeln. Dann fuhren sie über die große O-eresundbrücke nach Schweden, von Kopenhagen nach Malmö in Südschweden. Sie mussten eine Mautgebühr zahlen. Und Levke erzählte ihren Kindern, dass es diese Brücke erst seit 1999 gab und der Bau ungefähr eine Milliarde Euro gekostet hatte.

Axel bemerkte, dass seiner Frau eine Träne über die Wange kullerte, sobald sie auf schwedischem Boden waren. Sie war so hübsch, seine Schwedin, immer noch, auch nach so vielen Jahren. Er nahm ihre Hand und drückte sie. In Malmö ging die Familie ausgiebig frühstücken und Levke sprach so schnell schwedisch, dass sogar die Kinder Probleme hatten, ihre Mutter zu verstehen. Knappe sechshundertfünfzig Kilometer bis Gustavsberg lagen noch vor Ihnen.

Die restliche Fahrt verlief ohne Zwischenfälle und sehr ruhig. „Papa, sind wir hier richtig? Ist das wirklich eine Autobahn? Es kommt uns ja gar kein Auto entgegen." Martha war verunsichert. Malina korrigierte ihre Schwester: „Doch, vor einer halben Stunde war da eins."

Die Ruhe und die Harmonie, die dieses Land ausstrahlte, ergriff alle. Überglücklich kamen sie an der Ostküste in Gustavsberg an. Oma Liv und Opa Peer hatten das ganze Haus geschmückt. Für Martha und Malina hatte ihre Großmutter Haarkränze aus Blumen geflochten. Thore bekam eine geschnitzte Flöte von Opa Peer. Hier war die Familie Johannsen von ganzem Herzen willkommen. Ein wunderschöner und abwechslungsreicher Urlaub in diesem faszinierenden Land lag vor ihnen.

Urlaub in Schweden

Die fünfköpfige Familie Johannsen war nach einer langen und chaotischen Autofahrt endlich bei den Großeltern angekommen. Gustavsberg lag circa zwanzig Kilometer östlich von Stockholm. Hier wurde Mama Levke am 1. Oktober 1980 geboren. Schon die Wikinger hatten sich in dieser Region angesiedelt, wunderschön an der schwedischen Ostsee gelegen, mit den Nachbarstaaten Finnland, Estland und Lettland in östlicher Richtung.

Fast jedes Jahr in den Sommerferien fuhr die norddeutsche Familie zu ihren schwedischen Verwandten. Die Töchter Martha und Malina konnten etwas besser schwedisch sprechen als ihr jüngerer Bruder Thore. Levke sprach regelmäßig mit den Kindern in ihrer schwedischen Muttersprache. Alle drei sollten später einmal die Möglichkeit haben, ihre Heimat nach Schweden zu verlegen. Vorausgesetzt, sie würden es so wollen.

Als Willkommensüberraschung veranstalteten Oma Liv und Opa Peer am ersten Morgen nach der Ankunft ihrer Tochter und deren Familie ein großes Genießer-Frühstück mit einer riesigen Schüssel frischer Scampi. Levkes große Schwester Annelie kam mit ihrem Mann Krister und ihren Töchtern dazu. Levkes Kinder waren etwas älter als ihre beiden Nichten Svea und Alva. Sogar Cousin Mika aus Stockholm war angereist, mittlerweile war er Polizist in der schwedischen Hauptstadt.

Als alle glücklich zusammen saßen, begannen die Kinder merkwürdig zu grinsen. Levke ahnte sofort, was kommen würde. „Polis, Polis, Potates Gris!", schrien sie laut - Polizei, Polizei, Kartoffelschwein -, standen auf und liefen weg. Offenbar waren sie satt und wollten die wunderschöne Gegend erkunden.

Alva und Svea wohnten nur ein paar Straßen entfernt und hatten eine große Überraschung für ihren Cousin und die Cousinen. Als sie in die Straße der Familie Lundberg einbogen, waren alle fünf zwar leicht außer Atem, aber voller Tatendrang. Martha bemerkte sofort die Umzäunung um das Haus. Die Familie hatte ein großes Grundstück mit einem kleinen Wäldchen dahinter. Alles schien eingezäunt worden zu sein. „Habt ihr einen Hund?", fragte Malina. „Nein", Alva grinste und rief: „Mats, Matse, Maaaaaaaaats." Der Boden schien zu beben und nach ein paar Sekunden kam er in Sichtweite. In vollem Galopp und mit lautem „Dedom, Dedom, Dedom" seines Hufschlags stürmte er auf die Kinder zu. Das weiße Shetlandpony stoppte voller Erwartung vor ihnen. „Du bist aber süß." „Darf ich den mal reiten?" „Kann man Mats streicheln?" Auch Svea freute sich. Heute würde ihre große Schwester sie bestimmt auch mal reiten lassen, wenn alle anderen auch durften. Alva erzählte den Kindern Mats Geschichte. Er war ganz lieb und man durfte ihn streicheln. Er mochte das. Seine Vorbesitzer waren nach Stockholm gezogen und hatten ihn nur schweren Herzens abgegeben. Alva hatte Mats am neunten März zu ihrem zehnten Geburtstag bekommen.

Mats bekam seine Trense aufgezogen und Alva führte ihn, während alle Kinder abwechselnd reiten durften. Sie knuddelten das Pony und freuten sich. „Schau mal, Martha, er hat sogar eine kleine rosa Klammer im Haar", freute sich Malina. „Nein, nicht schon wieder", entgegnete Alva. „Seit ein paar Monaten hat er regelmäßig Zopfgummis, Haarklammern, Schleifenbänder oder ähnliches im Haar. Ich habe schon einen ganzen Karton voll. Einmal hatte er sogar einen geflochtenen Schweif. Wir wissen nicht, wer das macht." „Wir helfen euch." Malina und Martha waren in ihrem Element. „Wir finden das bestimmt heraus, wer ihn immer hübsch macht. Muss ja jemand sein, der ihn sehr mag." Svea schüttelte den Kopf. „Papa hat extra eine Kamera angebracht. Schau mal, da oben." Sie zeigte auf den Hauseingang. „Jetzt bekommt Papa jedes Mal eine Nachricht auf sein Handy, wenn sich hier etwas bewegt. Eigentlich können wir schon mal winken. Sein Handy nimmt dann ein Video auf." Alva mischte sich ein, „ihr könnt euch gar nicht vorstellen, was wir da schon alles gesehen haben." „Nicht hier Alva, lass uns weiter hinter das Haus gehen." Svea hatte recht, fand auch ihre große Schwester und erzählte, dass die lustigste Aufnahme etwas mit ihrer Nachbarin, der alten Frau Lindholm, zu tun hatte. Papa Krister bekam ja immer eine Nachricht auf sein Handy, wenn sich etwas am Zaun vor dem Haus bewegte. So konnten sie sehen, dass Frau Lindholm jeden Morgen ein Stück Brot oder einen halben Apfel für Mats brachte. Vor ein paar Wochen hatte sie den Apfel nicht schnell genug aus ihrer großen Handtasche bekommen. Das Pony biss in einen

Henkel ihrer Tasche und zog daran. Frau Lindholm auf der anderen Seite vom Zaun zog an dem zweiten Henkel. Erst wollte keiner nachgeben, doch das Shetty war stärker und die Frau ließ los. Ihre Handtasche flog in hohem Bogen auf die Weide und alles fiel heraus. „Matse hat sich den Apfel geschnappt und ist weggaloppiert. Der wusste genau, dass er Mist gebaut hatte." Alva schmunzelte und seufzte. „Schade, dass wir das nicht bei Youtube hochladen dürfen." „Krass", meinte Thore, „das würde bestimmt über eine Million Klicks bringen."

Inzwischen waren die Kinder dabei, das große Grundstück der Familie Lundberg zu erkunden. Wie in diesem Teil von Schweden üblich, hatten die Grundstücke einen Höhenunterschied von teilweise bis zu zwei Metern. Oft waren sie terrassenförmig angelegt und man bemerkte den Höhenunterschied nicht auf den ersten Blick. Fels und Steine wechselten sich mit Waldboden ab. Wunderschön und romantisch zeigte sich die Natur. „Häh, wie kommt der denn da hoch?", fragte Thore, den Blick auf Mats gerichtet, der von oben auf sie herab schaute. „Das ist ein Schwede, der kann klettern", meinte Alva. „Wirklich?" „Nein, ein bisschen vielleicht. Schau mal da hinten. Da ist der Übergang flacher, da geht er immer lang." „Ihr habt hier wirklich viel Platz. Wie weit kann er denn?", fragte Malina. „Das Grundstück ist komplett eingezäunt worden für das Pony. Papa hat vielleicht geflucht, es wäre eine einmalige Sache. Nie wieder würde er bei diesem Boden einen Zaun bauen." „Der hat so geschwitzt, wie ein Schwein", meinte Svea grinsend und Alva schimpfte über diese

Aussage mit ihrer Schwester. „Lustig ist, dass Mats eine Toilette hat. Immer wenn er mal muss, rennt er zwischen die beiden Bäume da. Da liegt schon ein richtiger Berg. Ansonsten kann er fast bis zu den anderen Nachbarn. Papa hat ihm auch einen kleinen Unterstand gebaut, der ist aber weiter abwärts, nah am Haus."

„Wie oft ist denn das mit den bunten Klammern in seinem Haar?", wollte Martha wissen. „Meistens freitags und dienstags. Manchmal aber auch am Wochenende." Alva erzählte, dass Papa keine Nachricht von der Kamera erhalten hatte, obwohl Mats den Haarschmuck bekam. „Hmmm", meinte Malina. „Dann müssen wir ihn am Freitag beschatten. Vielleicht finden wir es heraus." Die Kinder waren von dieser Idee begeistert und total gespannt auf das Wochenende. Vorher wollten sie am Mittwoch noch in die Porzellanfabrik von Gustavsberg. Bei jedem Besuch in Schweden durften sie einen Teller bemalen und ihn später mit nach Hause nehmen.

Die Schwestern Annelie und Levke besuchten gut gelaunt die Porzellan-Manufaktur. Für einen Moment überlegten die beiden, ob sie trotz ihres Alters selbst kreativ werden sollten. Früher hatte ihnen das sehr viel Spaß gemacht. Ihre Kinder waren genauso begeistert. Die Mütter entschieden sich dann doch dafür, Kaffee zu trinken, während sie warteten. Außerdem hätten sie so endlich Zeit genug, um in Ruhe über alle kleinen und großen Ereignisse des Lebens zu plaudern. Vor zwei Jahren, als sie zuletzt hier gewesen waren, war Thore erst vier Jahre alt und benötigte noch die Hilfestellung seiner Mutter. Er wollte in diesem Jahr unbedingt einen Wikinger-Teller samt Schiff und Besatzung malen. Martha hatte versprochen, ihm dabei zu helfen. Svea und Malina hatten ein Foto von Mats dabei. Alva wollte einen Fantasiewald mit einem rosa Einhorn zaubern. Martha hatte sich vorgenommen, einen Drachen vor einer Burg zu malen und nebenbei ihrem Bruder zu helfen.

Nach einer guten Stunde hatte Thore keine Lust mehr und gesellte sich zu Mama und Tante. Malina und Svea hatten ihre Mats-Gemälde nach zwei Stunden fertiggestellt. Die Kunstwerke wurden auf einem Rollwagen platziert. Der eigentliche Brand aller gemalten Teller sollte erst gegen achtzehn Uhr erfolgen.

Am nächsten Tag konnte man dann seinen bemalten Teller abholen. Martha war von einer blondgelockten Zicke von Gotland genervt. Das Mädchen versuchte von seinem Tischnachbarn abzumalen. Der kleine Hermann war unheimlich talentiert und arrangierte die Farben sehr harmonisch. Eine wunderschöne schwedische Landschaft mit Elchen im Hintergrund. Das Mädchen neben ihm hatte ein fürchterliches Geschmiere auf ihrem Teller. Dennoch war deutlich zu erkennen, dass sie Hermanns Malerei kopierte. Annelie ging mit den drei Jüngsten nach Hause, während Levke auf Martha und Alva wartete. Die beiden Ältesten gaben sich große Mühe. Zudem hatte Martha an Thores Teller noch deutlich sichtbare Verbesserungen vorgenommen.

Als sie am anderen Vormittag freudestrahlend ihre neuen Teller abholen wollten, begegnete ihnen ein weinender Hermann auf dem Parkplatz. Seine Eltern redeten beruhigend auf ihn ein, doch sie konnten ihn nicht trösten. „Mein Teller ist weg", schluchzte er und sah Martha dabei hilfesuchend an. „Ich helfe dir", sagte sie und strich ihm über die Haare. Er lächelte und sah seine Mutter fragend an. „Na geh schon mit ihr und ihrer Familie, wir warten hier auf dem Parkplatz." Papa Krister und Onkel Mika hatten die Kinder an diesem Morgen begleitet, um die Teller in Empfang zu nehmen. Martha ging mit Hermann an der Hand zu der netten Dame am Empfang und fragte, wer denn schon alles da gewesen wäre, um seinen Teller abzuholen. „Ein älterer Junge und das kleine blonde Mädchen von Gotland waren schon hier." Martha betrachtete die fertigen Teller. Es war ganz eindeutig. Hermann bemerkte es auch. „Das Mädchen hat meinen Teller genommen, ihrer ist noch da." Jetzt weinte er wieder. „Haben sie den Namen von dem Mädchen?", fragte Martha. „Leider nein." „Haben ihre Eltern vielleicht mit einer Kreditkarte bezahlt oder bar? Haben sie eine Überwachungskamera vor dem Eingang?" Onkel Mika musste breit grinsen und schaltete sich ein. „Da hat meine Nichte gar nicht Unrecht. Ich bin Polizist. Gibt es eine Kartenzahlung?" „Leider auch nicht, aber eine Kamera haben wir. Ich frage meinen Chef. Warten Sie bitte einen Moment." Nach einer gefühlten Ewigkeit kam sie zurück. Sie drückte Mika einen Zettel mit einer Autonummer in die Hand. „Vielleicht können Sie über das KFZ-Kennzeichen die Eltern des Mädchens ausfindig machen."

So war es dann auch. Onkel Mika telefonierte ein paar Mal und teilte danach Hermann und seinen Eltern mit, dass der Teller heute noch zurückkommen und getauscht werden würde. Es täte ihnen sehr leid, dass es zu der Verwechslung gekommen sei. Bei dem Wort Verwechslung schauten Alva und Martha sich nur an, sagten aber nichts. Sie behielten ihre Gedanken für sich. Für alle Fälle gab Onkel Mika Hermanns Eltern noch seine offizielle Visitenkarte von der Polizei. Selbstverständlich musste er im Anschluss noch fünf weitere Visitenkarten verteilen.

Voller Stolz präsentierten die fünf kleinen Künstler dann ihren Großeltern die bemalten Teller. Opa Peer war total begeistert von Thores Wikingerschiff. „Danke, Martha, du hast das noch viel schöner gemacht." Ihr Bruder drückte sie.

Die kommende Nacht durften alle Kinder bei Familie Lundberg schlafen. Schließlich wollten sie ab Freitag früh Pony Mats beschatten, um herauszufinden, wie er zu seinem Haarschmuck kam.

Papa Krister holte schon ganz früh Brötchen und Croissants. Außerdem stellte er das Bild der Überwachungskamera direkt auf den großen Fernseher im Wohnzimmer ein. Schon beim Frühstück konnten die Kinder Mats beobachten, wie er am Zaun stand und offenbar auf die Nachbarin wartete. Er rannte nervös am Zaun auf und ab, da kam auch schon Frau Lindholm ins Bild. Eine Mohrrübe bekam das Pony an diesem Tag. Die Kinder kicherten, weil die alte Frau ihre Handtasche ganz weit weg von Mats hielt. Es dauerte nicht lange und Mats bewegte sich aus dem Sichtfeld der Kamera. Wie vorher genau abgesprochen, rannten Svea und Malina in das Gästezimmer. Von dort aus konnte man auf den Unterstand und die östliche

Grundstücksgrenze schauen. Das Pony kam in Sichtweite und trabte zielstrebig vorbei am Gästezimmerfenster und weiter in den hinteren Bereich des Gartens. Thore saß inzwischen vor der Terrassentür und rief. „Er klettert. Wirklich, er ist nicht ganz hinten rum. Er ist raufgeklettert. Martha, ihr müsst los."

Alva und Martha schlichen sich aus der Tür zum Garten und folgten Mats ganz leise. Das Shetty trabte schnellen Schritts durch das kleine Wäldchen hindurch in Richtung hintere Grundstücksgrenze. Es knackte laut, Martha war auf einen Ast getreten. Mats hatte sich erschrocken und galoppierte los. Nur zwei, vielleicht drei Galoppsprünge, dann verfiel er wieder in den Schritt. Die Cousinen gaben sich große Mühe, unbemerkt seinem Tempo zu folgen. Jetzt ging es wieder bergab. Alva stockte der Atem. Ihr Pony schien tatsächlich zu klettern. Matz setzte seinen Hintern auf den Boden. Er hatte die Vorderhufe über einen kleinen Abhang gestreckt und rutschte dann förmlich hinunter. Martha und Alva schauten sich ungläubig an. Offenbar war es nicht das erste Mal, dass er das machte. Routiniert trabte er im unteren Teil in Richtung Grundstücksgrenze. Dann hörten sie ein Mädchen rufen „Matsi, Matsi, ich hab was Feines für dich." Dann sahen sie sie. Es war Mia Holm. Alva kannte sie aus der Schule. Offenbar war sie zu Besuch bei ihrer Großmutter. Frau Eckberg gehörte das angrenzende Grundstück. „Mia, was machst du denn da?", rief Alva. Mia erschrak und fing an zu weinen. „Bitte, nimm ihn mir nicht weg, wir sind doch Freunde." Das schien zu stimmen. Matz versuchte Mia zu trösten und leckte ihr über das Gesicht.

Mias Oma kam und lud die drei Mädchen auf einen Eistee ein. Ihre Enkelin erzählte Alva und Martha, dass sie die Nachbarin von Matsis früherer Besitzerin war und schon seit ein paar Jahren regelmäßig das Pony striegelte und hübsch machte. Sie erzählte, dass sie ihm schon ganz lange immer wieder etwas in die Mähne band. Mal war es eine Schleife oder dann wieder eine Haarspange. „Das wissen wir", sagte Alva. „Ich habe schon einen ganzen Karton davon. Du kannst sie alle wiederhaben und ihm neue Zöpfe flechten." „Hast du nichts dagegen?" „Nein. Ich spreche aber mit meinen Eltern. Die eine Stelle ist zu steil für ihn, vielleicht können wir da etwas davor machen, dann muss er eben den etwas längeren Weg gehen. Dann kann er sich nicht mehr so schnell verletzen." „Ja, er rutscht da immer runter. Rauf kommt er da aber nicht. Das weiß ich ganz genau, versucht hat er es schon." Die Mädchen mussten lachen. Sie verabschiedeten sich und Mats folgte Alva und Martha.

Zu Hause angekommen, mussten die Mädchen die Geschichte mindestens fünf Mal erzählen. Das Geheimnis um Mats und seinen Haarschmuck war endlich gelüftet. Neue Abenteuer warteten aber schon auf die Kinder. Es sollte nicht lange dauern, bis es wieder richtig spannend werden würde.

Auf Streife durch Stockholm

Die erste Woche ihres diesjährigen Sommerurlaubs war schon fast vorbei. Die fünfköpfige Familie Johannsen aus Deutschland war zu Gast bei Oma Liv und Opa Peer in Schweden. Es war Sonntagnachmittag und die Großeltern hatten ihren Neffen Mika sowie ihre beiden Töchter Annelie und Levke samt deren Familien zum großen Grillfest eingeladen. Papa Axel aus Elmshorn und Cousin Mika aus Stockholm waren zu den Grillmeistern auserkoren worden.

Im Hintergrund lief das Fußball Weltmeisterschaftsspiel Deutschland gegen Mexiko. Papa Axel, Oma Liv und Martha waren für Deutschland. Leider verlief das Spiel aus Axels Sicht sehr enttäuschend. Opa Peer und Enkel Thore freuten sich darüber, schließlich waren Schweden und Deutschland in einer Gruppe. Am darauffolgenden Samstag müssten beide Mannschaften gegeneinander spielen. Daran wollte die Familie vorerst nicht denken und besann sich wieder auf das Grillfest.

Beide Grillmeister waren Polizisten und unterhielten sich viel über ihre Arbeit. Mika fragte Axel, ob er nicht am morgigen Montag einen Vormittag bei der schwedischen Polizei verbringen wolle. Axels Töchter Martha und Malina schrien sofort, dass sie auch mitwollten. Annelies große Tochter Alva rief dazwischen. „Bitte, Onkel Mika, ich möchte auch mit dem Polizeiauto fahren." Er antwortete „Morgen bin ich gegen 11:30 Uhr zu einer Zeugenaussage vor Gericht geladen. Es ist eine öffentliche Verhandlung. Ihr könntet schon alle mitkommen. Wenn ihr es schafft früh aufzustehen und eure Eltern keine Einwände haben, hole ich euch morgen gegen 7:30 Uhr mit dem Polizeiauto hier in Gustavsberg ab." „Ja, ja, bitte Papa", Alva drückte ihren Vater Krister. Axel schaute seine Frau Levke fragend an. „Wenn ihr mir gut auf meine Kinder aufpasst, dann dürfen die Mädchen von mir aus gerne mitfahren." Martha und Malina jubelten. Opa Peer und Enkel Thore beschlossen stattdessen, am nächsten Morgen in die Natur zu fahren und auf die Suche nach Elchspuren zu gehen. Freiwillig gingen alle drei Kinder der Familie Johannsen gegen 21 Uhr ins Bett.

Pünktlich um 7:30 Uhr heulte die Sirene des schwedischen Streifenwagens durch Gustavsberg. Opa Peer war nicht so begeistert, dass seine Nachbarn jetzt alle wach waren und hinter den Fenstern standen. Die Kinder freuten sich dafür umso mehr. Mika entschuldigte sich für sein ungestümes Verhalten. Sie holten Alva auch mit dem Streifenwagen ab. Dieses Mal verkniff es sich ihr Onkel, die Sirene noch einmal heulen zu lassen. Gegen 14 Uhr wollten sie wieder zurück in Gustavsberg sein, um gemeinsam das erste Gruppenspiel der schwedischen Mannschaft im Fernsehen schauen zu können.

Auf dem Weg nach Stockholm erzählten Martha und Malina die Geschichte von ihrer chaotischen Fahrt nach Schweden. Vater Axel meinte, dass seine Töchter zur Übertreibung neigten und er keinesfalls verhaftet wurde, sondern höchstens zu einer Anhörung mitgegangen war. Und ein notorischer Raser wäre er auf keinen Fall, meinte er und ärgerte sich ein wenig. Onkel Mika erwiderte „Ich rase schon ganz gerne mal. Wollen wir die Sirene noch einmal heulen lassen?" Dreimal „Ja" kam von der Rücksitzbank und los ging die rasante Fahrt.

In Stockholm angekommen, fuhr Mika zuerst in Richtung Gerichtsgebäude. „Ich werde euch zeigen, wo ihr später hinmüsst, bevor wir eine kleine Stadtrundfahrt machen. Das ist das Gerichtsgebäude hier links. Die Verhandlung findet in Raum 205 statt. Es wäre gut, wenn ihr spätestens 11:20 Uhr im Saal sein könntet. Direkt neben dem Gebäude ist auch eine große Eisdiele." Er zwinkerte in den Rückspiegel. „Ich esse auch gerne Eis" meinte Axel nur und grinste.

Zu der Stadtrundfahrt kam es nicht mehr. Der Polizeifunk meldete sich mit einer wichtigen Aufforderung an alle verfügbaren Einsatzkräfte in der Nähe des Tatorts. Ein bewaffneter Raubüberfall beim Juwelier am Holm. Die Täter flüchteten auf einem Motorrad in westlicher Richtung auf der Platumgehung. „Das ist hier ganz in der Nähe. Ich muss leider los. Geht ihr bitte Eis essen!" Axel fragte „Nimmst du einen deutschen Kollegen mit?" Mika überlegte einen kurzen Moment. „Klar, dann müssen die Kinder eben alleine Eis essen." Axel holte seine Brieftasche aus der Hose und drückte Martha einen großen Schein in die Hand. „Pass du auf, Martha! Wenn etwas übrig bleibt, bin ich nicht böse. Spätestens sehen wir uns nachher im Gerichtssaal." „Papa, die Kindersicherung ist an." Axel sprang aus dem Wagen und riss die Tür hinter seinem Sitz auf. Alva und Martha waren in Windeseile aus dem Auto heraus gesprungen und Axel knallte die Tür zu. Malina rüttelte immer noch an der gegenüber liegenden Tür, als der Wagen schon lossauste. Mit Sirenengeheul und quietschenden Reifen ging es durch die schwedische Hauptstadt. Malina wusste nicht, was sie jetzt machen sollte. Papa Axel wäre bestimmt böse, dass sie nicht auf der anderen Seite mit ausgestiegen war. Sie hielt es für das Beste, sich zu verstecken. „Wie gut, dass sie dünn war und nicht so ein Klotz wie ihr jüngerer Bruder Thore", dachte die Neunjährige und zwängte sich auf den Boden zwischen Rücksitzbank und Lehne des Fahrersitzes. Hier wurde sie ordentlich durchgeschaukelt. Malina hatte zwar ein wenig Angst, es war aber auch super spannend.

„Da ist das Motorrad!", schrie Axel. Tatsächlich, sie hatten die Täter im Visier und forderten über Funk Verstärkung an. Sie näherten sich einem großen Industriegebiet. Es waren hier mehrere produzierende Firmen ansässig. Viele Hallen und Containerhöfe reihten sich aneinander. Auf eines dieser großen Fabrikgelände bog das Motorrad ab. Da der schwedische Polizist Mika Larsson offiziell allein im Streifenwagen unterwegs war, bekam er von der Einsatzzentrale die Anweisung, die flüchtigen Personen möglichst unauffällig zu observieren und auf Verstärkung zu warten. Der Streifenwagen fuhr daher langsam auf das Gelände. Sie parkten vor einer der Hallen. Malina linste vorsichtig und weiterhin unbemerkt an der Rückenlehne vorbei. Onkel Mika drückte auf einen blauen Knopf. Es meldete sich eine Stimme per Lautsprecher, und er gab die Position durch und den Hinweis, dass er den Wagen verlassen und die Verfolgung der verdächtigen Personen aufnehmen würde. „Ich komme mit." Axel wollte aussteigen, doch Mika hielt ihn am Arm fest. „Reine Observation, verstanden. Ich habe keine Lust, ein Disziplinarverfahren zu bekommen. Auf den ganzen Schreibkram kann ich auch verzichten. Im Kofferraum sind Schutzwesten."

Die beiden Polizisten waren ausgestiegen, und Malina traute sich immer noch nicht, sich bemerkbar zu machen.

Nachdem Martha und Alva überhastet aus dem Polizeiwagen ausgestiegen waren, bemerkten sie gleich, dass Malina fehlte. „Onkel Mika ist so schnell losgefahren, dass Malina wohl keine Chance mehr hatte auszusteigen. Die merken das ja gleich und lassen meine Schwester an der nächsten Ecke raus", meinte Martha. „Wir können uns doch schon ein Eis holen. Geld haben wir genug." Die beiden Mädchen strahlten und bestellten sich jeder einen großen Eisbecher. Sie kamen ins Erzählen. Alva schwärmte von ihrem Pony Mats, und Martha erzählte ihrer Cousine die Geschichte, wie sie den Kater Ludwig von Frau Harmsen gerettet hatten. Nach einer guten Viertelstunde wurde den beiden bewusst, dass etwas nicht stimmte. Malina war nicht aufgetaucht. „Ich rufe lieber Mama an", meinte Martha.

Mama Levke redete beruhigend auf ihre älteste Tochter ein und versprach sich um den Verbleib Malinas zu kümmern und sich gleich wieder zu melden. Im Innersten war Levke jedoch sehr aufgeregt. Sie hatte nicht einmal die Handynummer von ihres Cousins. Oma Liv hatte die Nummer von Mika jedoch in ihrem Adressbuch. Levke rief ihn umgehend an. Als sein Handy klingelte, zogen die Polizisten gerade ihre kugelsicheren Westen an. Mika schaute auf sein Telefon und meinte nur. „Nummer unbekannt, den drücke ich weg." Danach schmiss er sein privates Handy einfach in den Kofferraum, und die beiden rannten auf die gegenüberliegende Fabrikhalle zu. Das Motorrad war durch eines der großen Rolltore in das Fabrikgebäude gelangt. Axel und Mika hatten das Tor sich gerade noch schließen sehen. Vorsichtig öffneten sie den an der rechten Seite gelegenen Personeneingang. Was die beiden offenbar nicht mitbekamen, war, dass die zwei verdächtigen Personen etwa zeitgleich aus einem Eingang auf der linken Seite der Halle herauskamen. Malina hatte alles im Blick. Ohne lange zu überlegen, zwängte sie sich halb durch die Lücke der beiden Vordersitze und drückte auf den blauen Knopf. „Hallo, die Verbrecher kommen wieder aus der Halle", rief sie. Eine Stimme fragte, wer sprechen würde, und Malina erzählte, was passiert war. Dann stockte sie: „die kommen hierher. Die Verbrecher kommen auf das Auto zu. Ich verstecke mich wieder hinter dem Sitz."

Axel und Mika bekamen von der bedrohlichen Situation außerhalb der Fabrikhalle nichts mit. Langsam und vorsichtig bewegten sich die Polizisten zwischen hohen Schwerlastregalen nach links in Richtung des Motorrads. Sie verständigten sich durch Zeichensprache.

In der Einsatzzentrale arbeitete die frisch gegründete Sonderkommission „SoKo Juwelier am Holm" auf Hochtouren. Die bedrohliche Situation, dass sich ein Kind im Einsatzwagen befand, ließ die Anspannung aller Beteiligten steigen. Zu Malinas Entsetzen, stiegen die beiden Verbrecher in das Auto ein. „Lass uns abhauen, die müssen ja irgendwo in der Nähe sein. Was meinst du, wie lange wird es dauern, bis sie bemerken, dass wir die Karre geklaut haben?" Der ältere antwortete „Nicht lange! Am Besten wir versenken das Teil, bevor wir an Bord gehen." Der andere erwiderte: „Nee, damit erregen wir nur unnötige Aufmerksamkeit. Lassen wir den Wagen in der Karlsstraße stehen und gehen die paar Meter zur „Pia-Marie" zu Fuß."

Über den immer noch aktiven Sprechfunk konnte das Gespräch der Juwelendiebe mitgeschnitten und ausgewertet werden. Außerdem wurde der Standort des Fahrzeugs via GPS übermittelt. Drei Streifenwagen waren unterwegs. Die Situation für Malina war extrem gefährlich. Die Beamten hofften, dass die Kleine unbemerkt blieb, bis das Fahrzeug abgestellt wurde. Sie planten erst einzugreifen, nachdem das Kind in Sicherheit wäre.

Levke hatte inzwischen Kontakt mit der Stockholmer Polizei aufgenommen und erfahren, dass ihre Anwesenheit sicherlich von Vorteil sein würde. Nähere Einzelheiten wollte und konnte man ihr leider nicht sagen. Man hatte versucht, die dreifache Mutter zu beruhigen, leider nur mit mäßigem Erfolg. Keine zwei Minuten später fuhr Oma Liv mit überhöhter

Geschwindigkeit und einer zitternden Levke neben sich in die schwedische Hauptstadt.

Als Axel und Mika aus dem Fabrikgelände kamen, waren sie überrascht, dass ein anderer Einsatzwagen der schwedischen Polizei auf die beiden Männer zugerast kam. Von Mikas Wagen war weit und breit keine Spur. Sie stiegen ein und die Kollegen rasten mit ihnen in Richtung Yachthafen. Auf der Fahrt erfuhren die beiden die dramatische Geschichte. Axel wurde ganz blass. „Wie konnte das denn passieren? Hast du die Kinder nicht an der Eisdiele herausgelassen?" fragte Mika. Nur Sekunden später meldete sich die Einsatzzentrale und informierte darüber, dass das Kind in Sicherheit sei und der Zugriff auf die Täter unmittelbar bevorstand. Die Wasserschutzpolizei war ebenfalls vor Ort und sicherte den Wasserweg ab. Stockholms Wasserstraßen waren wunderschön und ebenso vielfältig. Eine eventuelle Verfolgung auf dem Wasserweg konnte einen Großeinsatz auslösen.

Axel verkniff sich eine Träne. Für einen kleinen Moment hatte er Todesangst um seine Tochter Malina gehabt. „Wie konnte ihm das nur passieren", fragte er sich.

„Zugriff erfolgt. Täter dingfest gemacht" ertönte aus dem Lautsprecher. Der Wagen fuhr daraufhin direkt zur Karlsstraße, wo zwei Beamtinnen mit Malina auf Mika und Axel warteten. „Papa, es tut mir so leid. Entschuldigung", Malina weinte. Axel nahm sie in die Arme und küsste sie auf den Kopf. „Mir tut es leid, Linchen. Ich hätte besser auf dich aufpassen sollen." Eine nette junge Polizistin mischte sich in das Gespräch ein. „Dank der Hilfe ihrer Tochter konnten wir die Täter lokalisieren und den Zugriff planen. Ohne die Mithilfe Malinas wären die Täter vielleicht vorerst entkommen." Onkel Mika zugewandt sagte sie mit hochgezogenen Augenbrauen. „Ich befürchte, das wird noch ein Nachspiel für Sie haben, Herr Larsson. Ich bin beauftragt, ihren Dienstwagen nach einer kurzen Überprüfung wieder an Sie zu übergeben. Ihre Verhandlung im Gericht beginnt eine halbe Stunde später. Im Anschluss müssen Sie direkt in das Präsidium kommen." Mika bedankte sich bei seiner Kollegin. Danach klopfte er Axel noch kurz auf die Schulter, bevor er in seinen Wagen einstieg. Er winkte Malina zu und fuhr davon.

Axel fragte seine schwedischen Kolleginnen noch, ob seine Anwesenheit oder Aussage auch von Nöten sein würde. „Vorerst nicht", meinte eine der beiden. Man müsste erst die Befragung der gefassten Täter abwarten. Eventuell würden sie über Mika Larsson noch einmal auf ihn, den deutschen Kollegen, zukommen. Papa Axel bedankte sich herzlich bei den beiden, bevor sich die Polizistinnen auf den Weg machten.

Er hatte Malinas Hand immer noch in der seinen, als der Volvo seiner Schwiegermutter um die Ecke bog und fast schon mit quietschenden Reifen vor den beiden zum Stehen kam. „Mama!" Malina kuschelte sich schwungvoll an Levke. Malinas Mutter tauschte einen verzweifelten Blick mit ihrem Ehemann aus. Sicherlich hatten die beiden zu einem anderen Zeitpunkt noch einiges zu bereden. Oma umarmte ihre Enkelin herzlich, und Axel ergriff das Wort. „Wenn ihr jetzt schon einmal da seid, können wir ja gemeinsam zum Gericht fahren. Mikas Verhandlung beginnt in ein paar Minuten. Alva und Martha sitzen entweder mit dem fünften Eisbecher in der Eisdiele neben dem Gerichtsgebäude oder auch bereits in dem Verhandlungssaal 205".

Sie waren gerade noch pünktlich. Alva und Martha freuten sich ganz besonders, dass Malina auch wieder da war. Mit Oma und Levke hatten die beiden gar nicht gerechnet. Nach der Verhandlung ging es dann erneut in die Eisdiele. Allerdings ohne Onkel Mika, der hatte noch einiges zu erklären auf dem Präsidium. Martha und Alva verweigerten jegliches Eis. Als Martha ihrem Vater das geringe Restgeld in die Hand drückte, wusste Axel auch warum die beiden Mädchen nie wieder Eis essen wollten. Nach kurzer Zeit drängte Oma Liv darauf nach Hause zu fahren. Sie wollte rechtzeitig zum Fußballspiel Schweden gegen Südkorea zurück sein. „Ihr Mann Peer und Enkel Thore würden sicherlich auch schon von der „Elchsafari" zurück sein", meinte sie mit einem Grinsen.

In Zukunft würden sie alle besser aufpassen. Die Kinder versprachen, sich gleich bemerkbar zu machen, falls eine solche oder ähnliche Situation noch einmal auftreten würde. Unbemerkt von den anderen hielten Axel und Levke während des Eisessens Händchen unter dem Tisch. Beide wussten, dass die Familie gerade ganz viel Glück gehabt hatte.

Opa und Thore auf Elchjagd

Dieser Montag war ein besonderer Tag. Während seine beiden älteren Schwestern mit ihrem Onkel und ihrem Vater nach Stockholm gefahren waren, durfte Thore heute ganz alleine mit Opa Peer auf Elchsuche in die Wälder fahren. Oma und Mama hatten den Volvo genommen, um einen Großeinkauf für die kommende Woche zu machen. In diesen Tagen hatten die Großeltern oft nicht nur ihre jüngere Tochter und deren Familie zu Gast, sondern auch ihre große Tochter Annelie samt Kindern und Ehemann. Daher brauchte Oma Liv den Kombi, damit sie ordentlich einkaufen konnte. Die beiden Elchsucher hatten sich das Auto von Tante Annelie ausgeliehen. Es handelte sich um einen kleinen blauen Saab.

An diesem Tag stand außerdem noch das erste Fußballspiel der schwedischen Mannschaft bei der Weltmeisterschaft 2018 in Moskau an. Um 14 Uhr würde Schweden gegen Südkorea spielen. Opa und Thore wollten das Spiel auf gar keinen Fall verpassen und planten gegen 8 Uhr morgens zu starten. Onkel Mika hatte die Mädchen und Papa Axel gegen 7:30 Uhr mit dem Polizeiwagen abgeholt. Er hatte die Sirene laut aufheulen lassen, und Opa ist ein bisschen böse geworden, weil Mika damit auch die Nachbarn geweckt hatte. Thore fand das toll, aber er wollte lieber mit Opa in die Wälder fahren. Oma hatte den beiden Lunchpakete für ihren Ausflug mitgegeben. Peer hatte seinen Coffee-to-go Becher mitgenommen.

Seine Tochter Levke hatte ihm den Becher zu seinem 65.Geburtstag geschickt. Außen hatte der Becher die Aufschrift „I can´t adult today", zu deutsch „Ich kann heute nicht erwachsen sein".

Kurz nach 8 Uhr saßen die beiden endlich im Wagen und starteten an Stockholm vorbei weiter nach Nordwesten. Die Fahrt dauerte gute zwei Stunden und Thore lernte eine Menge über Elche. Peer versuchte in einfachen Worten die wichtigsten Fakten über diese beeindruckenden Tiere zu erzählen. „Weißt du, Thore, in Schweden gibt es über 300.00 Elche. Die großen und alten Bullen können am Widerrist über 2,30 Meter hoch werden und über 700 Kilogramm wiegen. Manche vielleicht sogar noch mehr. Damit der Elchbestand nicht überhand nimmt, werden jeden Herbst ab Oktober viele von ihnen gejagt. Es sind große und mächtige, aber auch sehr scheue Tiere. Wir sollten nicht zu nah heran gehen, damit wir keine Bedrohung für sie darstellen. Ganz besonders vorsichtig müssen wir sein, wenn wir einer Elchkuh mit ihrem Kälbchen begegnen. Am besten bleibst du immer in meiner Nähe. Hast du sonst noch Fragen?" „Opa?" „Ja, Thore". „Was liegt denn da Komisches auf dem Rücksitz? Ist das eine Waffe?" Peer musste sich das Grinsen verkneifen und antwortete seinem Enkel. „Nein, das ist eine Spiegelreflexkamera mit einem hochwertigen Objektiv. Damit kann man ganz hervorragend heranzoomen. Früher gab es noch keine Digitalkameras und auch noch keine Handys. Schon gar nicht welche, die auch Fotos machen konnten." „Krass, Opa. Ohne Handys?" „Nicht nur ohne Handys sondern größtenteils auch ohne Computer und Computertechnik. Vieles war etwas anstrengender damals, aber auch ruhiger." Opa Peer seufzte. „Mit der großen Kamera kann man viel schönere Fotos machen als mit dem Handy. Vielleicht haben wir Glück und können ein schönes Foto von einem Elchkälbchen machen. Ich zeige dir nachher, wie es funktioniert." Thore war gespannt. Er fand es sehr schön, nur mit Opa allein unterwegs zu sein. Manchmal hatte sein Großvater tolle Ideen.

Sie fuhren durch einen Ort mit einem kleinen Kaufladen. Peer parkte den Wagen und sie gingen in das Geschäft. Er schaute sich die Äpfel genau an und kaufte vier große Beutel voller roter Äpfel. „Die sehen aber nicht mehr frisch aus. Der Eine ist schon ganz runzelig", meinte Thore. „Genauso sollen sie sein, die Äpfel. Elche lieben Äpfel. Vielleicht können wir sie so auf einen Punkt fixieren und dadurch schönere Fotos machen." Thore nickte und wollte wieder in den Wagen einsteigen. „Warte, Thore, wir essen jetzt erstmal eine große Currywurst mit Pommes." Opa Peer strahlte. „Oma hat uns doch Lunchpakete gemacht." „Da schauen wir auf der Rückfahrt rein. Weißt du, Oma möchte nicht, dass ich soviel Fastfood esse. Deshalb nutze ich jede Gelegenheit aus, wenn sie mal nicht dabei ist." Thore erwiderte: „Genau wie Mama. Oma und Mama sind ja auch verwandt."

Genüsslich verspeisten die beiden ihre Wurst. Sie mussten sich jetzt ein wenig beeilen, um ihrem Tagesplan gerecht zu werden. Nach weiteren zehn Kilometern bogen sie in einen unbefestigten Weg ab und fuhren gute hundert Meter weiter auf eine kleine Lichtung zu. „Warst du schon einmal hier, Opa?"

Thore war beeindruckt von der Natur, die sich den beiden darbot. Peer nickte, erklärte seinem Enkel in Kurzform den Fotoapparat, und dass man das Gehäuse nicht öffnen dürfe, da sonst die Bilder vernichtet würden.

Peer schnappte sich noch schnell eine kleine Flasche Wasser und hängte sich die Kamera um. Dann nahm er drei Netze der Äpfel. Das vierte gab er Thore mit den Worten: „Wir sind jetzt ein Team und müssen beide mit anpacken." Thore freute sich. Als die beiden die ersten Schritte in die nahezu unberührte Natur machten, rochen sie diese unverkennbare Waldluft. Ganz leicht moderig, aber doch besonders klar und frisch. Die Lichtstrahlen der Mittagssonne bündelten sich und suchten sich ihren Weg durch die Baumkronen hinunter auf den mit Laub bedeckten Waldboden. Nicht nur Thore war überwältigt. „Na, ist das nicht wunderschön?" Opa Peer nahm den Fotoapparat ab und entfernte den Schutzdeckel von seinem Objektiv. „Jetzt machen wir von dieser beeindruckenden Aussicht ein Foto. Dann können wir uns später immer darüber freuen und uns daran erinnern." Er knipste ein paar Bilder. „Wir können analog natürlich nicht ganz so viele Fotos machen. Ich habe nur zwei Filme für je 36 Fotos. Setz dich kurz auf den Boden, ich mache ein Bild von dir." Nach kurzer Zeit meinte er dann aber noch. „Wir müssen uns beeilen. Lass uns Richtung Norden gehen." Opa Peer zog einen kleinen Kompass aus der Westentasche.

Sie gingen ungefähr eine Viertelstunde, bevor sie einen riesigen Haufen Kot fanden. Opa deutete mit dem Zeigefinger auf seine Lippen und Thore blieb stumm. Peer flüsterte seinem Enkelsohn ins Ohr, dass es sich um einen Elchshaufen handelte. Er steckte seinen Finger ganz leicht hinein, um die Temperatur zu schätzen. Thore zuckte bei dieser Geste zusammen und ekelte sich. Peer wischte den Finger gründlich im Laub ab. Er flüsterte danach wieder, dass der Kot noch frisch wäre und sie jetzt ein paar Meter weiter nördlich eine Apfelfalle bauen könnten. Mit einem kleinen Taschenmesser öffnete er die Netze. Zwei Äpfel viertelte er, damit sie intensiver rochen. Thore half die Äpfel aufzuschichten. Danach gingen sie einige Meter in die Richtung, aus der sie gekommen waren, und versteckten sich hinter einem dicken Baum. Opa Peer stellte seine Kamera scharf. Er hatte den Apfelhaufen im Visier und machte ein Foto.

Während sie warteten, lauschten sie den Geräuschen des Waldes. Thore fand es sehr spannend, das konnte Opa Peer ihm an den Augen ablesen. Er legte seinem Enkel eine Hand auf die Schulter. Kurze Zeit später hörten sie ein lautes Grunzen, Brüllen, Röhren. So etwas hatte Thore noch nie gehört und blickte zu seinem Großvater auf. Peer nickte und legte seine Kamera an. Dann legte er wieder seinen Finger auf die Lippen. Thore ekelte sich immer noch ein wenig über den Finger im Kothaufen, ließ sich aber nichts anmerken. Nur ein paar Sekunden später sahen sie ihn. Ein gewaltiger Elchbulle war in ihr Sichtfeld gekommen. Noch weit entfernt, dennoch fast schon bedrohlich nah. Opa Peer schob seinen Enkel sanft ein paar Zentimeter zurück hinter den Stamm des mächtigen Baums. Der Elch reckte seinen Hals in die Höhe und rümpfte seine Nüstern. Danach brüllte er erneut.

Langsam bewegte er sich auf die Äpfel zu. Thore stand mit seinem gesamten Körper hinter dem Stamm, nur sein Kopf lugte leicht heraus, um den Elch sehen zu können. Niemals hätte er gedacht, dass Elche noch viel größer wären als Pferde. Die Äpfel waren winzig klein im Verhältnis zu dem Tier. Peer hatte Glück und konnte in malerischer Kulisse unbemerkt ein paar Fotos des beeindruckenden Tieres knipsen. Der Elchbulle machte sich über die Äpfel her und sein Maul fing leicht an zu schäumen. Enkel und Großvater waren begeistert und gleichzeitig fasziniert. Wahrscheinlich würden sie diese Eindrücke ihr Leben lang nicht vergessen.

Still gingen die beiden zum Auto zurück. Es war schon nach 12 Uhr mittags, und die Chance, pünktlich zum Anstoß zu Hause zu sein, war eher gering. Der Patriot Peer Larsson war jedoch wenig beunruhigt und sah der Tatsache zu spät zu kommen, mit einem weinenden und einem lachenden Auge entgegen. Gleich morgen früh würde er Liv bitten, die Filme entwickeln zu lassen. Die letzten drei Bilder würde er abends von seinen fünf Enkeln knipsen, am besten alle fünf auf einem Bild, dachte Peer.

Die Rückfahrt nach Gustavsberg verlief eher ruhig. „Opa, wir müssen die Lunchpakete öffnen, sonst merkt Oma was." „Oh, da hast du Recht. Ich suche nach einer Parkmöglichkeit, dann können wir eine kleine Pause machen." Liebevoll hatte Oma Liv für jeden zwei Sandwiches und ein paar Cocktailtomaten sowie eine Minigurke eingepackt. Sogar ein kleiner Schokoladenkeks war dabei, Opa Peer war begeistert. Die letzte halbe Stunde unterhielten sie sich wieder angeregt. „Du Opa, soll ich kurz vor Gustavsberg wieder nach hinten auf die Rücksitzbank gehen?" „Mensch Thore, das ist eine gute Idee von dir. Ich halte vor dem Blumenladen an, dann können wir für deine Oma einen Blumenstrauß kaufen. Das wird sowieso mal wieder Zeit. Und du kannst dabei auf die Rücksitzbank gehen. Vergiss die Sitzerhöhung nicht mit nach hinten zu nehmen."

Opa und Enkel waren ein gutes Team. Schwungvoll fuhr Peer auf die Hauseinfahrt und wunderte sich, dass der Volvo gar nicht vor dem Garagentor stand. Das Fußballspiel lief doch schon fast eine halbe Stunde. Kaum hatte er den Gedanken zu Ende gedacht, hupte es hinter ihm. Er schaute in den Rückspiegel und Liv winkte ihm zu. Mit dem Blumenstrauß in der Hand begrüßte Peer seine Frau. Alle stiegen aus und redeten durcheinander. Thore schrie irgendetwas von einem Riesenelch. Martha redete davon, dass Malina von Verbrechern gekidnappt war. Während Axel ganz still geworden war, erzählte Liv die Geschichte von Malina und ihrer ungewollten Streifenwagenfahrt durch Stockholm. Alva meinte, dass sie drei große Eisbecher und eine extra Kugel Waldmeister Eis gegessen hatte. Sie bräuchte dieses Jahr kein Eis mehr.

Auf dem Anrufbeantworter waren zwei Nachrichten von Onkel Krister und eine von Tante Annelie. Bei Familie Lundberg hatte Krister eine große Leinwand auf der Terrasse aufgebaut und bat die gesamte Familie zum Public Viewing vorbei zu kommen. Svea hätte auch schon große Sehnsucht nach ihren Cousinen.

Natürlich auch nach Alva und Thore. Der zweite Anruf war etwas flehender. „Wenn ihr nicht gleich kommt, müssen wir hier jeder 10 Würstchen essen. Annelie hat zwei Salate und ein Knoblauchbrot gemacht. Wir machen uns langsam Sorgen, wo bleibt ihr denn?" Normalerweise läuft man nur ein paar Minuten bis zur Familie ihrer ältesten Tochter, diesmal stiegen sie jedoch alle wieder in die Autos und düsten zu Annelie und Familie. Kein einziger Wagen kam ihnen entgegen. Offenbar saß ganz Gustavsberg vor dem Fernseher und schaute das Schwedenspiel.

Pünktlich zum Halbzeitpfiff kam die Familie bei den Lundbergs an. Es roch ganz hervorragend nach frisch gegrilltem und süßlichem Knoblauch. Jetzt redeten noch mehr Menschen durcheinander, und man konnte kaum etwas verstehen. Die Kinder begrüßten erst einmal Pony Mats. Er stand ebenfalls auf der Terrasse und hoffte offenbar, etwas von dem menschlichen Essen abzubekommen. Vater Krister hatte das streng verboten. Er meinte, dass Mats zu schlau wäre. Wenn er einmal etwas bekommen würde, dann würde er sich das merken und jedes Mal betteln, wenn die Familie auf der Terrasse wäre. Die Männer und Oma Liv starrten auf die Leinwand. Es lief eine Spielanalyse der ersten Halbzeit.

Es stand immer noch 0:0 zwischen Schweden und Südkorea. Opa Peer holte seinen Fotoapparat aus Annelies Auto und knipste den Film voll. Stolz reichte er seiner Frau die Filmrollen. „Bitte Liv, wenn du morgen einkaufen fährst, gib die Filme zur Entwicklung ab, alle Bilder gleich zweimal. Fahr doch in das große Einkaufszentrum, dann sind die Fotos Freitag fertig"

Axel meldete sich zu Wort. „Ich komme mit Liv. Ich brauche ein neues Deutschland-Trikot für Samstag." Abrupt herrschte Stille auf der Terrasse, und alle starrten ihn ungläubig an. Seine Frau Levke meinte leicht spöttisch: „Das glaubst du doch wohl wirklich nicht, dass du hier ein Trikot der deutschen Nationalmannschaft bekommst. Du brauchst es doch sowieso nicht mehr, die Schweden werden haushoch gewinnen." Sie ging auf ihren Mann zu und knuddelte ihn. Axel wirkte unglücklich und Martha mischte sich ein. „Papa, ich helfe dir. Ich komme mit und wir finden bestimmt ein T-Shirt für dich."

Die zweite Halbzeit fing an, und in der 65. Minute schoss Abwehrchef Andreas Granqvist per Foulelfmeter das 1:0 gegen Südkorea. Fast alle jubelten. Es wurde dann doch noch ein schöner Nachmittag und Abend für alle. Während Oma Liv, Axel und Martha am nächsten Tag einkaufen fahren wollten, verabredeten sich die Schwestern Annelie und Levke für den nächsten Tag zum Kochen und Backen. Schwedische Spezialitäten sollten es werden. Opa und Thore wollten früh Angeln gehen. Auf keinen Fall wollten sie jedoch das morgige Mittagessen bei Annelie verpassen. Opa Peer liebte schwedische Spezialitäten. Malina blieb über Nacht bei ihren Cousinen Alva und Svea, während der Rest der Familie langsam und gut genährt nach Hause spazierte. Den Volvo wollte Liv am darauffolgenden Morgen abholen.

Ein aufregender und anstrengender Tag ging glücklich zu Ende.

Deutschland gegen Schweden

Es war gerade Fußball-Weltmeisterschaft in Moskau. In der Gruppe F sollten Deutschland und Schweden aufeinandertreffen. Eine kleine Belastung für die Familie Johannsen aus Schleswig-Holstein und ihre schwedische Verwandtschaft. Schweden hatte das erste Gruppenspiel gewonnen, während der amtierende Weltmeister Deutschland tatsächlich sein Auftaktspiel gegen Mexiko 0:1 verloren hatte.

Vater Axel Johannsen war mit seiner schwedischen Frau Levke und den drei gemeinsamen Kindern derzeit bei seinen Schwiegereltern im schwedischen Gustavsberg zu Besuch. An diesem Morgen hatte er die feste Absicht, ein Deutschland-Trikot zu kaufen. Gemeinsam mit seiner ältesten Tochter Martha und seiner Schwiegermutter Liv fuhr er in das größte Einkaufszentrum der Region. Viele Geschäfte reihten sich auf drei Ebenen aneinander. Zu allererst gab Liv zwei analoge Filmrollen zur Entwicklung ab. Dazu mussten sie in die zweite Etage in das Geschäft mit dem schönen Namen „Fototraum". Opa Peer hatte einen Elchbullen in malerischer Kulisse vor die Kamera bekommen. Er hoffte nun, sich ein wenig Taschengeld verdienen zu können. Alle paar Jahre verkaufte er eines seiner teilweise beeindruckenden Fotos an die Stockholmer Tourismuszentrale. Livs Ehemann hoffte, dass ihm dieses Mal eine ganz besonders wertvolle Fotografie gelungen sei.

Im direkten Anschluss startete Axel seine Trikotjagd. Er wollte auf der dritten Ebene beginnen, und sie fuhren mit der Rolltreppe hinauf. „Papa, da ist ein Sportgeschäft." Martha zeigte auf einen verhältnismäßig großen Laden. Voller Vorfreude ging Axel zielstrebig zum Verkaufstresen. „Guten Tag, ich suche ein Deutschland-Trikot in L. Oh, äh, besser in XL." Ihm war gerade wieder eingefallen, dass sein daheim gebliebenes Trikot in der Größe L ja leider im Kleiderschrank eingelaufen war. „Ja, da haben wir noch etwas im Lager" sagte ein junger, sehr sportlich aussehender Verkäufer. Liv und Martha tauschten überraschte Blicke aus. Nach ein paar Minuten kam der junge Mann zurück. Freudestrahlend hielt er ein rotes T-Shirt des FC Bayern München hoch. Enttäuscht verließen die drei dieses Geschäft. Das kam für Axel gar nicht in Frage. Zumal er in 2018 schon genug gelitten hatte. Schließlich war sein Lieblingsverein in diesem Jahr zum ersten Mal aus der ersten Bundesliga abgestiegen. Er war HSV-Fan, ein Bayern Trikot würde er sich nicht verzeihen können. Wenn er an seine Freunde und Kollegen in der Heimat dachte, kam ein Trikot des FC Bayern keinesfalls in Betracht.

Liv, Martha und Axel waren im Anschluss noch in mehr als zehn Geschäften, um ein Trikot zu finden. Schließlich hatte Axel die Idee, sich ein weißes Baumwollshirt und einen dicken schwarzen Permanentmarker zu kaufen. Martha war skeptisch, bot aber ihre Hilfe bei der Gestaltung des T-Shirts an. Auf dem Nachhauseweg kam Liv noch eine Idee. „Wir halten noch bei Höker Lasse. Da gibt es viele verrückte und ausgefallene Dinge. Vielleicht hast du dort Glück, Axel, und findest doch noch ein T-Shirt."

Oma erklärte Martha, dass man hier selber schauen könne. Lasse würde einem helfen, wenn es unbedingt sein müsse. Er bevorzugte es jedoch nur zu kassieren. Dafür könnte man mit ihm handeln. Es kam nicht selten vor, dass gar kein Preis an der Ware war.

Sie betraten eine Art Trödelhalle. In langen Reihen standen Lagerregale, Mittelraumgondeln und Kleiderständer. Von der Decke hingen Fahrräder, Werbeschilder und Kronleuchter herab. „Oh, da haben wir aber viel zu schauen. Ich fange da hinten an." Martha rannte auf einen Kleiderständer in der linken hinteren Ecke zu. Rosa Plüsch konnte man aus der Entfernung erkennen. Axel zog die Augenbrauen hoch und ging einfach geradeaus und inspizierte die Regale. Liv ging zum Tresen und hielt ein Pläuschchen mit Lasse. Offenbar kannten die beiden sich. Nach ein paar Minuten hielt Axel ein Modell eines gelben Ford Taunus in die Höhe. „Was kosten die Autos hier? Was kostet denn dieser Ford hier?" Axel hatte einen Hang zu altem Spielzeug. „Stück 100 Kronen. Wenn du vier kaufst, brauchst du nur drei bezahlen. Hier habe ich auch noch ein paar alte Autos." Axel strahlte und machte sich auf den Weg zum Tresen.

Martha schnappte sich ein rosa Tüllkleid mit Plüsch-Einhorn-Applikation auf der Vorderseite. Sie rannte damit zum Tresen und fragte ihren Vater: „Kaufst du mir das? Das sieht so schön aus." Entsetzt meinte Axel „Martha, du wirst bald 12 Jahre alt. Dieses Kleid ist nun wirklich nichts mehr für dich." Enttäuscht erwiderte sie „Ja, das stimmt." Oma Liv folgte ihr nach hinten. Kurz bevor Martha das Kleid zurück hängen wollte sagte sie: „Halt, zeig mir mal das Kleid." Martha hielt ihrer Großmutter den Bügel hin und Liv inspizierte das Mädchenkleid. „Weißt du, mir würde das Kleid auch gefallen. Aber ich glaube, ich bin erst recht zu alt dafür." Die beiden kicherten so laut, dass Axel es hören konnte. Ihm war es egal. Er dachte, dass die beiden sich darüber lustig machten, dass er schon wieder Spielzeug kaufte.

Die Suche nach dem Trikot ging weiter. Als sie fast schon aufgeben wollten, schrie Martha: „Papa, ich habe eins gefunden. Sogar von Thomas Müller!" Sie hielt das T-Shirt in die Höhe, dass ihr Vater es aus der Entfernung sehen konnte. Martha erschrak. „Das ist eine Fälschung", rief sie. „Hinten steht BALLACK drauf." Papa Axel kam seine Tochter entgegen. „Wow, das scheint schon älter zu sein. Es ist keinesfalls eine Fälschung. Früher hatte Michael Ballack die Rückennummer 13. Zu seiner Glanzzeit war er ein hervorragender Fußballspieler. Ich glaube, er war sogar mehrfach Fußballer des Jahres. Zeig mir doch mal das Trikot."

Inzwischen war Liv auch herbeigeeilt, um die Trophäe zu besichtigen. „Es ist nur Größe L, und mit der Aufschrift Ballack kann ich auch nicht wirklich rumlaufen in 2018", seufzte ihr Schwiegersohn. Oma Liv betrachtete das Shirt und hatte dann eine nahezu geniale Idee. „Axel, aus zwei mach´ ich eins." Er schaute sie ungläubig an. „Ich schneide es auseinander und nähe es dir auf das weiße T-Shirt, was du vorhin gekauft hast." Axel fiel seiner Lieblingsschwiegermutter um den Hals. „Danke, das wäre super." Er zögerte kurz und fragte dann noch „Kannst du den Namen weglassen?" „Ja, du wirst sehen, es wird ein tolles Shirt für dich werden. Allerdings brauche ich einen Tag für mich zum Nähen."

Erleichtert fuhren die drei zurück nach Gustavsberg. Jetzt merkten sie auch, dass sie richtig Hunger hatten. Sie fragten sich, ob Levke und Annelie schon fertig waren mit dem Kochen und Backen. „Ich wünsche mir Köttbullar." Martha strahlte. „Da bin ich mir ganz sicher, dass es eine große Menge davon geben wird. Ich habe deiner Mutter heute Morgen noch zwei Gläser Preiselbeeren gebracht. Ich bin eher gespannt, was meine Töchter sonst noch alles gezaubert haben."

Als die drei bei Familie Lundberg ankamen, begrüßte sie zu allererst Pony Mats. „Oh, du Süßer. Schade, dass wir nichts für dich haben." Martha kraulte Mats am Kopf. Er streckte ihn ganz weit nach vorne und genoss die Streicheleinheiten.

Thore und Opa waren auch schon da. Cousinen Alva und Svea hatten mit Malinas Hilfe den Tisch gedeckt und ihn mit Blütenblättern bestreut. Frisches Knoblauchbrot duftete aus einer großen blauen Porzellanschüssel mit weißen Punkten. Die Stühle hatten die Mädchen alle in einer Reihe aufgestellt, um das bereits auf dem Tisch stehende Essen vor einem gewissen Vierbeiner zu schützen.

Annelie und Levke hatten neben Köttbullar mit Mes (Kartoffelbrei) auch Opa Peers Lieblingsgericht zubereitet. Es handelte sich um Sill, eingelegten Hering in Senf, Zwiebeln, Wein und einigen Gewürzen.

Zum Nachtisch gab es Kladdkaka. Die genaue Übersetzung lautete Schmierkuchen. Es war ein flacher saftiger Schokoladenkuchen mit Puderzucker.

Das Essen war ein voller Erfolg. Alle waren satt und zufrieden. Oma Liv war sehr stolz auf ihre großen Töchter und ein bisschen erleichtert, dass die ganze Arbeit nicht mehr allein an ihr hängen blieb. Nicht, dass sie ihre Liebsten nicht gerne verwöhnte, doch die letzten Jahrzehnte waren auch an ihr nicht ganz spurlos vorüber gegangen. Die Familien Lundberg und Johannsen würden von Mittwoch bis Freitag einen Campingurlaub in den Norden machen. Peer hatte das Wohnmobil zu diesem Zweck zwei Monate früher als notwendig fertig gemacht und zur Inspektion gebracht. Es sollte optisch und technisch alles einwandfrei sein, wenn seine Familie damit unterwegs wäre. Ein paar Tage Ruhe würden Opa und Oma guttun, dachte Liv und musste über ihre Gedanken und deren Ausdrucksweise schmunzeln.

Die freien Tage verbrachten die Großeltern tatsächlich etwas gemächlicher. Liv konnte ganz entspannt ein neues Trikot für Axel nähen. Peer schmiss seinen Räucherofen an, um die frisch gefangenen Fische zu räuchern. Thore hatte ihm geholfen, die Fische zu angeln. Das Fußballspiel Schweden gegen Deutschland rückte immer näher, und im ganzen Land erhöhte sich die Anspannung. Die meisten Schweden waren sich sicher, dass sie die Deutschen haushoch besiegen würden.

Als am Freitagabend die Kinder und Enkelkinder von ihrem Kurzurlaub aus Nordschweden zurückkamen, kehrte endlich wieder Leben in die Bude ein, wie Opa Peer meinte. Liv hatte Brot gebacken, und es gab frisch geräucherten Fisch dazu. Thore war mächtig stolz, dass er auch einen der Fische geangelt hatte. „Endlich wieder leckeres Essen. Ich habe zwei Tage Salat essen müssen", beschwerte sich Peer. „Oh Papa, du tust mir so leid. Musstest du dich gesund ernähren?" Levke knuddelte ihren Vater. „Weißt du Papa, sei froh, dass du nicht mit uns gefahren bist." Axel schickte einen strafenden Blick zu seiner Frau und Levke wechselte das Thema.

Nach dem Essen nahm Liv in einem unbemerkten Moment Axel zur Seite und zeigte ihm sein neues Trikot. „Oh, das ist SUPER. Jetzt werden die Deutschen gewinnen. Vielen Dank, Liv!" Seine Schwiegermutter lächelte und klopfte ihm leicht auf die linke Schulter.

Am nächsten Vormittag stieg die Spannung. Drei Fans für Deutschland gegen neun Schwedenfans vereinten die Familien. Onkel Krister hatte wieder zum Public Viewing eingeladen. Ab 18 Uhr startete das große Grillfest. Onkel Mika war aus Stockholm angereist. Als er Malina beiseite nahm und sie vorsichtig fragte, wie es ihr denn gehen würde nach der ungewollten Streifenwagenfahrt vom Montag, antwortete sie kurz und direkt. „Kein Problem, Mika. Mama hat zu Papa gesagt, dass ich es gut überstanden habe. Sie hat zwar leise gesprochen, aber ich habe es genau verstanden." Mats bog um die Ecke, und Malina rannte auf ihn zu. Mika war sehr erleichtert. Er hatte sein schwedisches Trikot an. Krister ließ es sich nicht nehmen, 30 Würstchen zu grillen. Es war Midsommar in Schweden, auf dem Tisch standen frische Kartoffeln,

Hering, Sauerrahm und verschiedene Käsespezialitäten. Oma Liv hatte mit den Mädchen wunderschöne Blumenkränze gebunden. Levke und Annelie hatten ausschließlich blaue und gelbe Blumen in ihrem Haarkranz. Oma Liv und ihre vier Enkelinnen Martha, Alva, Malina und Svea hatten leuchtende, bunte Blüten in ihren Kränzen. Als Papa Axel die Terrasse betrat, verstummten alle Anwesenden. „Wow Papa, du hast das beste Trikot der Welt." Martha rannte auf ihren Vater zu und drückte ihn. Er bekam sogar ein anerkennendes Nicken von seinem Schwiegervater. Das Shirt war ein Volltreffer, und Axel strahlte glücklich.

Ganz leicht betrübt war er jedoch, weil er am morgigen Sonntag allein die Heimreise nach Elmshorn antreten müsste. Seine Frau Levke hatte alle entbehrlichen Gegenstände schon im Auto Verstaut. Auch die handbemalten Teller ihrer Kinder aus der ortsansässigen Porzellanfabrik sollte Axel mitnehmen. Levke blieb mit den Kindern noch zwei Wochen länger in Schweden. Mit dem Zug würden sie dann nach Göteborg fahren und weiter mit der Fähre bis Kiel. Dort würde Axel seine Familie dann am darauf folgenden Sonntagmorgen aus der schleswig-holsteinischen Landeshauptstadt abholen.

Die Spannung stieg. Zum Glück war das Wetter wunderschön. Kurz vor dem Anstoß rief Levke laut: „Was für eine saue Lommernacht!" Alle starrten sie an. „Upps, habe ich das wirklich gesagt? Ich meine natürlich", wieder schrie sie, „Was für eine laue Sommernacht." Die Kinder schüttelten die Köpfe, und

Levke bekam einen Lachkrampf. Annelie stieg auch mit ein, und Oma Liv fing an zu kichern.

Dann herrschte Stille, nur die Geräusche der Soundanlage ließen das Fußballspiel auf der Terrasse ertönen. Sehr hohes Tempo und ein spannendes Spiel ließen die Fußballfans zwischenzeitlich immer mal wieder den Atem anhalten. In der 32.Minute schoss Ola Toivonen das 1:0. Opa Peer grölte laut los. Krister und Levke fingen an zu klatschen. Thore schrie: „Ich bin ein Schwede." Sehr zur Freude von Peer blieb der Halbzeitstand 1:0 für Schweden. Axel behauptete immer, dass die Deutschen besser spielen würden als die Schweden, nur hörte ihm niemand zu.

In der zweiten Halbzeit stieg die Spannung. Schon nach drei Minuten fiel durch Marco Reus der Ausgleich. Axel und Martha jubelten, während alle anderen erstarrten. Den Schweden würde ein Punkt für ein Unentschieden eventuell reichen, um in das Achtelfinale zu kommen. Für die deutsche Nationalmannschaft wäre ein Unentschieden fast schon gleichbedeutend mit dem Ausscheiden. Der Schock für Liv, Martha und Axel erfolgte in der 82. Minute. Jerome Boateng wurde nach einem Foulspiel mit Gelb/rot vom Platz gestellt. Alle fieberten dem Ende entgegen. Axel, Martha und Liv hofften auf einen weiteren Treffer der Deutschen. In der letzten Minute der Nachspielzeit schaffte Toni Kroos durch einen genialen Freistoß den Siegtreffer zum 2:1 Endstand für Deutschland.

Leider provozierten nach dem Abpfiff noch zwei deutsche Funktionäre die schwedische Bank, und es gab ein paar Tumulte. Das hatte dieses Spiel nicht verdient. Axel schämte sich für die beiden.

Er tröstete seinen weinenden Sohn. Opa Peer meldete sich zu Wort. „Noch ist nichts verloren. Wir spielen am Mittwoch noch gegen Mexiko. Das schaffen wir schon, Thore."

Oma Liv kam mit Annelie und einer großen Portion frischen Erdbeeren mit Schlagsahne auf die Terrasse zurück. „Meine liebe Familie, wir haben Midsommar, und jetzt feiern wir noch ein Weilchen und werden gute Laune haben. Morgen Vormittag muss Axel leider wieder nach Deutschland fahren, lasst uns jetzt feiern."

Mit dem Wohnmobil nach Nordschweden

Die beiden Schwestern Annelie und Levke fuhren in dem Wohnmobil ihrer Eltern in den Urlaub. Ihre Familien waren auch dabei. Gemeinsam wollten sie für ein paar Tage nach Nordschweden fahren. Es war gar nicht so einfach, außer den beiden Frauen noch fünf Kinder und zwei Ehemänner in dem Reisemobil unterzubringen. Annelie hatte diesen Trip gut durchgeplant. Es sollte eine kleine Überraschung für ihre ansonsten in Deutschland lebende Schwester und deren Familie sein. Alle waren begeistert und freuten sich auf diesen Ausflug.

Da in dem liebevoll ausgebauten Wohnmobil die Schlafmöglichkeiten begrenzt waren, hatten sie zusätzlich zwei Zelte mitgenommen. Ein kleines Zweimanniglu und ein großes Zelt für vier Personen. Es gab zwei Kühlboxen, welche über eine Zusatzbatterie betrieben wurden. Die Boxen waren randvoll mit leckeren Lebensmitteln und ein paar Getränken. Es war Midsommar in Schweden und die Temperaturen sommerlich warm. Man konnte schon sagen, dass das Wetter traumhaft schön war, da waren sich alle einig. Sie hatten vor, wild im Wald zu campen.

Sie fuhren in die Region Dalarna in nordöstlicher Richtung. Annelie erklärte ihrem Schwager und seinen Kindern diesen Teil Schwedens. „Es ist eine historische Provinz mit alten Brauchtümern, wie auch das Tragen altertümlicher Trachten zu Midsommar.

Mehrere Künstler kommen aus Dalarna. Der Tourismus auch innerschwedisch ist groß. Sehenswürdigkeiten und eine vielfältige Flora und Fauna heißen Besucher hier willkommen." Levke grinste, „Du könntest Touristenführerin werden, Anni." Levke war vor fast zwanzig Jahren zuletzt in der Gegend gewesen. Es waren noch gut zwei Stunden zu fahren. Thore hatte mal wieder Hunger, und Levke erlaubte ihm, sich etwas aus den Kühlboxen zu holen. Malina und Alva aßen mit. „Mama, das ist nicht doll kalt", meinte Thore, und seine Mutter bat ihn, die Kühlung auf Stufe fünf hoch zu regeln, was er umgehend erledigte.

Gegen neunzehn Uhr erreichten sie ihr Ziel. Krister suchte nach einer ruhigen und abgelegenen Stelle, um einen geeigneten Parkplatz für die Nacht zu finden. Sie hatten Lebensmittel und Kleidung für mindestens drei Tage dabei. „Was sollte schon schiefgehen", dachte er und fuhr auf einer Spurbahn noch weiter in den Wald hinein. Nach einer Weile erreichten sie eine kleine Lichtung und beschlossen, gemeinsam dort ihr Nachtlager aufzuschlagen. Entsetzt mussten sie feststellen, dass es sehr lange her war, dass jemand von ihnen ein Zelt aufgebaut hatte. Das kleine Iglu war relativ leicht aufzubauen. Thore nahm es umgehend in Beschlag und legte sich in seinem Drachenschlafsack hinein. Ein paar Minuten später folgten ihm Alva und Malina. „Klar", meinte Annelie, „die drei sind auch satt. Ich habe einen Mordshunger. Ihr auch?" Krister bat: „Lasst uns erst gemeinsam das große Zelt aufbauen. Axel und ich könnten mehr Unterstützung gebrauchen." Die Erwachsenen brauchten fast eine weitere halbe Stunde, bis das große Zelt endlich stand. Martha und Svea deckten derweil den Tisch. Sie rechneten aus, dass sie nur noch zu sechst waren. Drei von ihnen schliefen tief und fest im kleinen Zelt. Axel hatte zum Schutz vor wilden Tieren die Zeltöffnung mit beiden zur Verfügung stehenden Planen geschlossen.

Die Mädchen hatten alles ausgepackt, was sich in den Kühlboxen befand. Der Tisch war reichlich gedeckt. Nach den ersten Bissen bemerkten alle, dass die Kühlung offenbar nicht funktioniert hatte. Krister kontrollierte die Kabelverbindungen. Hier schien alles in Ordnung zu sein. „Annelie, du hast vergessen, den Sicherheitsschalter zu betätigen. Es war kein Stromfluss möglich." „Schiete, tut mir leid. Ob das Essen überhaupt noch gut ist?" Levke antwortete ihrer großen Schwester: „Jetzt haben wir alle schon davon gegessen, und schmecken tut es ja noch. Obwohl, bei dem Heringssalat bin ich mir nicht ganz sicher." Axel mischte sich ein. „Jetzt können wir es auch drauf ankommen lassen. Ich habe gesehen, dass wir eine Achterpackung Toilettenpapier dabei haben." Alles kicherte, nur Martha wurde nachdenklich. „Wir haben nur dieses eine kleine Chemieklo." Axel antwortete ihr. „Mach dir keine Sorgen, Schatz, es wird schon alles gut gehen."

Nach dem köstlichen Abendessen saßen sie noch eine Weile auf Campingstühlen vor dem Wohnmobil. Es war ziemlich hell und roch herrlich nach Wald. Sie hörten einen Uhu rufen. Diese beeindruckenden Vögel waren hier ansässig. Martha ging es nicht so gut, und sie legte sich in dem Viermannzelt schlafen. Svea wurde auch müde und ging in das Wohnmobil.

Ein paar private Sätze wechselten die beiden Schwestern noch, bevor sich alle zur Ruhe begaben.

Axel und Levke schliefen bei Martha in dem großen Zelt, während Krister, Annelie und Svea im Wohnmobil blieben. Svea war dann auch die erste, die über Bauchschmerzen klagte. Ziemlich zur gleichen Zeit bekamen die vier Eltern und Martha ebenfalls Bauchkrämpfe sowie das dringende Verlangen, den Darm zu entleeren. Martha hatte Recht behalten, ein kleines Chemieklo reichte keinesfalls aus. Die Erwachsenen nahmen sich jeder eine Rolle Toilettenpapier und gingen jeweils zu zweit ein paar Meter in unterschiedliche Richtungen in den Wald hinein. Annelie und Levke gingen nach Süden. Sie waren ja Schwestern und hatten diesbezüglich keine großen Hemmungen. Leider ging es ihnen wirklich schlecht. Wie sie so da saßen, machten sie sich von Bauchkrämpfen geplagt große Sorgen um Svea und Martha. Die beiden Mädchen teilten sich abwechselnd die Toilette im Wohnmobil. „Keine Chance", grunzte Levke. „Ich bin nicht in der Lage jetzt aufzustehen, um nach den Mädchen zu schauen."

Die Männer waren nach Norden in den Wald gegangen. Sie hatten einen größeren Abstand zwischen sich gelassen. Dennoch war die natürliche und normale Schamgrenze deutlich überschritten. „Scheiße", brüllte Axel. Krister antwortete: „Im wahrsten Sinne des Wortes. Hast du auch solche Krämpfe?" „Leider ja."

Was die Eltern zu diesem Zeitpunkt noch nicht wussten, war, dass Thore, Alva und Malina inzwischen von den merkwürdigen Geräuschen des Waldes aufgewacht waren. Sie gingen in das Wohnmobil und trafen zuerst auf eine weinende Svea. Sie schluchzte, dass das Essen schlecht geworden war und jetzt alle Bauchschmerzen hatten. Die Klotür öffnete sich und eine kreidebleiche Martha kam heraus, und Svea rannte hinein. „Wo sind denn Mama und Papa?" fragte Thore. „Die haben Toilettenpapier mitgenommen und sind raus gerannt. Somit hatte sich die Frage nach den merkwürdigen Geräuschen des Waldes geklärt.

Nach einer guten Viertelstunde kamen alle zurück zum Wohnmobil. „Krass, Papa, ihr seht schrecklich aus." Thore zog die Augenbrauen hoch und schüttelte den Kopf. Malina wollte wissen, ob das ansteckend ist. Levke meinte, dass es kein Virus wäre und „nur" an dem verdorbenen Essen lag. Kaum hatte sie das ausgesprochen, rannte sie erneut los. Bei Krister und Axel dauerte es auch nicht lange, bis sie das Wohnmobil wieder verlassen mussten. Annelie musste sich übergeben und schaffte es nur bis vor die Tür.

Malina gab Thore und Alva ein Zeichen, mit ihr zu kommen. Die Kinder gingen in ihr Zelt und schmiedeten einen Hilfepakt. Thore sollte dafür zuständig sein, den Kranken Klopapier oder etwas zu trinken zu bringen. Malina sollte alles nach Arzneimitteln durchsuchen, und Alva würde Tee und Brühe kochen. Außerdem würde sie mit einem Löffel die Kohlensäure aus der Cola schlagen. „Das hatte ihre Mama auch schon mal gemacht, als es Svea schlecht ging", meinte sie.

Die beiden Ehemänner hatten einen Plan gefasst. Sie hofften sehr, dass Opa Peer einen Spaten oder eine Schaufel im Wohnmobil verstaut hatte. Sie schauten im Gepäckfach an der Unterseite nach und fanden tatsächlich einen Spaten. Krister musste erneut rennen und Axel fing an, ein paar Meter vom Wohnmobil entfernt eine ungefähr drei Meter lange Rinne auszuheben. Es sollte eine Massentoilette werden, welche sie später wieder zuschütten könnten. Sie könnten schließlich nicht den ganzen Wald in der Umgebung kontaminieren. Am darauf folgenden Tag würden sie auch mit Hilfe des Spatens das herumliegende Klopapier und andere Reste einsammeln und in die Rinne schippen. Als Krister wiederkam, drückte sein Schwager ihm den Spaten in die Hand und rannte erneut los.

Am heftigsten waren diese schlimmen Krämpfe, da waren sich alle einig. Svea musste viel weinen. Martha riss sich zusammen, so gut sie konnte. Erst als Mama ihr über den Kopf strich, fingen auch bei ihr die Tränen an zu laufen. In der Zwischenzeit war die Gemeinschaftstoilette fertig gestellt. Es gab sogar einen sogenannten Lieblingsplatz. Von diesem Platz aus konnte man sich an einem Ast festhalten, während man….

Am nächsten Morgen ging es allen ein wenig besser. Sie waren jedoch noch nicht in der Lage, ein Touristenprogramm zu absolvieren, und beschlossen, einfach noch eine Nacht länger an diesem Ort zu bleiben. Es war genug Tee, Brühe und Brot vorhanden.

Einige von ihnen konnten sowieso noch nicht an Essen denken. Martha und Svea ging es als erstes wieder gut. Malina hatte im Verbandskasten ein paar Medikamente gefunden und fragte in die Runde: „Möchte einer von Euch Abführmittel magenschonend?" „Nein" „Bloß nicht" „Auf keinen Fall" „Malina, das ist dafür geeignet, wenn man NICHT auf die Toilette gehen kann. Danke trotzdem." Axel zwinkerte seiner Tochter zu.

„Mama, mein Hintern brennt so. Der tut richtig weh." Svea beschwerte sich bei Annelie. „Meiner leider auch, Schätzchen. Wenn wir morgen wieder losfahren, halten wir bei einer Apotheke und kaufen Creme.

Die Gemeinschaftstoilette war eine super Idee. Leider hatten nach sehr kurzer Zeit etliche der vielen umherschwirrenden Mücken den Angriff auf die blankliegenden Pobacken gestartet. Am schlimmsten hatte es Axel erwischt. Levke hatte insgesamt 11 Stiche bei ihm gezählt. Dummerweise hatte er gekratzt und nun tat sein Hintern erst richtig weh.

Gegen Nachmittag kehrte die normale Gesichtsfarbe ganz langsam zurück. Thore, Malina und Alva kümmerten sich rührend um alle erkrankten Familienmitglieder. Der Tee neigte sich schon dem Ende zu. Das Toilettenpapier war leider auch ausgegangen. Die Küchenrolle tat weh, war aber besser als nichts. Die gesamte Familie setzte sich zusammen und beschloss gemeinsam, dass sie Opa Peer und Oma Liv gar nichts von der Magenverstimmung und deren Folgen erzählen wollten. Sie sollten denken, dass es ein rundum glücklicher Trip gewesen wäre.

Ganz langsam erholte sich die Verdauung, und es konnte auch wieder gelacht werden. Eine ruhige und friedliche Nacht lag vor ihnen. Am Freitagmorgen machten sie sich früh auf den Weg, um noch etwas von Dalarna zu erkunden. Vorher schippten sie ihre Gemeinschaftstoilette zu. Für einen Moment überlegte Levke, ob sie ein Foto davon machen sollte, entschied sich dann aber doch dagegen. An der ersten Apotheke hielten sie an und kauften teures, ganz weiches Toilettenpapier sowie Babywundcreme, Mückenstichsalbe und ein paar Gesundheitstees.

Die Kinder wollten den Old Tjikko sehen, bevor sie die Heimfahrt antraten. Als sie dort angekommen waren, war Annelie wieder in ihrem Element. „Oh bitte, hört mir zu. Ich möchte Euch die faszinierende Geschichte des ältesten Baums der Welt erzählen." Thore rief: „Ja, seid leise! Ich will es wissen." „Danke, Thore. Dann fange ich mal an. Der Old Tjikko ist ungefähr 9550 Jahre alt." „Was", meinte Svea entsetzt, „der sieht doch gar nicht so alt aus, und groß ist er auch nicht. Bist du dir da sicher, Mama?" „Der Stamm ist auch erst circa 600 Jahre alt. Aber das Wurzelwerk ist mehrere Jahrtausende alt. Es handelt sich um eine Fichte. Es ist ein sogenannter Klonbaum. Professor Leif Kullmann hat diesen Baum entdeckt und ihn nach seinem Hund benannt. Das ist das, was man sich erzählt." „Wow, das ist toll. Ich bin beeindruckt, was die Natur so alles kann." Axel starrte den Baum an. Er war nur ungefähr fünf Meter hoch, vielleicht sogar ein wenig mickrig dachte er, sagte aber nichts. Eine Weile war es still und die Augen ruhten auf dem Old Tjikko.

Thore unterbrach die Stille. „Ich habe Hunger und Brühe oder Brot will ich nicht." „Oma hat uns zu heute Abend zum Essen eingeladen. Opa wollte die Fische räuchern, die ihr gefangen habt." Levke lächelte ihrem Sohn zu. Doch diesen Gesichtsausdruck von Thore kannte sie schon. „Vermutlich fängt er gleich an zu maulen", dachte sie. „Solange kann ich nicht warten. Hilft mir denn keiner?" Das Gelächter war groß, und die Familie beschloss einen Imbiss aufzusuchen und eine Kleinigkeit zu sich zu nehmen, bevor sie die Rückreise antraten.

Ihren Mägen zuliebe versuchten sie auf zu viel Fett zu verzichten. Schwierig bei einem Imbiss, aber es gab selbstgemachte Frikadellen mit Weißbrot. Thore aß sogar zwei Stück.

Die Heimfahrt verlief reibungslos und man freute sich auf die Großeltern. Wenn sie alle ehrlich waren, freuten sie sich auch auf richtige Toiletten mit bequemen Sitzen sowie abends auf ihre kuscheligen Federbetten.

Papa fährt und die Mädels machen Party

Es war Sonntagmorgen. Oma Liv und Opa Peer hatten zum Familienfrühstück eingeladen. Danach würde Axel die lange Heimreise nach Deutschland alleine antreten müssen. Seine Frau Levke und ihre drei gemeinsamen Kinder blieben noch zwei Wochen länger in Schweden. Von Gustavsberg nach Malmö waren es rund 650 Kilometer Autofahrt für Axel. Danach folgte die Oeresundbrücke nach Kopenhagen, und dann ging es weiter nach Deutschland. „Zum Glück wohnte die Familie Johannsen in Elmshorn in Schleswig-Holstein und nicht irgendwo in Bayern", dachte Axel. Er nahm sich vor, während der Rückreise alle Geschwindigkeitsbegrenzungen strikt einzuhalten. Auf der Hinfahrt hatte er aufgrund seiner rasanten Fahrweise ein paar gravierende Probleme gehabt. „Glücklicherweise war er dennoch gut davongekommen", dachte er und freute sich.

Sein Schwager Krister mit Frau Annelie und den Töchtern Alva und Svea waren ebenso zum Abschied gekommen wie auch Cousin Mika aus Stockholm. Alva hatte Pony Mats zum Tschüss-Sagen mitgebracht. Sie band ihn an einem langen Strick an dem freistehenden Briefkasten vor dem Haus an. Axel und Mika waren beide Polizisten und hatten zusammen einiges erlebt in Axels diesjährigem Urlaub. Sie begrüßten sich ganz besonders herzlich.

Weil Axel es so gerne aß, hatte Liv ihm frische Köttbullar mit Mes Kartoffelmus gekocht. Natürlich war auch eine große Menge für alle anderen vorhanden. Axel bekam zusätzlich ein Schüsselchen für die lange Heimfahrt mit. Ein Lunchpaket mit frischem Salat und Obst, sowie ausreichend Getränke hatte er ebenfalls dabei. Alle knuddelten ihn, und schweren Herzens ging er zum Auto. Kurz bevor er seine Autotür erreicht hatte, machte es „QUAPSCH". Er schaute nach unten, und seine Sandale stand in einer großen Pfütze. „Was ist das denn?" Axel hob seinen Fuß, und es tropfte aus seinem Schuh. „Oh, ich glaube Mats hat gepiescht". Alva war leicht betreten. Levke mischte sich ein. „Es ist nicht so schlimm, Alva. Onkel Axel hat noch mehr Schuhe dabei." „Ja, aber ganz unten im Koffer." Axel war leicht angeekelt und zog sich Schuh und Strumpf umgehend aus. So verzögerte sich dann seine Abreise um eine gute Viertelstunde. Axel wusch sich die Füße und zog sich um. Es hatte ein paar Minuten gedauert, bis er seine Turnschuhe gefunden hatte. Diesmal passte er auf und machte einen großen Ausfallschritt, bevor er in das Auto einstieg. Levke und Annelie konnten sich das Kichern mal wieder nicht verkneifen. Axels Frau rannte dann doch noch schnell zur Beifahrertür und gab ihm einen extra Schmatzer für die Fahrt. Die ganze Familie winkte, bis sein Wagen aus der Sichtweite war.

Wieder im Haus angekommen nutzte Levke die Gelegenheit, dass die gesamte Familie anwesend war. „Ich habe eine Überraschung für alle Mädchen dieser Familie. Auch für die schon etwas älteren Mädchen." Die Aufmerksamkeit hatte sie auf ihrer Seite. „Ich möchte heute Abend gerne einen Mädelsabend machen. Ich hoffe, dass ihr einverstanden seid und alle mitmachen wollt. Papa, vielleicht kannst du ja etwas mit Thore und Krister unternehmen." „Oh, wenn du willst, Thore, zeige ich dir wie man schnitzt." Thore war zum Glück begeistert. Krister wollte einen ruhigen Fernsehabend mit der Fußball Weltmeisterschaft verbringen. Schweden, sowie auch die deutsche Mannschaft waren ja erst am kommenden Mittwoch wieder dran. Trotzdem, die anderen Mannschaften interessierten Krister auch. Die Frauen und Mädchen verabredeten sich zu um 19 Uhr erneut bei den Großeltern. Annelie wollte für diesen Anlass eine Prinsesstarta Prinzessinnentorte backen, die Lieblingstorte vieler Schweden. Sie besteht aus einem hellen Boden, viel Sahne, Konfitüre, Vanillecreme und einer dicken, grün eingefärbten Schicht Marzipan oben drauf. Alle freuten sich schon auf diese Köstlichkeit. Sie würden natürlich Krister, Peer und Thore auch jeweils ein Stückchen abgeben. Zumindest von Thore würden sie sonst Ärger bekommen. Bei diesem Gedanken beschloss Levke, nach den Ferien ein wenig mehr auf Thores Ernährung zu achten.

An diesem Abend konnte sie endlich ganz in Ruhe die Geschenke an ihre Nichten und ihre Töchter verteilen. Die dreifache Mutter ging in das Gästezimmer und öffnete ihren kleinen Trolley. Den großen Koffer hatte sie Axel mitgegeben. Damit wollte sie sich auf der Zugfahrt nicht abschleppen. Ganz unten hatte sie die Schatullen mit dem Armschmuck für die vier Mädchen verstaut. „Komisch", dachte sie, „gestern waren doch noch alle Schachteln da." Sie kippte den Koffer über dem Bett aus. Es waren nur drei Armreifen vorhanden. Der mit dem wunderschönen Saphir für Alva fehlte. Sie suchte das gesamte Zimmer ab. Sogar in ihrer Kulturtasche schaute sie nach. „Merkwürdig", dachte Levke. „Axel kann doch nicht aus Versehen…. Nein", sie verwarf diesen Gedanken umgehend wieder. Warum sollte Axel an ihren Koffer gehen? Das ergab alles keinen Sinn. Ein Dieb konnte es auch nicht gewesen sein, der hätte sicherlich den gesamten Schmuck mitgenommen. Ihr fiel das Bargeld wieder ein, und sie schaute nach. Es war alles noch da.

Opa Peer und sein Enkelsohn Thore waren derweil im Gartenhaus beschäftigt. Hier hatte Peer unzähliges Werkzeug und Arbeitsmaterial. Natürlich alles fein säuberlich geordnet. Sein Schnitzwerkzeug lag in einer der oberen Schubladen, und das schon seit Jahrzehnten. Immer außerhalb der Reichweite von Kindern, so hatte Peer es schon von seinem Vater gelernt. Thore reckte sich, doch er schaffte es nicht hinein zu sehen. Sein Opa gab ihm ein kleines, altes Schnitzmesser „Thore, dieses Kinder-Schnitzmesser der Firma Opinel hat mir mein Vater vor sehr langer Zeit aus Frankreich mitgebracht. Ich möchte es dir gerne schenken. Aber du musst mir versprechen, immer ganz vorsichtig damit zu sein." „Danke Opa, krass!" Thore und Peer strahlten um die Wette. „Was hast du denn da am Handgelenk?" „Das habe ich mir selbst vererbt." „Was hast du gemacht, Thore?" Sein Enkel senkte den Kopf und erzählte seinem Großvater die ganze Geschichte von Anfang an. Wie die Familie an der dänischen Grenze kontrolliert wurde, und Martha und Malina einen wunderschönen Armreifen geschenkt bekamen und Thore leer ausging. Opa Peer seufzte: „Es nützt nichts. Wir müssen jetzt zu deiner Mama gehen, und du musst den Armreifen zurückgeben." „Macht nichts, Opa, nun habe ich doch das schönste Messer der Welt."

Peer klopfte an den Türrahmen zum Gästezimmer. Die Tür stand weit offen, und Levke saß auf der Bettkante und wühlte in einem Haufen Bekleidungsstücke. „Dein Sohn möchte dir etwas sagen." Levke schaute auf, und Thore hielt ihr den vermissten Armreif hin. „Thore! Hast du den Schmuck gestohlen?" „Den habe ich mir vererbt, aber ich brauche ihn jetzt nicht mehr. Opa hat mir ein Messer geschenkt." Levke war entsetzt. „Ein Messer? Papa, das ist zu gefährlich und überhaupt, so geht das nicht." Sie wusste gar nicht, was sie sagen sollte. „Der Armreif ist für Alva bestimmt. Wo ist denn die Schachtel dazu?" „Die hat Opa." Thore nahm den Zeigefinger und deutete auf Peer. „Ich, wieso ich denn?" „Du hast gesagt, dass die Schachtel super für die Würmer ist." Peer war leicht verwirrt und entschuldigte sich bei seiner Tochter. „Das tut mir leid Levke. Ich wusste ja nicht, dass es deine Schachtel ist." Seine Tochter schüttelte den Kopf. „Wenigstens habe ich jetzt alle Armreifen zusammen für heute Abend. Papa, was ist das denn für ein Messer? Thore ist erst sechs Jahre alt." Peer erzählte seiner Tochter die Geschichte des Kinder Schnitzmessers, und Levke beruhigte sich wieder. Sie wandte sich noch einmal an ihren Sohn. „Thore, morgen fahren wir zwei zusammen einkaufen, und du bekommst auch ein Schmuckstück. Trotzdem bin ich enttäuscht, dass du dich einfach selbst bedient hast.

Wir reden morgen noch einmal darüber. So und nun viel Spaß mit Opa beim Schnitzen."

Aus dem Untergeschoß kamen laute Geräusche, und verschiedene Stimmen waren zu hören. Thore schrie: „Das muss Tante Annelie mit der Prinsesstarta sein." Er rannte die Treppe hinunter, und Peer folgte ihm. Oma Liv schnitt für ihren Enkel und ihren Mann jeweils ein Stück der Torte ab, und die beiden nahmen ihre Teller mit in die Werkstatt.

„Mädelsabend!" Annelie drückte ihre Schwester. Dann zeigte sie ihr zwei DVDs „Pretty Woman" und „Drei Haselnüsse für Aschenbrödel". Levke konnte wieder lächeln. Liv hatte für sich, ihre vier Enkelinnen und ihre Töchter das Wohnzimmer noch gemütlicher als sonst hergerichtet. Wenn es nicht Midsommar gewesen wäre, hätte sie sicherlich zusätzlich zu den ganzen Laternen und Teelichthaltern auch noch den Kamin angezündet. Das gute Service aus der Porzellanmanufaktur Gustavsberg stand auf dem Tisch. Eine Vase mit frischen Blumen befand sich auf dem kleinen Tischchen neben dem Fernseher. Auf der Fensterbank stand ein Duftlämpchen, und es duftete nach ätherischem Orangenöl. Für Martha und Svea hatte sie heißen Kakao mit einer Milchschaumhaube gemacht. Alva und Malina servierte sie Prinzessin-Lollifee-Tee. Annelie und Levke sowie Liv selbst bekamen eine große Tasse frischen Milchkaffee. Ihre älteste Tochter machte eine hervorragende Prinsesstarta. Alle Mädels genossen und strahlten.

Levke nutzte die Gelegenheit und verteilte die Geschenke an die vier Mädchen. Alva und Svea waren genauso begeistert, wie Martha und Malina. „Ist das ein echter Edelstein?" fragte Alva. „Ja, das ist ein Saphir. Wisst ihr der Schmuck kommt nicht von mir, sondern von Oma Astrid." Levke wurde sentimental und ihre Stimme zitterte leicht. „Ich habe ja von Oma Astrid eine größere Summe Geld geerbt." Ihren Nichten zugewandt sprach sie weiter. „Eure Mama hat damals finanzielle Hilfe beim Hausbau von Oma Astrid bekommen. Ich habe dafür Geld geerbt. Jetzt dachte ich mir, dass sie sich bestimmt ganz doll freuen würde, wenn ihre fünf Urenkel auch ein schönes Andenken…. Es tut mir leid, ich muss eine kleine Pause machen und das letzte Stückchen Torte klauen." Liv wischte sich eine Träne von der Wange und nahm sich den Rest der Prinsesstarta. Annelie übernahm das Reden für einen Moment. „Ich finde das großartig, kleine Schwester. Vielen Dank! Oma Astrid schaut jetzt bestimmt zu und freut sich darüber." Das war zu viel für Liv und Levke. Alle, bis auf Svea wischten sich ein Tränchen weg. Svea war noch sehr klein, als ihre Uroma Astrid für immer einschlief. „Was bekommt Thore denn?" Martha schaute gespannt auf ihre Mutter. „Wenn ich das mal so genau wüsste. Ein ganz schöner Frechdachs ist er, euer kleiner Bruder. Ich dachte an eine hochwertige Lederkette mit einem silbernen oder goldenen Drachen als Anhänger. Schön wäre es, wenn der Drache einen Rubin als Auge hätte." Oma Liv mischte sich ein. „Ihr ward doch in Dalarna, warum habt ihr denn nicht bei den Künstlern geschaut?" „Oh Mutti, die Zeit war so schnell rum, da sind wir gar nicht dazu gekommen." Annelie errötete bei dieser kleinen Notlüge leicht. Schließlich sollten ihre Eltern doch nicht erfahren, dass dreiviertel der Familie während ihres Kurzurlaubs in Dalarna an einer mittelschweren Magenverstimmung litt.

Levke hatte sich wieder gefasst und ergriff das Wort erneut. „Ich habe noch eine Überraschung. Ich habe etwas Geld von der Erbschaft mitgebracht und würde gerne ein Andenken in Omas Namen kaufen. Vielleicht eine Hollywood-Schaukel oder einen Billardtisch oder ein paar E-Bikes. Irgendetwas Tolles, was ihr euch wünscht. Macht euch doch die nächsten Tage mal Gedanken darüber! Wir sind ja nur noch zwei Wochen hier."

Um den Mädelsabend perfekt zu machen, schauten sie dann „Drei Haselnüsse für Aschenbrödel". Kurz bevor der Film zu Ende war, klingelte das Telefon, und Axel war am anderen Ende der Leitung. „Papa, wo bist du denn? Geht es dir gut? Hmmm, ja...... Wir schauen gerade den Schluss von unserer DVD. Oh, da bist du aber doch schnell gefahren...... Mache ich, Tschüss." Martha meinte nur: „Alles gut, schöne Grüße, lasst uns weiter gucken."

Als der Film zu Ende war, saßen sie noch eine Weile zusammen und schwärmten von dem Prinzen und Schimmel Nikolaus. „Ach, Mama, bevor ich es vergesse, du sollst Papa mal zurückrufen." Levke war empört, dass Martha das erst jetzt so ganz nebenbei erwähnte. „Das hättest du mir doch auch schon früher sagen können, Martha." „Ich wollte dir nicht den Abend verderben." „WAAAS? Was ist denn passiert?" Alle Augen ruhten auf Martha. „Er fährt jetzt einen Leihwagen. Ihm geht es gut. Das Auto ist Totalschaden, hat er gesagt, aber wir sollen uns keine Sorgen machen." Levke stand auf, „Ich geh mal kurz nach oben und spreche mit Papa."

Zum Glück war Axel schon in Deutschland, als er den eingehenden Anruf bemerkte. Über die Freisprecheinrichtung versuchte er, seine aufgebrachte Frau zu beruhigen. „Alles in allem hatte ich großes Glück. Wahrscheinlich hat mir der Tritt in die Pfütze von Mats heute Morgen Glück gebracht. Ich freue mich schon darauf, ein neues Auto aussuchen zu können. So ganz nach meinem Geschmack. Ihr seid ja noch in Schweden." „Untersteh dich. Wir brauchen einen Kombi und keinen Sportwagen." Axels Grinsen hörte Levke förmlich. Fast zeitgleich sagten sie beide „Ich liebe Dich."

Sie ging wieder zu den anderen zurück und gab Entwarnung. Man konnte sehen, wie sich die Gesichter entspannten. Liv stand auf und holte zwei Flaschen Sekt. Eine mit und eine ohne Alkohol. Sie stießen auf das Glück und die Gesundheit an. Martha und Malina gingen mit Annelie, Svea und Alva mit. Sie wollten am nächsten Tag gleich morgens früh einen Ausflug in den Wald machen. Pony Mats sollte mitkommen.

Levke freute sich darauf, am nächsten Morgen endlich mit Thore einkaufen zu fahren. Sie erschrak, als ihr auffiel, dass Peer und Thore scheinbar immer noch in der Werkstatt waren. Da kam ihr Sohn auch schon die Treppe herauf gepoltert. „Mama, Opa zeigt mir, wie man schnitzt. Das ist ganz toll. Darf ich heute bei dir schlafen?" „Ja, mein Schatz, aber bitte putz dir noch die Zähne und wasch dich!"

Ziemlich schnell schliefen sie nach diesem aufregenden Tag ein.

Thore wird frech und Mats streikt

Wie jeden Morgen, wenn Levke wach wurde, schaute sie automatisch nach links zu ihrem Ehemann Axel. Die andere Betthälfte war jedoch leer. Ihre Gedanken gingen zu ihrem Liebsten, und ihr Herz fing an zu rasen. Axel war am Tag zuvor in einen Unfall auf der Autobahn verwickelt. Zum Glück war er schon wieder auf deutschem Boden, als es passierte. Die Abwicklung des Sachschadens und die Entgegennahme eines Leihwagens ging schnell und unkompliziert. Auch hatte er ihr versichert, dass es ihm gut gehe. Axel leistete bei einem kleineren Auffahrunfall erste Hilfe und verließ dazu seinen PKW. Ihr Ehemann und Vater der drei gemeinsamen Kinder hatte großes Glück, dass er nicht mehr in dem auf dem Seitenstreifen geparkten Wagen saß, als ein Laster in das Fahrzeug hineinfuhr. Zum Glück kam der LKW-Fahrer mit dem Schrecken davon. Die Autobahn musste allerdings für zwei Stunden voll gesperrt werden. Gerne würde Levke ihren Axel in den Arm nehmen und ihn ganz fest drücken, doch sie befand sich in Gustavsberg in Schweden, fast 1200 Kilometer von Elmshorn entfernt.

Sie fragte sich, wo denn eigentlich ihr Sohn geblieben war? Der sechsjährige hatte doch heute Nacht bei ihr im Bett geschlafen. Es war erst sieben Uhr morgens. Aus dem Erdgeschoss hörte sie Stimmen. Noch ein wenig müde begab sie sich nach unten. „Guten Morgen" „Moin, Mama" „Guten Morgen, Levke."

Ihre Mutter hatte zum Glück schon Kaffee gekocht, und der Frühstückstisch war gedeckt. „Wo ist Papa denn?" „Der ist tanken und Auto waschen gefahren. Erzähl du ihm nachher mal die Einzelheiten über Axels Unfall. Er ist sehr besorgt." Levke nickte und schlürfte ihren Kaffee. Thore schüttelte den Kopf. „Nicht schmatzen, Mama, das macht man nicht." Oma Liv schmunzelte und reichte ihrer Tochter den Brötchenkorb. Ihre Jüngste hatte großen Hunger. Als sie sich das dritte Brötchen nahm, schimpfte ihr Sohn. „Nun reicht es aber, Mama, Opa möchte gleich auch noch ein Brötchen." Entsetzt schüttelte Thore wieder den Kopf und nahm ihr das Brötchen weg. Er legte es zurück in den Korb. Hilfesuchend schaute Levke zu ihrer Mutter. „Nun, ich glaube Peer würde sich wirklich sehr über das Brötchen freuen. Morgen kaufe ich ein paar Semmeln mehr. Möchtest du noch Toast?" „Sehr gerne, Mama. Ich weiß auch nicht, warum ich so einen Hunger habe. Das war gestern alles ein bisschen viel." „Hauptsache, du bist nicht schwanger, Mama. Da hab´ ich gar keinen Bock drauf." Jetzt reichte es Levke. „Sag mal, Thore, wie redest du überhaupt mit mir? Das ist nicht schön. Ein Bisschen mehr Respekt bitte. Du bist das Kind und ich die Mutter, nicht umgekehrt." Jetzt kam er an und knuddelte seine Mama. Opa Peer kam zur Tür herein. „Guten Morgen, Levke, auch schon wach? Oh, wie schön, ihr habt mir ein Brötchen übriggelassen." Blitzschnell antwortete Liv. „Aber gerne doch, Schatz. Setz dich hin und iss. Wann hast du denn deinen Termin in der Stockholmer Tourismuszentrale, Peer?" „Um zwölf."

„Das passt doch, dann können wir im Einkaufszentrum erst nach Schmuck für Thore schauen, die Fotos abholen und dann weiter nach Stockholm. Wir könnten doch alles zusammen erledigen. Was meinst du, Levke?" „Klar, ich weiß ja auch gar nicht mehr, wo es hier eine Goldschmiede oder einen Schmuckkünstler gibt." Sie seufzte. „Irgendwie bin ich schon richtig deutsch geworden." Sie stand auf und sagte: „Ich mache mich jetzt stadtfein, und dann kann es losgehen. Thore, du kannst dir auch eine saubere Hose und ein frisches T-Shirt anziehen." Mutter und Sohn gingen nach oben, um sich umzuziehen. Als sie außer Sichtweite waren, merkte Peer an, dass er sehr aufgeregt und total gespannt auf die Fotos war. Liv war skeptisch: „Hoffentlich hast du den Termin mit Ove Larsson nicht umsonst gemacht, und es sind wirklich ein paar außergewöhnlich schöne Fotos dabei." „Bestimmt, Liv, es sah so wunderschön aus, als wir im Wald waren. Er wird mir fehlen, wenn sie wieder weggefahren sind. Ich fühle mich mindestens zehn Jahre jünger, seit Thore und ich so viel unternehmen." Liv betrachtete ihren Mann. „Och ja", sie grinste, und Peer wurde leicht verlegen. Thore kam die Treppe herunter und beschwerte sich bei seinen Großeltern über seine Mutter. „Mama malt sich Stunden lang an. Sieht schrecklich aus, sie ist doch schon verheiratet." Oma Liv verteidigte ihre Tochter. „Trotzdem darf man sich schön machen. Ganz besonders, wenn man in die Stadt fährt. Freust du dich denn schon Thore?" „Am meisten auf die Fotos von dem Elch. Oma?" „Ja, Thore." „Der Elch war fast so groß wie ein Drache." Liv verkniff sich das Lachen.

Es dauerte noch ungefähr eine halbe Stunde, bis alle vier im Auto saßen und Richtung Einkaufszentrum fuhren. Levke hatte noch kurz ihre Schwester Annelie angerufen und gefragt, ob bei den Mädchen alles in Ordnung wäre. Sie bestätigte ihr nur, was sie sowieso schon vermutet hatte. Die Mädchen waren gut gelaunt zum Waldpicknick aufgebrochen. Pony Mats hatten sie als Packesel benutzt. Er trug auf der einen Seite ihre Getränke sowie eine große grüne Picknickdecke und auf der anderen Seite eine Kühltasche mit acht Sandwiches und vier Mohrrüben für das Pony. Martha hatte für alle Fälle ihr Handy mitgenommen. Ihre Schwester könne also beruhigt nach Stockholm fahren.

Als sie den Fotoladen „Fototraum" betraten, war Peer sehr aufgeregt. Man merkte es ihm an, dass er sich etwas von den Fotos versprach. Die Verkäuferin gab ihm die Fototaschen, und er öffnete sie gleich auf dem Verkaufstresen. Alle waren geschockt, als sie die Bilder betrachteten. Es waren keine schönen Fotos. Überwiegend waren sie genial. Levke griff sich ein Foto von Thore auf dem Waldfußboden sitzend. „Papa, davon möchte ich einen Abzug in DIN-A3. Das hast du aber toll gemacht." Sie gab ihrem Vater ein Küsschen auf die Wange. Thore fand die Fotos mit dem Elch klasse. Oma Liv war ganz hin und weg. „Wie schade, dass ich nicht mit war. Ich kann die Luft förmlich riechen, wenn ich diese Bilder anschaue. Wunderschön, Peer." Opa Peer strahlte und bezahlte.

Sie hatten noch ungefähr 25 Minuten Zeit in dem Einkaufszentrum, bis sie zu Peers Termin in die Hauptstadt aufbrechen mussten. Auf der ersten

Ebene gab es einen Juwelier, und Levke beschloss dort zu schauen, ob vielleicht ein schönes Schmuckstück für Thore zu finden wäre. Dem war nicht so, und Thore maulte. Peer schmiedete Pläne für die nächsten Tage, und danach freute sich sein Enkelsohn auf einen Überraschungsausflug. Levke ihrerseits freute sich sehr darüber, dass ihr Vater und ihr Sohn sich so gut verstanden.

In der Tourismuszentrale angekommen, schauten sie sich die vielen Prospekte über die Freizeitangebote der Region an, während Peer zu dem Termin mit seinem Namensvetter gebeten wurde. Larsson war in Schweden ein häufig vorkommender Nachname. Nach zehn Minuten kam er schon wieder zurück und bat alle mitzukommen zu einer Besprechung. Herr Ove Larsson war an drei Fotos interessiert: einem stimmungsvollem Waldbild, dann natürlich ein fantastisches Bild des Elches und am allermeisten an einer Aufnahme von Thore. Das Foto, wie der Kleine auf dem Waldboden sitzt und mit der Sonne um die Wette strahlt, hatte Ove Larsson inspiriert. Dieses Bild konnte er sich gut als weltweite Werbung für das wunderschöne Land Schweden vorstellen. Peer strahlte, und Levke hatte keine Einwände. Als erziehungsberechtigte Person musste sie unterschreiben, dass dieses Bild gewerblich genutzt werden durfte. Thore freute sich darauf, nun berühmt zu werden. Das Finanzielle klärten die beiden Herren dann wieder unter sich. Freudestrahlend kam Peer auf seine Frau zu und küsste sie. „Jetzt können wir in Ruhe eine Kette für Thore aussuchen." „Das können wir wirklich", dachte Levke. Ihre Mädchen waren gut aufgehoben und hatten bestimmt eine Menge Spaß. Davon ging sie aus, doch leider war ihre Vermutung falsch.

Martha, Alva, Malina und Svea waren mit Mats irgendwo in den Wäldern von Gustavsberg unterwegs. Auf der Suche nach dem optimalen Picknickplatz hatten sie sich ein wenig verirrt, wie Svea meinte. „Wie gut, dass Mats klettern kann!" Alva stöhnte über den unebenen und felsigen Boden. „Wir gehen immer weiter hoch. Ist das richtig so?" Martha war unsicher und schon ein wenig kaputt. So viel Sport war sie gar nicht gewohnt. Alva blieb stehen. „Vielleicht sollten wir jetzt eine Pause machen und nachdenken, wie wir nach Hause kommen." Die Mädchen setzten sich auf einen Felsabsatz und tranken Preiselbeer Limonade zum Sandwich. Mats bekam zwei Mohrrüben und freute sich sehr darüber. Sein Maul putzte er sich an Malinas rosafarbenem T-Shirt ab. „Oh Mats! Jetzt bin ich total dreckig." Die vier kicherten und machten sich weiter auf den Weg. Der nächste Absatz war ziemlich hoch, und Malina hatte große Bedenken, dass Mats da nicht heraufkommen würde. Doch der „Klettermats" schaffte das tatsächlich.

Oben angekommen mussten die Mädchen leider feststellen, dass hier Endstation war. Nach zwei weiteren Metern folgte ein steiler Abhang herunter auf eine Wasserstraße. „Wir müssen den ganzen Weg wieder zurück", meinte Alva und klang dabei nicht sehr glücklich. Svea fing umgehend an zu weinen. Martha und Malina waren leicht geschockt und machten sich auf einen langen Nachhauseweg gefasst. Mats tröstete Svea. Er hatte eine sehr soziale

Ader. Manchmal kam er Alva vor wie ein Hund. Die Mädchen beschlossen, langsam wieder nach unten zu klettern. Dann passierte etwas, womit sie gar nicht gerechnet hatten. Mats weigerte sich herunter zu klettern. Die Mädchen waren sich nicht einig, ob er überhaupt anatomisch dazu in der Lage wäre. Alva zog an dem Strick des Halfters und Mats riss den Kopf hoch und stemmte sich dagegen. „Auch das noch. Anscheinend hat er Angst." Alva war genervt. Malina wurde unsicher. „Was machen wir denn jetzt?" Martha stellte sich neben Mats und legte ihren Kopf gegen seinen. „Was machst du da Martha?" fragte Svea. „Ich versuche mir vorzustellen, warum er Angst hat. Ich glaube, ich weiß warum." Dreimal „Warum?" kam von den anderen. „Er schaut nicht auf den nächsten Absatz. Er schaut ganz nach unten. Da hätte ich auch Angst." „Ich will jetzt nach Hause." Svea war nah am Wasser gebaut. Alva versuchte es noch einmal, aber Mats blieb stur und fing an sich aufzuregen. Martha versuchte die Situation zu entspannen. „Lasst uns unser letztes Sandwich essen und so tun, als wäre alles in Ordnung. Vielleicht entspannt er sich dann wieder. Malina, gib du ihm eine Mohrrübe, dein Shirt ist sowieso schon dreckig." So machten sie es dann auch. Dieses Mal nahmen sie die grüne Picknickdecke und breiteten sie aus. Sie aßen ihr Sandwich, tranken Preiselbeer-Limonade und versuchten dem Pony das Gefühl zu geben, dass alles gut wäre. Svea hing an dem Hals von Mats und kraulte ihn, während Malina ihm die Mohrrübe gab und er es sichtlich genoss, so betüdelt zu werden. Das schien geklappt zu haben. Ruhig packten sie die Limonadeflaschen wieder ein und rollten die Decke zusammen. Dieses Mal gingen Svea, Malina und Martha zuerst auf das nächste Plateau hinunter. Dann versuchte Alva mit ganz leichtem Druck das Pony dazu zu bewegen, sich nach unten zu begeben. Leider hatte sie keine Chance. Alva hatte eine Idee. „Ich mache ihn einfach los. Er ist noch nie weggerannt. Hier kann er ja auch gar nicht weg." Malina fragte unsicher: „Und dann, was machen wir dann?" „Wir gehen einfach ganz langsam los. Vielleicht klettert er uns ja hinterher." Martha überlegte einen Moment und stimmte Alva zu. „Das könnte klappen. Probieren wir es." Alva löste den Strick vom Halfter und kletterte den ersten Absatz hinunter. Der zweite war etwas flacher und sie gingen erneut bergab. Weiter kamen sie nicht, denn Mats machte Theater. Er fing an laut zu wiehern und rannte auf den paar Metern, die er oben hatte, wild hin und her. Die Situation war bedrohlich, und Alva fasste es zusammen. „Wir müssen ganz schnell wieder zu ihm. Ich glaube, der springt sonst und dann stirbt er vielleicht." Das war endgültig zu viel für Svea, und sie schluchzte laut auf. „Reiß dich zusammen, Svea, sonst springt er nachher noch deinetwegen." Alva wurde ungehalten und kletterte schnellstmöglich wieder zu ihrem Pony herauf. Martha folgte ihr umgehend. Malina kümmerte sich um die völlig verzweifelte Svea und fing dabei auch noch an zu weinen. Langsam folgten die beiden ihren älteren Schwestern auch wieder nach oben. Mats bekam die letzte Mohrrübe und viele Streicheleinheiten.

Sie hatten hin und her überlegt, doch es war ihnen keine Lösung eingefallen. Martha hielt ihrer Cousine

Alva das Handy hin: „Ruf deine Mutter an. Vielleicht hat sie noch eine Idee." Es ging niemand an das Telefon. Annelie schien einkaufen gefahren zu sein. Sicherlich gab es wieder ein Grillfest am Mittwoch. Da war die schwedische Mannschaft erneut mit Fußballspielen dran. Das letzte Gruppenspiel gegen Mexiko stand an. Nicht zu vergessen, dass Deutschland parallel gegen Südkorea spielen würde. Alva seufzte und gab das Handy zurück an Martha. „Ich habe noch die Visitenkarte von Onkel Mika in der Handytasche. Er ist doch Polizist, vielleicht kann er uns weiterhelfen." Sie wählte seine Dienstnummer, doch es ging nur der Anrufbeantworter an. Martha fragte in die Runde: „Soll ich draufsprechen oder lieber nicht? Nachher macht er sich nur Sorgen. Die werden doch merken, wenn wir heute Nacht nicht nach hause kommen." Sie drückte auf den roten Knopf, und die Verbindung wurde unterbrochen. „Oh, ich habe nur noch dreiprozentige Akkuladung. Das hat sich also auch gleich erledigt."

Nun standen sie da oben zu viert und streichelten Mats. Noch schien er es zu genießen. Malina und Svea waren gar nicht gut drauf, und bei Martha und Alva machte sich der Frust auch langsam bemerkbar. Martha wollte sich nicht so einfach kampflos geschlagen geben. Als erstes packte sie die grüne Wolldecke wieder aus. Sie konnte gar nicht so schnell schauen, wie die anderen auf der Decke saßen. Martha setzte sich langsam hin und grübelte. „Ich suche immer noch nach einem Ausweg. Wir sind doch auch hier herauf gekommen mit Mats. Dann werden wir es doch wohl auch schaffen, mit ihm wieder herunter zu kommen." Martha suchte intensiv nach einer Lösung.

Unterdessen herrschte im Büro von Mika Larsson Krisenstimmung. Er hatte die Stimme seiner Nichte Martha erkannt, als er seinen Anrufbeantworter abhörte. Umgehend rief er seine Cousine Levke an, die daraufhin aus allen Wolken fiel und sich fürchterlich aufregte. Marthas Handy war zur Zeit nicht erreichbar. Er ließ das letzte Signal des Handys orten und stellte fest, dass es ein Sendemast etwa zehn Kilometer vom Ortskern Gustavsberg entfernt war, dem das letzte Signal zugeordnet werden konnte. Levke telefonierte mit Annelie, doch die erhoffte Entwarnung blieb aus. Inzwischen sorgten sich alle Familienmitglieder um die Mädchen. Dummerweise hatte Axel auch noch im falschen Moment aus Deutschland angerufen. Er merkte sofort, dass etwas nicht stimmte. Seine Frau erzählte ihm dann von der Nachricht auf Mikas Diensthandy. Das Chaos war perfekt. Keiner wusste, wo genau die Mädchen waren und warum sie sich in Schwierigkeiten befanden.

Malina war eingeschlafen, und Martha hatte eine Idee. „Ich hab's. Ich habe eine Idee, wie wir es schaffen können, dass er runter klettert." „Wie denn?" Aus Alvas Stimme hörte man die Verzweiflung heraus. „Er ist Stufe für Stufe beziehungsweise Absatz für Absatz heraufgekommen. Dann wird er auch genauso herunterkommen." Die Mädchen schauten sie erwartungsvoll an. „Er hat solche Angst, weil er bis ganz nach unten schaut. Wir versperren ihm die Sicht nach unten." „Wie das denn?" „Keine Angst, die Augen zubinden können wir ihm nicht, dafür ist es zu steil. Aber was wir machen können, ist, die grüne Decke als Sichtschutz zu benutzen. Vielleicht klappt es, und er geht dann Absatz für Absatz herunter."

Die Mädchen waren begeistert. Voller Euphorie dachten sie sich einen Rettungsplan aus. Svea und Malina sollten Mats ablenken, damit er in die andere Richtung schaut, während Martha und Alva die Decke hochhielten. Die beiden waren die größeren und hatten längere Arme, somit konnten sie den Sichtschutz höher halten. Svea hielt Mats, und Malina prüfte, ob die Sicht verdeckt genug war. Sie zeigte den Daumen nach oben, und Svea drehte Mats um. Dann ging sie ganz langsam auf den Absatz zu und setzte sich hin. Sie wollte hinunter rutschen, so wie das Pony das in ihrem Garten manchmal machte, hatte aber leider etwas zu viel Schwung und stand unten. Zum Glück war der Strick lang genug. Mats schaute, setzte sich hin und rutschte. Leider hatte er sich dabei ein wenig an einem Stein geratscht und blutete etwas am linken Hinterbein. Martha reagierte blitzschnell. „Nichts sagen und ganz ruhig bleiben! Die nächsten Stufen sind viel leichter und nicht so hoch."

Mit ganz viel Geduld und Armen schwer wie Blei schafften es Alva und Martha immer wieder die Decke hochzuhalten. Als sie wieder auf dem unteren Waldboden angekommen waren, musste Martha weinen. Diesmal tröstete Svea sie. „Das macht nichts, Martha. Danke, dass du Mats gerettet hast." Danach kullerten bei Alva auch ein paar Tränen.

Die Mädchen und das Pony machten sich ganz langsam und völlig geschafft auf den Nachhauseweg.

116

Als sie ungefähr drei Kilometer gegangen waren, kam ihnen der Volvo ihrer Großeltern sowie Onkel Mika mit dem Polizeiauto entgegen. Levke und Annelie nahmen ihre Töchter in die Arme. „Ihr seht ... Ist egal, lasst uns langsam nach Hause gehen. Wer möchte, kann bei Opa einsteigen. Ich gehe mit Mats nach Hause. Annelie nahm Alva den Strick ab. „Mama, wenn das für dich okay ist, lasse ich mich von Opa fahren." Levke und Annelie gingen mit dem Pony den restlichen Weg zu Fuß, während ihre Kinder mit Mika und Oma und Opa in den Autos fuhren.

Stolz zeigte Thore seine neue Drachenuhr mit Schweizer Uhrwerk und echten Brillanten. Auch wenn sie nur ganz klein waren, waren die funkelnden Steine für ihn wie ein echter Schatz. Anstatt sich darüber zu freuen, fing Svea an zu weinen. Oma Liv nahm sie in den Arm, und Thore war sichtlich enttäuscht.

Nach einer kurzen Erklärung der Ereignisse durch Martha waren sich die Erwachsenen darüber einig, für heute nicht weiter nachzufragen und den Mädchen ein wenig Ruhe zu gönnen. Oma Liv blieb an diesem Abend auch bei ihrer ältesten Tochter und machte Kakao, während Annelie eine Pizza nach der anderen in den Ofen schob. „Wie gut, dass sie heute einen Großeinkauf gemacht hatte", dachte sie. Nach ein paar Stunden konnten die Mädchen auch wieder lächeln. Außerdem kümmerten sie sich rührend um Mats und seine Blessuren. Annelie und Levke mussten seine weißen Beinchen an insgesamt fünf Stellen mit Blauspray einsprühen. Er zitterte ein wenig dabei. Krister hatte vorsichtshalber einen neuen Strohballen aufgemacht und in seiner Hütte verteilt. Er sollte es gemütlich haben und sich ausruhen können. Abends klopfte Alva ihrem Mats zärtlich auf den Hals und wünschte ihm eine Gute Nacht.

An diesem Abend waren die Kinder gegen einundzwanzig Uhr völlig erschöpft eingeschlafen. Die Erwachsenen waren sich mal wieder einig darüber, dass ihre Kinder einen großen Schutzengel gehabt haben mussten. Zeitgleich dachten sie alle an Oma Astrid.

Opas Überraschung

An diesem Morgen war Opa Peer sehr aufgeregt. Er wollte seiner Familie eine ganz besonders schöne Überraschung präsentieren. Dazu rief Peer seinen alten Freund Ove Larsson von der Tourismuszentrale in Stockholm an, um sich ein paar Tipps für die geplante Kurzreise zu holen. Danach telefonierte er mit einer Pension und einem Landgasthaus auf Gotland. Es war gar nicht so einfach, auf die Schnelle noch fünf Doppelzimmer und ein Einzelzimmer von Dienstag bis Samstag zu bekommen. Nicht zu vergessen, dass am Mittwoch um 17 Uhr das dritte Gruppenspiel der schwedischen Mannschaft stattfand, schließlich handelte es sich um die Fußball Weltmeisterschaft. Peer hatte sich extra ein Trikot der schwedischen Nationalmannschaft gekauft. Eine Möglichkeit des Public Viewings müsste bei der Unterkunft ebenfalls gegeben sein. Die passenden Flüge buchte er via Internet von Stockholm nach Visby, doch in der Aufregung hatte er ganz vergessen, seine Familie zu fragen, ob sie überhaupt Zeit und Lust dazu hätten. Seinen Neffen Mika hatte er auch mit eingeplant. „Den Stockholmer Polizisten würde er lieber gleich noch anrufen", dachte Peer. Hoffentlich würde Mika kurzfristig Urlaub bekommen können, wo sie doch immer so viel zu tun hatten in Stockholm. Nach dem Telefonat mit seinem Neffen legte sich die Anspannung bei Peer. Mika wollte versuchen, frei zu bekommen. Eventuell

würde er aber erst Mittwoch früh nachkommen können nach Gotland. Wenn er dann ganz viel Glück haben würde, könnte er mit dem Helikopter der Wasserschutzpolizei   mitfliegen.   Es   war   für
Mittwochvormittag eine Übung auf Gotland geplant.

Peer konnte das Mittagessen kaum erwarten. Nicht
etwa, weil er so großen Hunger hatte, das war es eher
weniger. Liv hatte ein großes Salatbuffet geplant, und
er war zum Schnippeln mit eingeplant. Diesmal hatte
er keine Ausrede gefunden, sich zu drücken. Nein, er
freute sich so auf das Essen, weil dann bis auf Mika
alle anwesend wären und er endlich seine Überraschung verkünden könnte. Naja, ein Bisschen knapp
wäre es dann schon mit der Zeit, denn der Flieger
ging um 18.30 Uhr ab Stockholm. Peer wurde wieder
nervös und fragte sich, ob er nicht wenigstens Liv
hätte einweihen sollen. Andererseits warf sie ihm von
Zeit zu Zeit vor, dass er nicht spontan genug wäre.
„Peer, wo steckst du? Wir müssen den Salat vorbereiten." „Bin gleich bei dir, meine Süße", rief er seiner
Frau zu. Als Peer die Küche betrat, bemerkte er, dass
Liv und Thore angefangen hatten zu kichern. Er
musste unwillkürlich lachen und alle drei bekamen
einen Lachanfall. Liv wischte sich mit einem Taschen-
tuch ein paar Tränchen aus den Augenwinkeln.
Schon lange hatte sie nicht mehr so lachen müssen.
Lange war es auch her, dass ihr Ehegatte sie „meine
Süße" gerufen hatte.

Thore half tatkräftig mit und Liv erklärte ihm die
Vitamine und Mineralstoffe der einzelnen Gemüse.
Peer hielt sich dezent zurück und putzte akribisch
den Feldsalat. Liv schaute zu ihm herüber, immer

noch leicht grinsend. So erfuhren Opa und Enkel dann auch noch, dass der Feldsalat einer der gesündesten überhaupt sei. Keine andere Sorte enthielte so viel Vitamin C wie er. Auch wäre er reich an Vitamin A, Kalzium und Eisen. Peer runzelte die Stirn, das war ihm dann doch nicht so bewusst gewesen, wie wichtig es ist, genug Salat zu essen. Thore schnitt zwei große Gemüsegurken in kleine Stückchen. Ganz vorsichtig, so wie Oma ihm das gezeigt hatte. Die Augen hatte er immer auf das Messer gerichtet. Es war scharf und er passte ganz genau auf. Sogar die Gurken waren vitaminreich. Es roch herrlich nach frisch gebratenen Scampi. Liv hatte die große Pfanne auf dem Herd stehen und bereitete alles für Ihre berühmten Scampi-Spieße vor. Drei rote und eine orange Paprikaschote warteten noch darauf, gewaschen und geschnitten zu werden, sowie einige andere Salate darauf geputzt zu werden. Liv musste den halben Markt leergekauft haben, dachte Peer. „Sag mal Liv, wie hast du denn das alles zum Auto bekommen? Oder bist du mehrfach gegangen?" „Drei Mal, aber ich wäre auch noch ein viertes Mal gegangen, wenn ich euch damit die gesunde Ernährung etwas näherbringen könnte." „Oma, ich habs kapiert." Thore strahlte seine Großmutter an, und Peer schaute dezent zur Seite. Er vermied den Blickkontakt zu seinem Enkel. Schließlich hatte Peer seinen Enkelsohn zu Fastfood überredet, bei ihrem gemeinsamen Ausflug in den Wald. Und das, obwohl Liv ihnen gesunde Sandwiches eingepackt hatte. Peer hatte Glück, Thore hielt dicht und sagte nichts.

Opa und Enkelsohn hatten den großen Esstisch gedeckt und warteten gespannt auf den Rest der Familie. Liv hatte das Salatbuffet in der Küche aufgebaut. Nur die Teller mit den Scampi-Spießen hatte sie in die Mitte des großen Esstisches gestellt. Levke und Annelie waren mit den Mädchen und Pony Mats spazieren gegangen. Die Mädchen sollten das traumatische Erlebnis ihres Waldpicknicks so schnell wie möglich hinter sich lassen können und den Wald wieder gerne betreten. Das klappte ganz gut. Klettern im Wald war jedoch für Matz ab sofort streng verboten worden. Kleine Höhenunterschiede überwinden war erlaubt, aber kein Klettern mehr. Mit knurrenden Mägen kamen alle sechs direkt vom Waldspaziergang zum Salatbuffet bei den Großeltern vorbei. Matz banden sie erneut an den Briefkasten im Vorgarten an. Annelie und Levke mussten sofort wieder an Axel und seinen Ausfallschritt über die Pipipfütze von Matz denken und fingen an zu grinsen. Krister kam direkt von der Arbeit zu seinen Schwiegereltern, er hatte jetzt bis zum darauffolgenden Montag Urlaub.

Peer wartete mit seiner Ansprache, bis alle mit dem ersten Teller Salat so gut wie fertig waren. Er erhob sich, nahm sein Glas in die linke Hand und schlug mit der Gabel kräftig dagegen. Anstelle eines schönen, klingenden Tons hörte man ein deutliches Knirschen, und es wurde mucksmäuschenstill. Alle Augen ruhten auf Peer. Liv schüttelte mit dem Kopf und Annelie bemerkte nach der ersten Schrecksekunde: „Papa, das schöne Glas!" „Oh, äh, ja, Entschuldigung." Peer starrte kurz auf das kaputte Glas in seiner Hand. „Ich habe eine Überraschung für Euch. Wie ihr schon wisst, habe ich ein paar Bilder an die Tourismuszentrale verkauft. Was ich euch noch gar nicht erzählt habe, ist, dass ich insgesamt 30.000 schwedische Kronen für drei Bilder bekommen habe." Peer strahlte, und ein Raunen ging durch den Raum. „Nun, ich habe mir erlaubt, eine Kurzreise für uns zu buchen. Wir alle fliegen für vier Tage nach Gotland und lassen uns bis Samstag dort verwöhnen. Das ist jetzt ein bisschen kurzfristig, aber der Flieger ab Stockholm geht schon heute Abend um 18.30 Uhr." Alle redeten durcheinander und das Chaos schien perfekt zu sein. Es dauerte jedoch nicht lange, bis sich Liv, Levke Annelie, Krister und Thore freuten. Die Mädchen hatten Angst um Matz und fragten, wer sich denn um ihn kümmern sollte. Doch nach kurzer Beratschlagung waren sich alle einig, sie würden Mia Holm und ihre Oma Frau Eckberg fragen. Annelie und Krister beschlossen, gleich nach dem Essen zu Mias Oma zu gehen und die Betreuung von Matz für die nächsten Tage zu klären. Die Stimmung wurde dann kurzfristig etwas getrübt, als auffiel, dass Thore unbemerkt von allen anderen fünf Scampi-Spieße allein verputzt hatte. Peer freute sich, dass seine Überraschung gelungen war, insbesondere über die Bestätigung durch das extra Küsschen von Liv. Es blieb nicht viel Salat übrig, denn die nächste Mahlzeit würden sie sicherlich erst am späteren Abend auf Gotland einnehmen. Martha wollte zwei große Koffer mitnehmen, doch Opa Peer wies dezent darauf hin, dass jeder maximal zehn Kilogramm Bordgepäck haben dürfte.

Pünktlich um 17:50 Uhr warteten sie alle gut gelaunt am Check-In-Schalter. Nur Mika würde erst am

Mittwoch nachkommen können. In Visby sollte ein Shuttle Taxi von dem Landgasthof Ingwerson auf die Urlauber aus Gustavsberg warten. Im Flugzeug durfte Thore am Fenster sitzen, neben Opa Peer und war total begeistert. Svea hatte Angst, und die Ohren taten ihr sehr weh. Sie musste weinen, und Annelie tröstete ihre Jüngste. Martha und Alva saßen nebeneinander und tuschelten die ganze Zeit. Malina gab sich größte Mühe zu verstehen um was es ging, jedoch ohne Erfolg. In Visby angekommen, trauten Alva und Martha ihren Augen kaum. Da stand ein kleines grinsendes, goldgelocktes Mädchen, ein großes Schild in der Hand mit der Aufschrift darauf „PEER LARSSON". Alva stupste ihren Ellenbogen in Marthas Rippen. „Ja, das ist sie", flüsterte Martha. Sie bewegten sich auf das Mädchen zu, und ein älterer Herr begrüßte Peer. „Herr Larsson? Mein Name ist Lasse Ingwerson und die kleine Dame hier ist meine Enkelin Marie."

Die Zicke von Gotland, auch das noch. Alva und Martha war die Stimmung verhagelt. Sie mussten immer noch an den weinenden Hermann denken. Marie heißt sie also, die Diebin. Rache ist süß, sie würden schon noch die Gelegenheit bekommen, dachten sich die Mädchen. Thore, Svea und Malina hatten in der Porzellanfabrik von Gustavsberg gar nicht so richtig mitbekommen, was passiert war. Martha erzählte, wie „MARIE" das Gemälde von Hermann schlecht kopiert hatte. Und dann hatte sie auch noch seinen Teller, anstatt ihr Gekritzel, mitgenommen. Onkel Mika musste mit Hilfe der Polizei und der Autonummer die Eltern ausfindig machen. Seitdem hatten

Martha und Alva ihr den Spitznamen „Zicke von Gotland" gegeben. „Blöde Kuh." Thore war wütend auf Marie.

Der Landgasthof Ingwerson war jedoch sehr einladend. Neben einem kleinen Pool in der Wellness Oase im Untergeschoß befand sich dort außerdem ein Spielzimmer mit zwei Dartscheiben, einem Billardtisch, einem Kicker-Tisch und einem Flipper. Die Hotelzimmer waren mit einem geräumigen Badezimmer ausgestattet. Auch hatten alle Gästeräume einen großen Fernseher, welcher ganz neu zur Fußball-Weltmeisterschaft angeschafft worden war. Die ganze Anlage samt Gartenbereich befand sich in einem sauberen und ansprechenden Zustand. Die Mutter von Marie, eine sehr hübsche Frau mit einem ganz dicken Babybauch, hatte eine leckere Brotzeit für Familie Larsson vorbereitet. Danach ging es ab auf die Zimmer zum Ausruhen und Ausschlafen. Mittwoch früh sollten sich alle gegen 9 Uhr zum gemeinsamen Frühstück einfinden, verkündete Opa Peer.

Alva und Martha teilten sich ein Zimmer. Bis nach Mitternacht schmiedeten sie einen gemeinen Plan, um sich an Marie zu rächen. Als Svea und Malina am anderen Morgen an ihre Tür klopften, waren sie noch sehr müde. Martha zeigte mit dem Zeigefinger auf ihren Mund und bat die Mädchen mit einer winkenden Geste herein. Alle vier setzten sich auf die Bettkannten, und Martha fing an zu flüstern: „Wir haben uns eine Bestrafung für die Zicke ausgedacht. Wir werden ihr einfach auch etwas wegnehmen, was ihr besonders am Herzen liegt. Damit sie merkt, wie das ist."

„Nein, Martha. Wir sind doch keine Diebinnen. Du willst doch mal Polizeichefin werden", weiter kam Malina nicht. „Polizeipräsidentin!" Brüllte Martha ziemlich laut. „Papa hat gesagt, dass nichts in unseren Akten stehen darf. Zumindest keine Straftaten", merkte Malina bestimmt an und schüttelte den Kopf. Martha ließ sich seufzend nach hinten auf das Bett fallen. Alva meinte, dass sie einfach abwarten sollten, bis sich eine Gelegenheit bieten würde abzurechnen. Sie beschlossen unverzüglich frühstücken zu gehen.

In einer Ecke nahe dem Eingang zur Küche saß Marie mit einer ihnen unbekannten Frau. Martha hatte es zuerst bemerkt. „Habt ihr gesehen, sie hat zwei Schoko-Croissants auf ihrem Teller. Im Brötchenkorb liegen nur noch drei Croissants für alle anderen." Marie winkte freudestrahlend in Richtung der Mädchen, und Svea und Malina winkten zurück. Es war erst halb neun, sie waren zu früh. Martha steuerte einen Tisch in der gegenüber liegenden Ecke an, möglichst weit weg vom Kücheneingang. Nach kurzer Beratung beschlossen die Mädchen, die nächsten Tage noch früher anwesend zu sein, um alle Schokoladen-Croissants zu vernichten, bevor Marie zum Frühstücken kam. Es dauerte nicht lange, und die Erwachsenen samt Thore gesellten sich dazu. Das Frühstück war abwechslungsreich. Oma Liv freute sich über Joghurt, Müsli und frische Früchte, während Opa Peer ein Mettbrötchen, kleine Bratwürstchen und eine große Portion Rührei unbemerkt von seiner Frau auf seinen Teller lud. Als sie ein ganz lautes, brummendes Geräusch hörten, strahlte Peer. „Das muss Mika sein."

Alle rannten an die Fenster, und Levkes und Annelies Cousin sprang aus geringer Höhe aus dem Polizei Helikopter heraus. Er rollte sich samt Rucksack auf dem Rücken gekonnt ab, sehr zur Freude der Kinder. Alle rannten nach draußen, um ihren Onkel zu begrüßen. Marie und die unbekannte Frau eilten ebenfalls in den Garten. Alva bemerkte sofort, dass Mika von der hübschen Blondine angehimmelt wurde. Wieder stupste sie Martha in die Rippen. „Ich sehe es", flüsterte Martha zurück. „Da müssen wir echt aufpassen. Onkel Mika ist ja noch auf der Suche nach der richtigen Frau, und die soll es nun wirklich nicht werden." Alva schüttelte energisch den Kopf.

Nach und nach stieg die Anspannung vor dem Schweden-Spiel. Martha hatte ein paar Mal versucht darauf hinzuweisen, dass Deutschland parallel mit den Schweden spielen würde, doch ihr hörte keiner zu. Enttäuscht ging sie nach oben auf ihr Zimmer und rief ihren Vater zu Hause an. Dummerweise war Axel an diesem Morgen erst vor kurzem aus der Nachtschicht gekommen und befand sich daher noch in der ersten Tiefschlafphase, als das Telefon klingelte. Das Gespräch entwickelte sich dann im Laufe der nächsten Stunde zu einem sehr gelungenen Gedanken- und Informationsaustausch. Martha musste ihrem Vater fest versprechen, den anderen nichts von dem neuen Auto zu erzählen. Er wollte die Familie damit überraschen, wenn er sie am übernächsten Sonntag aus Kiel abholen würde. Martha erschrak, ihr wurde bewusst, dass schon über die Hälfte ihres Urlaubs vergangen war. „Es ist so schön hier in Schweden, und Mats würde ihr auch fehlen", dachte sie. Sie seufzte. „Papa, hier ist gar keiner für Deutschland. Alle sind dafür, dass Deutschland rausfliegt und Schweden gewinnt." „Meine Große, wir zwei halten zu Deutschland. Ich werde heute auch wieder mein neues Trikot anziehen, ich bin nachher mit Kollegen zum Fußball schauen verabredet." Martha versprach, sich die nächsten Tage noch einmal zu melden, jedoch nicht vor fünfzehn Uhr. Axel hatte noch bis Freitag Nachtschicht. Kurz nachdem sie aufgelegt hatte, kam Alva herein. „Martha, komm schnell. Wir wollen Billard und Darts spielen. Die anderen sind schon unten. Nur Oma und Opa machen Siesta im Strandkorb auf dem Rasen." Die Mädchen rannten gemeinsam in das Untergeschoss, wo sich alle für die nächsten Stunden sehr gut amüsierten. Dennoch, die Spannung auf das anstehende dritte Gruppenspiel der schwedischen Mannschaft lag in der Luft.

Erhitzte Gemüter

Zum dritten Gruppenspiel der schwedischen Nationalmannschaft verwandelte die Familie Ingwerson den Frühstücksraum in ein kleines, gemütliches Kino. „Kaum zu glauben", dachte Annelie, als sie auf dem Weg in das Untergeschoss stoppte und einen Blick in das Frühstückszimmer warf. An der hinteren Wand war eine sehr große Leinwand erkennbar. Etwa zwei Meter von der Tür entfernt stand ein Bistrotisch. Offenbar würde man später hier einen Beamer platzieren, denn unter dem Tisch lag ein Verlängerungskabel. Bänke, mehrere kleine Sesselchen und zwei Sofas waren ebenso ein Blickfang wie das aufgebaute Knabberbuffet. Da werden sich die Kinder aber freuen, wieso eigentlich nur die Kinder? Annelie grinste und konnte es kaum abwarten, den anderen Familienmitgliedern davon zu berichten. Als sie sich dem Spielzimmer näherte, war eine laute Streiterei zu hören. „Auch das noch", dachte Annelie und ihre Schritte wurden schneller. Alle redeten durcheinander, und Alva hatte Nasenbluten sowie ein paar Spritzer auf dem T-Shirt. Zwei Jugendliche hatten sich mit Krister angelegt. Alva rannte auf ihre Mutter zu. „Mama, es tut gar nicht mehr doll weh, aber es blutet noch. Papa ist ausgerastet." Annelie stutzte und fragte entsetzt: „War das Papa?" Martha schaltete sich ein. „Nein, nein, Annelie. Alva ist zum falschen Zeitpunkt hinter dem Billardtisch längsgegangen und hat das Ende von dem Queue voll auf die Zwölf bekommen. Der

Junge hat das nicht mit Absicht gemacht." Ein etwa fünfzehnjähriger Jugendlicher mit leicht geröteten Wangen meldete sich zu Wort. „Sie hat Recht, mir tut das leid, aber ihr Mann denkt da scheinbar anders." Er stand etwas bedröppelt da und schaute Annelie mit großen Augen an, während Svea ihre neue Sweatshirt-Jacke auf Alvas Nase drückte. Annelie hielt es erst einmal für wichtiger, mit Alva die Toilettenräume aufzusuchen und sich um ihre Tochter zu kümmern. In der Zwischenzeit hatte Krister sich wieder beruhigt und entschuldigte sich bei dem Jungen. Sein Kumpel klopfte Stefan, so hieß der Übeltäter, auf die Schulter. Daraufhin nahm Stefan die Entschuldigung von Krister an. Es war schon Viertel nach drei, und zu um vier Uhr hatte sich die komplette Familie verabredet zum Public Viewing. So gingen alle nach oben in die Gästezimmer, um sich noch einmal frisch zu machen oder sich einfach vor dem Spiel noch etwas auszuruhen.

Thore war einer der ersten im eigentlichen Frühstücksraum und reservierte gleich eines der Sofas. Als Martha sich zu ihm setzen wollte, bockte er. „Nein, such dir selber einen Platz. Erstens ist hier besetzt für Schweden-Fans und zweitens für Oma und Opa." Marthas Gesichtsfarbe verfärbte sich von zart rosa in fast schon dunkelrot. Levke kam gerade noch rechtzeitig dazu, um die Situation zu schlichten. Es dauerte nicht lange und fast alle Plätze waren besetzt. Es lief noch die Vorberichterstattung, und die Mannschaften wurden vorgestellt. Annelie und Alva kamen ein paar Minuten später und mussten sich ganz nach hinten auf eine Bank setzen. Alva war geschminkt worden, so fiel ihre dicke Lippe und eigentlich blaue Wange nicht ganz so doll auf. Vor dem Kücheneingang hatte sich Familie Ingwerson eingefunden. Martha traute ihren Augen nicht, Alarmstufe rot, dachte sie. Zu dumm, dass Alva soweit hinten saß, aber Malina hatte sich den kleinen Sessel neben ihr gesichert. Martha rutschte samt Sessel ein paar Zentimeter näher an ihre Schwester und flüsterte ihr zu: „Wir müssen uns etwas einfallen lassen. Nicht hinschauen jetzt, aber Onkel Mika und die Frau vom Frühstück sitzen dahinten zusammen bei den Ingwersons." Malina reckte den Kopf, um besser sehen zu können. „Nicht hinsehen, hatte ich gesagt. Die hat es auf ihn abgesehen, das müssen wir verhindern. Sonst haben wir Marie für immer am Hals." „Nur das nicht", Malina schüttelte den Kopf. Martha stimmte ihr zu. „Ja, ich glaube, wir Kinder müssen nach dem Spiel noch einen Krisenrat abhalten. Obwohl, auf Thore bin ich noch sauer." „Martha?" „Was ist denn, Malina?" „Ich glaube, die ist ganz nett, und gut aussehen tut sie auch." „Das ist doch egal, Mika wird schon noch eine andere finden. Sonst müssen wir ihm eben eine suchen." Malina nickte zustimmend, und die Mädchen konzentrierten sich wieder auf die Übertragung. Das Spiel würde in ungefähr zehn Minuten anfangen und das Knabberbuffet war schon weitestgehend geplündert worden. Lasse Ingwerson richtete noch ein paar Worte an seine Gäste und wünschte allen ein schönes und erfolgreiches Fußballspiel. In einem Nachsatz erwähnte er dann zur

Freude aller Anwesenden, dass das Buffet soeben noch einmal ergänzt sowie aufgefüllt worden war.

Das Spiel begann und alle Augen, fast alle, starrten gespannt auf die Leinwand. Nur Martha konnte es nicht lassen, von Zeit zu Zeit einen verstohlenen Blick in Richtung ihres Onkels zu werfen. Sie machte sich schon Gedanken, wie sie es schaffen könnte, Mika für eine andere Frau zu interessieren. Und wo sollte sie diese andere Frau überhaupt finden? Am besten in Stockholm, da wohnte er ja auch. Ja, das könnte klappen. Martha hatte eine Idee, doch für den Moment war das WM-Spiel wichtiger. Unten am rechten Rand der Leinwand war ein kleines Feld eingeblendet, in dem man den aktuellen Spielstand des parallel stattfindenden Spiels Südkorea gegen Deutschland ablesen konnte. Es stand noch 0:0 wie auch bei dem Spiel Mexiko gegen Schweden. Bei vielen Ballkontakten ging ein Raunen durch den Raum. In manchen Situationen wurde es sogar ziemlich laut. Zur Halbzeit waren beide Spiele noch torlos. Etwas peinlich wurde es, als Peer und Thore aufstanden und deutliche Reste des Knabberbuffets auf dem Sofa sichtbar wurden. „Peer!" Liv war nicht begeistert. „Wenn überhaupt, nimmst du dir für die zweite Halbzeit Obst. Das ist dazu gestellt worden." Krister und Annelie schauten dezent zur Seite. Einmischen in diese Ansage ihrer Mutter wollte sich Annelie auf keinen Fall. Ein etwa fünfzigjähriger Mann sprach Krister an. „Stan Lindholm, ich wollte mich bei Ihnen entschuldigen. Mein Sohn Stean hat mir berichtet, was vorhin im Spielraum passiert ist. Es tut uns sehr leid. Wie geht es denn ihrer Tochter?" „Oh, schon wieder besser, Dankeschön. Mir tut es auch leid, dass ich ihren Sohn so angeschrien habe." Krister unterhielt sich noch ein paar Minuten mit Stan. Danach setzten sich alle wieder hin, die zweite Halbzeit würde in wenigen Sekunden beginnen. Die Spieler waren schon zurück auf dem Platz. Es dauerte nicht lange, und Ludwig Augustinsson schoss ein Tor für Schweden. Der Saal tobte, Alle klatschten schrien und fielen sich in die Arme. Sehr zum Leidwesen von Martha. Nicht nur, dass im Deutschlandspiel noch kein Tor gefallen war, sondern was Martha auch nur schwer ertrug, war, dass Mika und die Frau sich beim Tor auch noch in die Arme gefallen waren. Dieser Blick zwischen den beiden, den deutete die Elfjährige trotz ihres jungen Alters ganz genau. Martha befürchtete, dass Mika sich schon verliebt hatte. Es ging ein Raunen durch den Raum, und Marthas Aufmerksamkeit lag wieder bei dem Fußballspiel. Als in der 62. Minute Andreas Granqvist sich den Ball auf den Elfmeterpunkt zurechtlegte, war es mucksmäuschenstill. Ein paar Sekunden später führte Schweden 2:0, und die Stimmung war ausgelassen und euphorisch. Weitere gute zehn Minuten später führte die schwedische Nationalmannschaft 3:0. Ein Blick auf die rechte untere Ecke der Leinwand ließ Martha laut seufzen, während alle anderen jubelten. Leider verloren die Deutschen das Spiel dann auch noch mit 0:2, durch zwei Tore in der Nachspielzeit. Unsagbar schlimm war, dass damit das Turnier für die deutsche Mannschaft vorbei war. Am liebsten wäre Martha sofort nach oben gerannt und hätte ihren Vater angerufen, doch der befand sich ja bei seinen Kollegen. Levke kam und nahm ihre Tochter in den Arm und tröstete sie. Martha schien der einzige Mensch im ganzen Raum zu sein, der nicht überglücklich strahlte.

Am nächsten Morgen machten die Mädchen ihr Versprechen wahr und trafen sich kurz nach Acht Uhr im Frühstücksraum. Ein älteres Ehepaar war schon anwesend, ansonsten roch es nach frisch gebackenen Brötchen. Svea hatte den falschen Knopf gedrückt, anstatt Kakao hatte sie nun klares, aber dafür heißes Wasser in ihrem Becher. „Hier, nimm den. Den nimmt Oma auch immer." Alva hatte ihr einen Beutel Kamillentee gereicht. Martha sorgte für eine unbeabsichtigte Überschwemmung an der Saftbar. Dass das so schwer war, ein Glas voll Orangensaft zu füllen, hätte die Elfjährige nicht gedacht. Sie hatte den Hebel an dem großen, bis oben hin gefüllten Saftbehälter nach rechts gedreht, und ihr Glas füllte sich. Als es reichte, drehte sie den Hebel nach links, aber es lief einfach weiter. Erst nach ein paar Schrecksekunden hatte Martha den Hebel wieder in die mittlere Arretierung bekommen, und es hörte auf zu fließen. Malina traute ihren Augen nicht. „Martha, der ganze Fußboden schwimmt. Das ist ja eklig." Etwas verunsichert ging Martha in Richtung Küchentür. Maries Mutter kam ihr entgegen und Martha deutete mit ihrem Zeigefinger auf die große Saftpfütze. „Ich habe es nicht wieder zu bekommen." „Oh, ich wische es auf. Das kann schon mal passieren." Martha nickte und ging schnellen Schrittes zu den anderen. Jedes der Mädchen hatte sich zwei Schokoladencroissants genommen. Die waren sehr lecker, da waren sich alle einig. Svea verschluckte sich und prustete laut los. Die andren drei schauten sie entsetzt an. „D… D… der Tee ist schlecht", rief sie, während sie mit ihrer Serviette über die verschmutzte Tischdecke wischte. Martha roch an Sveas Becher. „Igitt, das ist ja Kamillentee. Der schmeckt wirklich fürchterlich." Svea warf Alva einen bösen Blick zu. Das nahm sie ihrer Schwester übel. Alva reagierte einlenkend, „Oh, das tut mir leid, Svea. Ich wusste nicht, dass der so schrecklich schmeckt." Martha hatte die letzten zwei Croissants vom Buffet geholt, damit Marie keins mehr abbekommen würde. Stattdessen dachte sie an ihren kleinen, frechen Bruder. Thore freute sich, wie schon erwartet, sehr darüber. Martha betrachtete ihren kleinen Bruder und beschloss, mit ihrer Mutter zu reden. Das ging nicht so weiter, er wurde immer kräftiger. Er war schon fast so groß wie Malina, aber bestimmt doppelt so schwer. Nach einer Weile kam Marie, begleitet von der hübschen Frau an ihren Tisch. In den Händen hielt sie einen Korb mit frisch gebackenen und herrlich duftenden Schokoladencroissants. „Wir haben extra nochmal welche nachgemacht. Ich esse die auch so gerne." Marie strahlte und reichte den Korb herüber. Thore nahm sich zwei Stück, während die Mädchen dankend ablehnten. Die Frau stellte sich als Hella, Tante von Marie, vor. Martha betrachtete sie genau. Schätzungsweise Zweiunddreißig Jahre. Eine Frau, die wahrscheinlich noch keine Kinder hat, sonst wären sie ja anwesend. Papa würde sagen, dass die biologische Uhr tickt. Die Turnschuhe waren ganz cool, sie machte wirklich einen netten

Eindruck. Martha seufzte leise, sie konnte keine optischen Mängel feststellen. Zum Glück war Gotland weit genug weg von Stockholm, das könnte ein Grund für Mika sein, sich nicht zu verlieben, hoffte die Elfjährige.

In der Zwischenzeit waren die Erwachsenen eingetroffen und setzten sich an die benachbarten Tische. Oma Liv ging diesmal gleichzeitig mit Peer zum Buffet und lenkte ihn ganz dezent in die Nähe zweier gut gefüllter Teller mit geräuchertem und sauer eingelegtem Fisch. Peer war ein begeisterter Angler und liebte Fisch. Er konnte gar nicht so schnell schauen, da hatte Liv ihm auch schon zwei Scheiben Vollkornbrot und ein kleines Schälchen Margarine auf seinen Teller gelegt. An dem mit frischem Rührei gefüllten Rechaud ließ er sich jedoch nicht vorbeilenken. Er blieb einfach stehen und ignorierte den leichten Druck seiner Frau. Mika kam als Letzter dazu. Annelie und Levke grinsten ihn an. Als er leicht errötete, war das für Martha ein eindeutiges Zeichen. Er musste sich in Hella verliebt haben, und seine Cousinen hatten es ebenfalls bemerkt. Martha würde ihre Mutter in Kürze hierzu ausfragen, vielleicht kannte sie schon mehr Details. Die Erwachsenen waren jedenfalls gestern Abend noch gemeinsam an die Bar gegangen, während die Kinder sich schon auf die Zimmer verabschiedet hatten. Mika fragte, ob jemand Lust hätte, nachher gemeinsam mit Marie und ihrer Tante einen Ausflug zu machen? Sie könnten den Bus der Pension nehmen. Die Stadtmauer von Visby wäre aus dem dreizehnten Jahrhundert, ebenso wie die Domkirche Sancta Maria.

Siebenundzwanzig der 29 Türme der alten Stadtmauer wären noch erhalten und allemal wert, besichtigt zu werden. Peer und Thore waren gleich begeistert, während Malina und Svea lieber schwimmen gehen wollten. Annelie und Levke beschlossen jedoch, dass ein kleiner Ausflug ins Grüne der ganzen Familie gut bekommen würde und man später immer noch das Schwimmbad und das Spielzimmer aufsuchen könnte.

Nach dem Frühstück bat Martha ihre Mutter um eine kleine Unterredung unter vier Augen. Levke ahnte Schlimmes, schließlich kannte sie ihre Tochter. Sehr erleichtert war sie dann aber darüber, dass Martha nur wissen wollte, was da zwischen Mika und Hella lief. Marthas Befürchtungen wurden wahr. Doch es sollte noch schlimmer kommen, denn Hella arbeitete und wohnte in Stockholm genau wie Onkel Mika. Zu allem Übel war sie auch noch Lehrerin. Sie war jetzt nur auf Gotland, um ihre hochschwangere Schwester etwas zu entlasten, indem sie sich um Marie kümmerte. Levke machte ihrer Tochter klar, dass es für Mika endlich Zeit würde, eine passende Frau zu finden. Man sollte den beiden eine Chance geben, sich näher kennen zu lernen. Als ihre Mutter dann auch noch meinte, dass die kleine Marie doch ganz süß wäre und dass die Mädchen endlich vergessen sollten, dass Marie den Teller vertauscht hatte, stöhnte Martha unglücklich. Levke meinte, dass es jetzt Zeit wäre für einen Neuanfang. Martha rollte die Augen, und Levke nahm sie in den Arm und drückte ihre Tochter. Martha versammelte die Mädchen und Thore um sich und erzählte die Neuigkeiten. Fünf

Kinder in einem Raum und keiner sagte etwas. Nach den ersten Schrecksekunden beschlossen sie dann aber gemeinsam, dass Marie eine zweite Chance erhalten sollte. „Na dann warten wir mal den Ausflug ab. Hoffentlich gibt es da auch etwas Gescheites zu essen", meldete sich Thore zu Wort. „Du wirst zu dick." Das hätte Martha besser nicht gesagt, ihr Bruder verließ wütend das Zimmer und knallte die Tür hinter sich zu. Malina schaute ihm nach und zuckte mit den Schultern. „Der wird sich schon wieder beruhigen. Du hattest aber Recht, Martha." Die Mädchen beschlossen, noch etwas zu chillen, bevor der Ausflug starten sollte.

Sightseeing auf Gotland

Der Ausflug ins Umland von Visby stand kurz bevor. Um vierzehn Uhr hatten sich die Familienmitglieder im Frühstücksraum verabredet. Gemeinsam wollten sie alle mit Familie Ingwerson sowie Maries Tante Hella Lindqvist zur Erkundung von Gotlands Sehenswürdigkeiten aufbrechen. Lasses Sohn Ole, der Vater von Marie, war schon am frühen Morgen mit der Fähre nach Västervik gefahren. Dort wollte er einen großen Vorrat an Lebensmitteln, sowie blaugelben Servietten einkaufen. Der gelernte Koch freute sich sehr darauf, dass der Landgasthof ab dem Abend komplett ausgebucht war. Lange hatten sein Vater und damals auch seine leider viel zu früh verstorbene Mutter darauf hingearbeitet, dass die Buchungen so zahlreich und regelmäßig eintrafen, wie es mittlerweile der Fall war. Immer wieder hatten sie kleinere Gewinne dazu genutzt, um zu modernisieren. Das Schwimmbad war ein Herzenswunsch seiner Mutter gewesen. Fünf Jahre nach ihrem Tod hatte die Familie Ingwerson diesen Wunsch endlich in die Tat umsetzen können. Ole freute sich sehr auf die Geburt seines Sohnes. Der errechnete Geburtstermin lag nur noch zwölf Tage entfernt. Es sollte das letzte Mal sein, dass er seine Frau so viele Stunden alleine ließ vor der Geburt. Die nächsten Einkaufsfahrten nach Västervik würde sein Vater, ebenfalls gelernter Koch, ohne ihn erledigen müssen.

Martha fühlte sich nicht wohl, sie hatte Kopf-schmerzen bekommen. Wahrscheinlich, weil sie viel lieber um Punkt fünfzehn Uhr mit ihrem Vater telefo-nieren wollte, als mit der neuen Großfamilie Sightsee-ing zu begehen. Außerdem musste Martha ihrem Va-ter noch schonend beibringen, dass er das falsche Auto für ihre Mutter gekauft hatte. Levke sah ihre Tochter fragend an. „Was ist los mit dir, Schätzchen? Du siehst ganz unglücklich aus." „Kann ich nicht hierbleiben, Mama? Ich habe solche Kopfschmerzen", die Elfjährige schaute ihre Mutter mit flehenden Au-gen an. Anneke schaltete sich in das Gespräch ein. „Ich kann nach ihr schauen, wenn Martha sich hinle-gen möchte", die werdende Mutter schaute auf ihren Bauch. „Ich bleibe ganz bestimmt hier. Ihr könnt ru-hig fahren." Levke stimmte zu und ging kurz mit Martha nach oben und verabreichte ihr eine Kopf-schmerztablette. Unmittelbar nachdem ihre Mutter das Zimmer wieder verlassen hatte, stellte Martha ih-ren Handywecker auf 14:55 Uhr ein. „Fünf Minuten würden reichen zum wach- werden", dachte sie. Kaum hatte sie sich hingelegt, schlief sie auch schon ein.

Lasse versprach seiner Schwiegertochter, spätes-tens um 17:30 Uhr wieder zu Hause zu sein, um recht-zeitig das Abendessen vorzubereiten. Sein Sohn Ole würde ab 19 Uhr die Küche übernehmen, während Lasse dann eine Reisegruppe vom Flughafen abholen würde. Es war wie immer, alles gut durchdacht, und die wichtigsten Aufgaben delegiert. Lasse Ingwerson freute sich darauf, mit Marie, den Larssons und sogar mit Hella und ihrem neuen Freund eine kleine Auszeit zu verbringen. Der Anblick von Liv und Peer freute ihn. Vielleicht würde er ja auch noch einmal das Glück haben dürfen, sich neu zu verlieben. Der Kleinbus machte sich auf den Weg zur Sancta Maria. Die alte Domkirche war das erste Ausflugsziel. Seit ihrer ursprünglichen Fertigstellung im zwölften Jahrhundert wurde diese Kirche mehrfach erweitert. Mittlerweile ist die Marienkirche eine Kathedrale von großer Bekanntheit sowie eine Touristenattraktion. Ein beeindruckendes Gotteshaus mit wunderschönen Glasmalereien und Holzschnitzereien. Die Faszination und Begeisterung für dieses monumentale Bauwerk hatte alle ergriffen. Der sonst so forsche Thore hielt die Hand seiner Mutter ganz fest. Für die Zeit der Besichtigung hatte er sogar seine Hungergefühle verdrängt. Die Mädchen waren ebenso still und ergriffen wie auch die Erwachsenen. Malina hatte bemerkt, dass Hella und Mika genauso Händchen hielten wie Annelie und Krister. Malina schaute sich alles ganz genau an, um später ihrer Schwester detailliert davon berichten zu können.

Inzwischen wurde Martha von dem schrecklichen Klingelton ihres Handys geweckt. In diesem Moment ärgerte sie sich wieder darüber, dass sie keine schöne Melodie als Klingelton ausgewählt hatte, sondern dieses schrille Martinshorn. Sie setzte sich auf die Bettkante und nahm den Hörer von dem auf dem Nachttisch stehenden Telefon ab. Die Nummer kannte sie selbstverständlich auswendig. Nummern konnte sich Martha sowieso sehr gut merken. „Hallo Schätzchen, ich habe schon darauf gewartet, dass du dich meldest. Das war ja wohl gestern nichts mit unserem Sieg. Da wir jetzt rausgeflogen sind, können wir nun auch für die Schweden die Daumen drücken. Was meinst du, Martha?" „Klar Papa. Das macht hier in Schweden sowieso mehr Spaß. Du Papa, ich muss dir noch etwas nicht ganz so Schönes sagen." „Was ist passiert, Martha?", Axels Puls hatte angefangen, in die Höhe zu schnellen. „Nee, ist nichts passiert. Aber das Auto, das du gekauft hast für Mama …", Martha stockte kurz. „Ich glaube nicht, dass sie sich darüber freuen wird. Das ist absolut das falsche Auto. Deine Überraschung geht nach hinten los." Jetzt war es raus, Martha atmete tief durch, während Axel leicht verwirrt nachfragte, wie sie darauf kommen würde. Schließlich hätte er extra keinen Sportwagen und keinen schnellen Kombi, sondern einen großzügig ausgestatteten Familien-Van gekauft. Sogar Schiebetüren hatte das geräumige Fahrzeug, Axel war geschockt. „Papa, das tut mir jetzt echt leid, aber Mama kann doch keinen Van fahren." „Wieso denn nicht?", wollte Axel wissen, „Sie kann doch Auto fahren. Sie fährt doch auch immer zum Einkaufen und holt euch ab und zu von der Schule ab." „Papa, du hast Mama noch nie einparken sehen. Das wird nichts. Was glaubst du denn, warum wir immer ganz hinten parken, obwohl der halbe Parkplatz frei ist? Drei Anläufe braucht sie mindestens zum Einparken, und dann stehen wir auch noch schief. Voll peinlich." „Das ist ja schrecklich. Wieso habe ich das denn nie mitbekommen?" Axel war entsetzt. „Weil du immer fährst, wenn du da bist", sagte Martha bestimmt. Ihr Vater seufzte laut. „Dann muss ich das mit ihr üben. Da wäre ich nie draufgekommen. Danke Martha, dass du mich vorgewarnt hast." „Papa, das wäre klasse, wenn du mit ihr übst. Dafür brauchst du aber viel Geduld, befürchte ich." Nach dem ausgiebigen Telefonat mit seiner Tochter brauchte Axel erst einmal einen starken Kaffee. Martha hingegen überlegte, ob sie eine Runde schwimmen gehen sollte. Allerdings würde es ihr wahrscheinlich alleine gar keinen Spaß machen. Sie saß immer noch auf der Bettkante, als es an der Tür klopfte. „Herein", rief sie, und Anneke betrat den Raum. Etwas außer Atem, und ein wenig blass sah sie aus. „Wie geht es dir denn jetzt, Martha?" Anneke schnaubte schon fast, und Martha bot ihr den Platz neben ihr an. Annekes Gesicht war leicht schmerzverzerrt, und sie stand wieder auf. In diesem Moment machte sie sich in die Hose, das dachte Martha zumindest. „Oh, das Fruchtwasser. Das tut mir leid", Anneke schrie laut auf, und Martha erinnerte sich an den Sexualkundeunterricht. „Ich weiß, wir hatten es in der Schule. Was kann ich tun?" „Nimm dir die großen Duschtücher aus dem Bad und lege sie auf den nassen Tepp...", sie stockte und stöhnte wieder. Martha rannte ins Bad und schmiss danach die Handtücher auf den nassen Fußboden. Dann fragte sie, ob sie einen Arzt rufen solle. Anneke schnaubte und nickte. Daraufhin wählte Martha die Notrufnummer, doch irgendwie tat sich nichts, die Leitung war tot. Entsetzt wandte sie sich der verzweifelten werdenden Mutter zu. Anneke stammelte: „Es tut mir leid, dass wir zwei jetzt hier alleine sind. Alle anderen sind unterwegs", sie versuchte ihre Tränen zu unterdrücken und Martha griff nach ihrer Hand, um sie zu trösten. Offenbar waren die Schmerzen von einer auf die andere Sekunde wieder verschwunden und Anneke versuchte Martha darauf vorzubereiten, was in den nächsten Minuten alles passieren könnte. Dann fiel ihr ein, dass die Feuermelder direkt mit der Feuerwehr verbunden waren und schickte die Elfjährige auf den Flur, um den Notfallknopf zu betätigen. Martha schlug mit dem kleinen Hammer die Scheibe von dem Feuermelder ein und drückte den Knopf. Daraufhin ertönte eine laute Sirene. Martha rannte wieder zurück in ihr Zimmer. Offenbar hatte Anneke die nächsten Wehen. Sie hatte sich auf das Bett gelegt und ihre Unterwäsche ausgezogen. Mit den Händen hielt sie sich über Kopf an dem Rückenteil vom Bett fest. „Martha, ich glaube das Baby kommt gleich. Bitte hilf mir, genauso, wie ich es dir erzählt habe, ja?" Das Mädchen nickte und holte noch zwei kleine Handtücher aus dem Bad. Anneke hatte Martha erzählt, dass Babys, wenn sie geboren werden ziemlich dreckig aussehen und auch ein bisschen stinken können. Meistens nehmen die Hebammen dann die Babys und machen sie sauber. Martha hatte deutlich versichert, dass der Anblick wahrscheinlich kein Problem für sie wäre. Sie hatte schon zweimal mitgeholfen bei der Geburt eines Kälbchens. Wie Frauen und Männer aussehen, wisse sie auch genau. Anneke entspannte sich wieder und hoffte darauf, dass die Feuerwehr jeden Moment einträfe, doch dann ging es wieder los, und sie steckte sich einen Zipfel des zweiten Kopfkissens in den Mund, um nicht ganz laut zu schreien, solche Schmerzen hatte sie, und die Tränen liefen ihr einfach so über die Wangen, ohne, dass sie es wollte.

Martha versuchte sie zu trösten und streichelte ihren Arm. Dann schaute sie auf Anweisung von Anneke nach und erschrak. „Ich kann den Kopf schon sehen. Ich warte jetzt hier auf das Baby." Sie legte ein kleines Handtuch über ihre Hände vor den Geburtsausgang und wartete darauf, dass das Baby ihr in die Hände fiel. So ungefähr hatte Anneke es beschrieben, Martha sollte ganz vorsichtig das Köpfchen nehmen und halten. Wahrscheinlich würde der restliche Körper dann unmittelbar folgen. Die Sirene des Feueralarms war immer noch deutlich hörbar, aber niemand schien ihnen zur Hilfe zu kommen. Anneke schrie laut auf und das Baby kam so, wie Anneke es beschrieben hatte. Ganz vorsichtig, aber total verkrampft hielt Martha das Baby fest. „Ist es gesund, lebt mein Sohn?" Anneke weinte jetzt ganz doll. „Lebt ja, bewegt sich. Aber es ist ein Mädchen." „Wieso denn ein Mädchen? Die Ärztin hat gesagt, dass es ein Junge wird. Wir haben das Zimmer blau gestrichen." „Soll ich es waschen gehen?", fragte Martha. „Nein, um Himmels Willen. Die Nabelschnur ist ja noch dran. Wieso kommt denn keiner?" Kaum hatte Anneke das ausgesprochen, standen auch schon zwei Feuerwehrmänner in der Tür. Der eine rief per Funk einen Notarztwagen, während der andere Martha das Baby abnahm. „Danke, Martha", Anneke lächelte ihr zu. „Unten im Warenlager haben wir eine neue Matratze für dich. Für solche Fälle haben wir ein Paar in Reserve gekauft. „Was? Passiert das hier öfters, dass ein Baby kommt?" Martha war überrascht. „Nein, das ist das erste Mal." Zu mehr kam Anneke nicht, denn die Notärzte waren da und nahmen das Baby und die

Mutter in Empfang, und Martha musste für einen Moment das Zimmer verlassen. Ein Sanitäter fragte Martha, ob bei ihr alles okay wäre. Sie antwortete, dass alles gut geklappt hätte, nur ihre Arme täten weh. Weil sie Angst hatte, dem Baby weh zu tun, hatte sie versucht, sich die ganze Zeit nicht zu bewegen. Der junge Mann tastete Marthas Arme ab und massierte vorsichtig ihre verspannten Oberarmmuskeln. Danach holte er gemeinsam mit einem Feuerwehrmann eine Trage. Die Notärzte nahmen daraufhin die junge Mutter und das Neugeborene mit in das Krankenhaus zur gründlichen Untersuchung. In Gegenwart der Feuerwehrmänner rief Martha dann ihre Mutter auf deren Handy an und berichtete kurz, was geschehen war. Levke versprach so schnell wie möglich zum Gasthof zurück zu kommen.

Als sie ihr Handy wieder in die Hosentasche steckte, fragte Lasse Ingwerson, ob zu Hause alles in Ordnung wäre? „Nein, wir müssen sofort zurück. Ihre Schwiegertochter hat das Baby bekommen." Alle redeten durcheinander und machten sich auf den Weg zum Fahrzeug. Levke musste lauter reden, als es sonst üblich war. „Es geht wohl beiden gut. Sie sind jetzt auf dem Weg ins Krankenhaus. Martha hat Geburtshilfe geleistet." Lasse stöhnte auf, und Marie schaute ihren Opa fragend an. „Wir fahren jetzt alle Gäste zurück zum Gasthof, und danach fahren Tante Hella, du und ich zu Mama und deinem Bruder ins Krankenhaus." Marie nickte und fragte, ob Papa denn nicht komme. Lasse meinte nur zu seiner Enkelin, dass der Papa noch auf der Fähre sei. Sie würden ihm alles erzählen, sobald er zu Hause wäre. Danach könne er dann zur Mama und dem Baby fahren. Herr Ingwerson fuhr schneller als erlaubt war, doch niemand sagte etwas dazu, nicht einmal Polizist Mika Larsson. Am Gasthof angekommen, ließ er die Urlauber nur kurz aussteigen, um ohne Zeitverlust weiter ins Krankenhaus zu seiner Schwiegertochter und seinem Enkel fahren zu können. Dort angekommen kam es ihm so vor, als würde er eine halbe Ewigkeit an der Anmeldung warten müssen, bis er die Antwort auf seine Frage bekam, wo denn seine Schwiegertochter zu finden sei. Hella versuchte ganz entspannt zu bleiben. In erster Linie, um Marie ein gutes Gefühl zu geben. Doch hatte Hella große Angst um ihre Schwester. Eine Hausgeburt ganz allein, ohne Hebamme … . Sie fragte sich, ob Mika und sie vielleicht auch bald Eltern werden würden. Was für wirre Gedanken, wir sind doch erst anderthalb Tage zusammen. Sie stutzte, es kam ihr vor wie mindestens eine Woche. Erst eine halbe Stunde von ihm getrennt, und schon fehlte er ihr. Eine gefühlte Ewigkeit später erhielten die drei endlich die ersehnte Nachricht, sich auf die Neugeborenen-Station, Zimmer 3a begeben zu dürfen. Aber nur kurz, die junge Mutter müsse sich schließlich noch ausruhen, war die Anweisung vom Personal. Anneke hatte total verquollene Augen, man sah ihr deutlich an, dass sie viel geweint haben musste. Dennoch strahlte sie jetzt, als sie ihre Tochter Marie, ihre Schwester und ihren Schwiegervater begrüßte. Neben ihrem Bett stand ein kleines Kinderbettchen. „Das ist deine Schwester, Marie." „Mama, du hast doch gesagt, dass ich einen Bruder bekomme." Marie schaute entsetzt in das kleine Bettchen. Das Baby schlief, es sah auf den ersten Blick aus, als habe es noch keine Haare. „Die hat ja eine Glatze!. Pohh, Mama." Marie setzte sich auf die Bettkante und umarmte ihre Mutter. „Mama, das ist doch nicht so schlimm, du hast ja noch mich." Hella gratulierte Marie zu ihrer Schwester und ergriff die Hand von Anneke. „Wie geht es dir denn? Ich bin so stolz auf dich." Anneke zuckte nur mit den Schultern, und Lasse fing an, wie ein Buch über den Ausflug und alles andere zu reden. Daraufhin schauten sich Hella und Anneke an und mussten grinsen. Das Ablenkungsmanöver von Lasse hatte funktioniert. Auf Maries Frage, wie ihre Schwester denn jetzt heiße, hatte Anneke noch keine Antwort. Sie wollte erst mit Papa Ole sprechen. Und hoffte sehnsüchtig, dass er bald bei ihr sein könnte. Das war das Stichwort für Lasse. „Ich kümmere mich heute um das Abendessen. Wir fahren gleich nach Hause. Wenn Ole kommt, schicke ich ihn direkt zu euch. Die Reisegruppe lassen wir heute einfach mal durch ein Großraumtaxi vom Flughafen abholen." Er gab seiner Schwiegertochter einen Kuss auf die Stirn und verabschiedete sich. Marie und Hella versicherten, dass sie am nächsten Vormittag wiederkommen würden. Anneke bat darum, dass Martha auch mitkommen solle.

Derweilen wurde Martha von ihrer ganzen Familie sowie einigen anderen Gästen, einem Zimmermädchen und einer Küchenhilfe regelrecht belagert. Jeder wollte wissen, was genau passiert war. Ole bekamen sie an diesem Abend gar nicht mehr zu sehen. Wahrscheinlich hatte Lasse seinen Sohn gleich bei der Ankunft abgefangen und direkt ins Krankenhaus zu seiner Frau geschickt. Peer und Liv legten allen

Familienmitgliedern nahe, am nächsten Morgen wieder zusammen um neun Uhr zu frühstücken und den ganzen Freitag danach gemeinsam auf dem Anwesen der Ingwersons zu verbringen und zu genießen. Am Samstagmorgen müssten sie schließlich schon früh am Flughafen sein. An diesem Abend jedoch waren alle so erledigt, dass niemand groß Notiz davon nahm, dass Mika und Hella im Treppenabgang zur unteren Etage standen und knutschten wie die Teenies.

Wo ist Alva?

Als Martha an diesem Morgen aufwachte, fühlte sie sich irgendwie schwach. Immer wieder hatte sie sich in der Nacht von einer Seite auf die andere gedreht. Ein paar Mal war sie einfach hochgeschreckt, schlief dann zum Glück aber immer gleich wieder ein. Die Bilder von der Geburt und Annekes Schreie waren noch in ihrem Gedächtnis. Die Arme taten Martha zwar nicht mehr weh, aber die Anstrengung war noch deutlich fühlbar. Sie schaute auf ihr Handy und erschrak, es war schon kurz vor neun. Wieso hatte Alva sie denn nicht geweckt? Offenbar war ihre Cousine schon rechtzeitig zum Frühstück aufgebrochen, ohne ihr Bescheid zu sagen. Martha begnügte sich in dieser Situation mit einer Katzenwäsche und eilte danach in den Frühstücksraum. Oma Liv stand auf und kam ihr entgegen. „Martha, wie geht es dir denn heute? Das hast du ganz toll gemacht gestern." Die Großmutter drückte ihre älteste Enkelin fest an sich. „Danke, gut, Oma. Ich habe verschlafen." An diesem Morgen hatte die Familie drei kleine Tische zusammengestellt, um näher bei einander sein zu können. Kaum saß Martha, kam Ole aus der Küche. Er hatte einen kurzgebundenen, aber üppigen Blumenstrauß in der Hand. Er steuerte direkt auf Martha zu und hielt ihr die Blumenpracht hin. „Der ist für dich Martha! Vielen Dank, dass du bei der Geburt von Martha Sofia so tapfer meiner Anneke beigestanden hast." Marie, die hinter ihrem Vater hergelaufen war, drängelte sich an ihm vorbei und umarmte Martha stürmisch. Das war fast schon ein bisschen zu viel für die Elfjährige, dennoch freute sie sich sehr über diesen wunderschönen Blumenstrauß. Sie konnte sich gar nicht erinnern, überhaupt schon einmal Blumen geschenkt bekommen zu haben. Von Malina hatte sie mal einen Kaktus bekommen, aber das war auch schon alles. Martha strahlte, natürlich war es ihr sowie allen anderen, auch nicht entgangen, was Ole gesagt hatte. *Martha Sofia*, so hieß also das Baby. Marie lies Martha endlich wieder los und erzählte ihr dann, dass die Mama möchte, dass Martha nachher mit ins Krankenhaus komme. Sie vereinbarten, sich gegen elf Uhr vor dem Haupteingang zu treffen.

Opa Peer bestand darauf, dass alle noch ein Weilchen am Tisch sitzen bleiben sollten, um sich darüber zu freuen, dass die Familie so zahlreich versammelt war. Sie beschlossen später gemeinsam den Pool wie auch das Spielzimmer aufzusuchen. Bei dem Wort Spielzimmer dachten die meisten sofort wieder an Alvas Bekanntschaft mit dem Queue. Erst da fiel auf, dass Alva gar nicht anwesend war. Leicht irritiert fragte Annelie in die Runde, wo denn Alva sei? Es war erschreckend, aber niemand hatte sie gesehen noch etwas von ihr gehört. Das Schlimmste an der Sache war, dass es bis zu diesem Zeitpunkt nicht einmal aufgefallen war, dass Alva während des ausgiebigen Frühstücks nicht anwesend war. Alle waren ratlos. Annelie stand auf und fragte an der Rezeption bei Lasse nach, ob er Alva gesehen habe. Der Seniorchef verneinte, bemerkte jedoch, dass gestern Abend eine

Reisegruppe aus Stockholm und Umgebung eingetroffen sei. Er erinnerte sich, dass mindestens fünf
Kinder eincheckten und dass die Gruppe heute zu
sehr früher Stunde gefrühstückt hatte. Vielleicht war
Alva ja mit den Kindern unterwegs. Das konnte Annelie sich allerdings nicht vorstellen. Sie ging direkt
in das Untergeschoss und schaute in das Spielzimmer. Zwei Jugendliche standen vor dem Billardtisch,
aber von Alva war auch hier keine Spur. Dann war da
noch das Schwimmbad, sie bekam Angst, dass Alva
vielleicht etwas passiert sein könnte. Natürlich
konnte ihre Tochter schwimmen, aber am Beckenrand
ausrutschen hätte sie auch können. Annelies Schritte
wurden schneller. Als sie die Tür des Schwimmbads
aufriss, entspannte sie sich sofort wieder. Die Sonne
kam durch die Panoramafenster in diesen großzügig
gestalteten Raum und erhellte das Bad. Ein Blick in
den türkisblau gefliesten Pool zerstreute ihre schrecklichen und völlig überflüssigen Gedanken. Es lag
keine Leiche im Wasser, im Gegenteil, dieser Raum
strahlte Harmonie aus. Doch wo war Alva?

Zurück im Frühstücksraum beschloss die Familie,
gemeinsam eine Suchaktion zu starten. Martha
merkte an, dass die Mädchen am Vorabend erst sehr
spät zur Ruhe gekommen waren und dass man besser
in alle Zimmer schauen sollte, zumindest in die der
Familie, falls Alva irgendwo schlief. Danach wollten
sich die Familienmitglieder an der Rezeption zur La-
gebesprechung treffen. Der Blick in die Gästezimmer
blieb leider ohne Erfolg. Lasse, Ole und Marie Ingwerson wollten sich an der Suche beteiligen. Hella

würde für die Zeit ihrer Abwesenheit an der Rezeption verweilen und den Telefondienst übernehmen. Ole gab der Küchenhilfe noch ein paar Anweisungen für die noch ausstehenden Frühstücksgäste. Viele sollten es nicht mehr an diesem Morgen sein. Eine Familie mit ein paar Kindern und ein junges Pärchen waren die einzigen, die noch nicht gefrühstückt hatten. Krister wollte die Polizei einschalten, doch Mika meinte, dass sie zuerst die Außenanlagen des Gasthofs, sowie die nähere Umgebung erkunden sollten. Ihm war am Vortag aufgefallen, dass ein paar Ponys auf einer höchstens drei Kilometer entfernten Weide grasten. Es könnte doch gut sein, dass Alva es ebenfalls gesehen hatte und nun bei den Ponys sei. Krister stimmte zu und die Truppe setzte sich in Bewegung.

In der Zwischenzeit erwachte Alva auf ihrem provisorischen Nachtlager, gähnte und räkelte sich. Sie fragte sich, wie spät es sei und schaute auf die große Uhr über der Ausgangstür. Jetzt fiel es ihr wieder ein, was in der Nacht passiert war. An Schlaf hatte sie nicht denken können, weil Martha so unruhig schlief, dass Alva irgendwann so wütend darüber wurde, dass sie versucht hatte, im Badezimmer auf dem Fußboden zu nächtigen. Eine knappe halbe Stunde hatte sie es dort nur ausgehalten, dann versuchte sie es erneut im Bett. Als Martha dann auch noch anfing zu schnarchen, zog sie sich an und ging nach unten. Ein paar andere Gäste waren schon im Frühstücksraum. Ein Mädchen in Alvas Alter gab ihr ein Zeichen, sich doch zu ihnen zu setzen. Das war eine ganz nette Familie aus Ektorp, das lag gar nicht weit weg von Gustavsberg. Die Familie hatte zusammen mit einigen anderen Gästen eine Kutterfahrt gebucht und musste daher schon so früh morgens zum Hafen. Nachdem Alva satt war, suchte sie sich ein Plätzchen zum schlafen und ihr fielen die gemütlichen Wellnessliegen im SPA Bereich, dem hinteren Teil des Schwimmbads, ein. Dort konnte sie es sich unbemerkt vom Rest der Familie gemütlich machen. Auf einer Regalfläche befanden sich mehrere Stapel frisch gewaschener Saunatücher, und Alva bediente sich. Laken, Kopfkissen und Zudecke in einem. Ganz gemütlich kuschelte sie sich auf eine Wellnessliege mit Blick in den Garten und die aufgehende Sonne. Es dauerte nicht lange, und sie konnte endlich ruhig schlafen. Sie schlief dann so tief und fest, dass sie erst gegen 10:30 Uhr aufwachte. Alva dachte, dass Mama es bestimmt besser finden würde, wenn sie hier noch aufräumen würde, bevor sie wieder hochging. Die Zehnjährige gab sich Mühe die nicht gerade kleinen Handtücher wieder zusammen zu legen. Es klappte einigermaßen, und zufrieden und ausgeschlafen verließ Alva den Pool-Raum. Auf der Treppe nach oben bemerkte sie, dass sich schon wieder ein leichtes Hungergefühl breitmachte. Daraufhin beschloss Alva, den Frühstücksraum ein zweites Mal an diesem Tag aufzusuchen. Vielleicht hätte sie Glück, und es wäre noch jemand von der Familie anwesend. Sie ging ohne Umwege an das Buffet und nahm sich zwei Schokoladen-Croissants, die waren in der Früh nicht vorhanden gewesen, und Alva strahlte. Der Raum war allerdings fast leer. Hinten in der Ecke saß ein turtelndes junges Pärchen, ansonsten war keiner weiter da. Sie

154

wählte einen kleinen Tisch mit Blick in den wunderschönen Garten. Alva entdeckte zwei Turnstangen mit hellem Strandboden darunter. „Gar nicht schlecht", dachte sie, „falls mal einer runterfällt". Sie holte sich einen Becher Kakao und blieb vor dem Saftcontainer stehen. Martha hatte das ja nicht hinbekommen, ohne den Fußboden zu fluten. In der Mittelstellung hört es auf zu fließen, hatte ihre Cousine gesagt. Alva versuchte es, und es klappte. Stolz ging sie mit ihren Getränken in den Händen zurück zum Tisch. Die Croissants schmeckten irgendwie besonders gut. Als sie fertig war, räumte sie ihr Geschirr ab und wollte wieder nach oben aufs Zimmer eilen, als sie schnell noch einen neugierigen Blick um die Ecke warf. Oh, Hella saß an der Rezeption. „Hallo Hella, guten Morgen", rief sie und wollte schon wieder aus Hellas Blickfeld verschwinden, doch Hella rief ihr nach. „Alva, komm bitte mal her. Wo warst du denn?" Die junge Frau erzählte dem Mädchen von der Suchaktion nach ihr, während sie das Handy nahm, um Lasse anzurufen. „Lasse, Alva ist wieder da. Es geht ihr gut." Hella und Alva unterhielten sich, während die anderen sich auf den Weg zurück zum Gasthof machten. Mit großen Augen schaute das Mädchen auf die Tür. „Das habe ich gar nicht gemerkt, dass mich einer gesucht hat. Ich geh ihnen entgegen." „Oh, warte lieber hier bei mir", Hella lächelte etwas verlegen.

Krister betrat als erster das Foyer und stürmte gleich auf Alva zu. Er drückte und knuddelte sie. „Papa, lass das. Das ist voll peinlich. Ich habe auf 'ner Wellnessliege im Pool-Raum geschlafen, weil Martha so geschnarcht hat, weiter nichts." Die totale Erleichterung darüber, dass es Alva gut gehe, konnte man den Familienmitgliedern sowie auch Lasse und Ole deutlich ansehen. Alle strahlten wieder. Martha fuhr wie vereinbart mit Ole, Hella und Marie zu Annelie ins Krankenhaus, während Oma Liv und Opa Peer alle anderen zu einem alkoholfreien Cocktail an der Bar einluden. Thore strahlte, ausnahmsweise durfte er sich noch einen zweiten Drink bestellen.

Als Anneke Martha erblickte, gab sie ihr ein Zeichen näher zu kommen. Sie hatte sich ganz fest vorgenommen, nicht zu weinen, doch es fiel ihr schwer. Sie drückte ihre kleine Heldin, und Martha freute sich. Die kleine Martha Sofia gab ein paar krächzende Laute von sich und hatte sofort die ganze Aufmerksamkeit auf ihrer Seite. Marie schaltete sich ein. „Sie hat keine Haare, aber wenn wir Glück haben, kommen noch welche. Ich mag sie trotzdem, ansonsten hat Mama ja noch mich." Sie ging zu dem Kinderbettchen und klopfte an die Scheibe. „Hallo kleine Schwester, ich bin auch da, deine große Schwester MARIE!" Anneke war etwas betrübt, als Martha ihr berichtete, dass Familie Larsson am morgigen Samstag früh wieder zurück nach Stockholm flog. Und dass eine Woche später Martha sogar mit Mama und ihren Geschwistern mit dem Schiff von Göteborg aus wieder nach Deutschland reisen würde. Wahrscheinlich dauerte es dann wieder ein ganzes Jahr, bis die Familie erneut zu den Großeltern käme. Martha stockte kurz, denn manchmal kam es vor, dass sie auch über Weihnachten und Silvester nach Gustavsberg fuhren. Dann nahmen sie aber das Flugzeug. In

Deutschland würden die Weihnachtsferien meistens erst kurz vor Heiligabend beginnen. Martha verabschiedete sich von Martha Sofia und Anneke mit den Worten: „Alles Gute für euch. Wer weiß, vielleicht heiraten Mika und Hella ja, dann sehen wir uns bei den Familienfeiern."

Wieder im Gasthof angekommen, erfuhr sie von Lasse, dass die Familie schwimmen gegangen sei und man auf Martha dort wartete. Als sie ihren Badeanzug anzog, dachte sie für einen Moment daran, ihren Vater anzurufen. Schließlich hatte sie ganz viel zu erzählen. Doch ein Blick auf die Handyuhr hielt sie davon ab. Es war erst 12:46 Uhr, zu früh für Papa.

Im Schwimmbad hatten alle viel Spaß, sogar Liv und Peer badeten. Malina wollte hundert Bahnen schwimmen, doch dafür war das Becken entschieden zu voll. Sie schimpfte alle aus, die ihr in die Quere kamen, so war sie mehr am Schimpfen als am Schwimmen. Als Thore ihr dann auch noch den Titel *neue Zicke von Gotland* gab, musste Levke einschreiten, um einen Zweikampf zu verhindern. Martha kam direkt zur rechten Zeit in den Pool-Raum. Sie erzählte von der kleinen glatzköpfigen Martha Sofia, und wie sie sich schon verändert hatte. Da Hella und Mika nicht anwesend waren, traute sich Martha zu fragen. „Glaubt ihr, dass Onkel Mika Maries Tante heiratet? Dann würden wir bei den Festen der Familie auch immer die kleine Martha Sofia wiedersehen." Oma Liv antwortete zuerst. „Ganz ehrlich, ich kann mir das gut vorstellen. Ich bin sicher, dass Mika sich verliebt hat." Liv zog einen Kussmund, streckte die Arme in die Höhe und tanzte im Wasser. Peer schüttelte den

Kopf, und die kleinen sowie auch die großen Mädchen kicherten. Gegen vierzehn Uhr verließen alle das Bad. Um drei Uhr sollte es einen Kuchen im Frühstücksraum geben. Bis dahin konnte man sich Haare waschen, duschen, ausruhen oder was auch immer. Thore dachte sofort an ein Schnitzel, doch seine Mutter verbot ihm, vor dem Kaffeetrinken noch etwas zu essen. Kurz vor fünfzehn Uhr hörte man die Türen zuschlagen auf dem Flur. Fast alle begaben sich nach unten in den Frühstücksraum, nur Martha hatte den Vorwand noch einmal ausgiebig auf die Toilette zu müssen, dazu genutzt, um in Ruhe mit ihrem Vater zu telefonieren. Axel war total platt, was Martha alles erzählte. Er hatte Angst, dass Martha ein schweres Trauma von Annekes Hausgeburt davontragen könnte. Als er so etwas andeutete, musste Martha lachen, er solle sich nicht so mädchenhaft anstellen. Ihr Vater erzählte dann auch noch, dass er ein Fahrsicherheitstraining für Mama und Papa gebucht habe. Dazu müssten die Kinder dann mal eine Nacht ohne die Eltern auskommen. Er würde sich dafür um einen Babysitter bemühen. Kaum hatte Axel dieses Wort ausgesprochen, fiel Martha ihm ins Wort, dass das wohl nicht nötig wäre. Axels Stimme wurde lauter, und Martha hielt es für besser, keine Widerrede mehr zu geben. Sie verabredeten sich, nach dem morgigen Nachmittag wieder zu telefonieren. Papa Axel würde dann bei den Großeltern in Gustavsberg anrufen.

Martha kam viel zu spät zum Kaffeetrinken und hatte schon richtig Hunger, während Levke Angst hatte, dass ihre Tochter ein Magen- und Darmproblem haben könnte, solange wie sie im Bad zugebracht hatte. „Vielleicht ist es besser, wenn du einen Zwieback isst, meine Kleine." „Nein Mama, ich habe Hunger. Mir geht es gut." Martha futterte zwei Stück Torte und einen Lava Cake. Der war gefüllt mit flüssiger Schokolade. Die Mädchen wollten Billard und Darts spielen. Krister und Annelie wollten flippern und begleiteten die Kinder. Thore und Peer hingegen gingen zum Hafen, um sich die heimkehrenden Fischkutter anzuschauen. Peer hoffte, ein wenig Fisch ganz frisch vom Kutter kaufen zu können. Liv und Levke suchten ein ruhiges Plätzchen im Garten, um noch ein wenig ganz ungestört plaudern zu können. Sie entschieden sich für einen Strandkorb.

Nach dem Abendessen gingen alle noch gemeinsam an die Bar. Diesmal waren sogar Hella und Mika mit dabei. Ole und Lasse kamen nach getaner Arbeit auch dazu. Marie war schon im Bett, während Thore und die Mädchen noch einen Cocktail trinken durften. Malina und Martha entschieden sich für einen Saft-Sahne-Kokosmilch-Mix. Sie strahlten, denn der war so lecker. Liv probierte und bestellte sich daraufhin selber einen. Die Kinder gingen nach und nach nach oben in die Zimmer, während die Erwachsenen noch bis nach Mitternacht an der Bar blieben und ausgelassen feierten. Am nächsten Morgen waren sie allerdings mit gepackten Koffern zu um acht Uhr im Frühstücksraum verabredet. Alle waren pünktlich, der Flieger würde schließlich auch nicht warten, hatte Peer am Vorabend mitgeteilt. Das hatte gewirkt. Mitten beim Frühstücken stand Peer auf. Er wollte die Rechnung bezahlen gehen und danach noch einen Bohnenkaffee und ein Schokoladen-Croissant zu sich nehmen. Er kam etwas zerknirscht wieder und fragte in die Runde: „Wer hat denn insgesamt dreieinhalb Stunden nach Deutschland telefoniert? Das hat ein Vermögen gekostet." Martha erschrak und stand auf. „Was, haben die hier etwa keine Auslands-Flat?" „Martha!" Levke war entsetzt und Peer lenkte ein. „Nächstes Mal bitte vorher fragen. Aber so schlimm ist es nun auch nicht. In fünf Minuten fährt Lasse uns zum Flughafen." Die Stimmung war nur kurzfristig etwas unterkühlt, erholte sich dann aber schnell wieder. Im Flugzeug war dann das nachmittägliche Fußballspiel wieder Hauptthema, und alle freuten sich gespannt auf den kommenden Dienstag und den Auftritt der Schweden im Achtelfinale.

Opa Peer und seine Fische

Auf dem Stockholm/Arlanda Flughafen angekommen, hörte man mit einem Mal Thore laut schreien.
Levke war schon durch die Kontrolle gegangen und
wurde bei dem Versuch, wieder in den Zollbereich zu
gelangen, von den Sicherheitsbeamten davon abgehalten. Ihr Sohn wollte zusammen mit seinem Großvater durch den Sicherheitsbereich gehen, aber irgendetwas schien dort schief gelaufen zu sein. Einer der
Security-Männer funkte mit einem Walkie-Talkie in
den gesperrten Bereich und erkundigte sich, was passiert sei. Offenbar hatte Peer Schmuggelgut im Gepäck und wurde daraufhin von zwei Beamten abgeführt. Thore bekam Panik und versuchte seinem Opa
lautstark und mit vollem Körpereinsatz zu helfen.
Zum Glück waren Liv und Mika in unmittelbarer
Nähe, um Thore zu beruhigen. Oma begleitete dann
ihren Enkel zu Mama durch die Sicherheitsschleuse,
während Mika sich als Stockholmer Polizeibeamter
outete und in Erfahrung brachte, warum sein Onkel
Peer in Gewahrsam genommen wurde. „Oh, Onkel
Peer, hättest du mich mal gefragt", dachte Mika, als
er erfuhr, dass Peer Larsson verbotener Weise frische
Fische in einem mit Salzlake gefüllten Eimer in sei-
nem Bordgepäck versteckt hatte. Es war zwar erlaubt,
frische Fische auf dem Inlandsflug von Visby nach
Stockholm zu transportieren, jedoch nicht in einer
Flüssigkeit, und schon gar nicht in dieser Menge. Aus
Sicherheitsgründen waren nur noch bis einhundert

Milliliter Flüssigkeit in einem durchsichtigen Behältnis mitzuführen. Zudem müsste Flüssigkeit deutlich sichtbar transportiert werden und nicht gut versteckt, wie Peer es versucht hatte. Sein Onkel würde mächtig Ärger bekommen, da war Mika sicher, als er sich allein auf den Weg zum Rest der Familie machte. Peer hatte trotzdem noch Glück, dass nur die Salzlake entsorgt wurde und er die Fische daraufhin wieder mit sich führen durfte. Da er allerdings eine Ordnungswidrigkeit begangen hatte, würde er diesbezüglich in den nächsten Tagen Post bekommen, das hatte man ihm in einem Gespräch der Belehrung so mitgeteilt. Diesen Punkt der ungewollten Verzögerung verschwieg Peer, als er endlich bei seiner in der Ankunftshalle wartenden Verwandtschaft eintraf. Ein Blick von Liv sagte mehr als viele Worte, und der Ertappte senkte den Kopf und seufzte. Krister lockerte die Stimmung dann etwas auf, allerdings hätte er seine Worte auch bedachter wählen können. „Wir müssen uns jetzt beeilen, denn bei uns wird später gegrillt. Nun, wo niemand mehr in Polizeigewahrsam ist, können wir gemeinsam aufbrechen und Spaß haben." Annelie schaute daraufhin etwas zerknirscht drein, während Thore einen Schmollmund in Richtung seines Onkels zog. Alva meckerte, weil es so lange gedauert hatte. Sie konnte es kaum erwarten, Matz endlich wieder zu sehen. In den letzten Tagen hatte Annelie zweimal kurz mit Frau Eckberg telefoniert und sich davon überzeugt, dass es dem Pony gut ging. Mia kümmerte sich täglich um Matz. Am Ausgang der Ankunftshalle wurden blau-gelbe Fähnchen an die Kinder wie auch an die Erwachsenen verteilt, damit kehrte die gute Laune langsam zurück. Mika verabschiedete sich, er musste zu um siebzehn Uhr zum Dienst. Er wurde von allen sehr bedauert, man verabredete sich jedoch zum morgigen sonntäglichen Familienfrühstück bei Liv und Peer.

Zu Hause angekommen, kümmerte sich Levke zusammen mit ihrer Mutter um den Wäscheberg. Während Martha und Malina mit Alva, Krister und Annelie zu Matz fuhren, blieben Svea und Thore bei den Großeltern. Opa Peer wollte den Kindern zeigen, wie man eine leckere Fischsuppe kocht. In dieser Situation machte Liv einen großen Bogen um ihre sonst so geliebte Küche. Wenn er wollte, konnte Peer ganz passabel kochen. Levke sortierte die Wäsche und war erstaunt, was in vier Tagen alles zusammenkam. Das Telefon klingelte, es war Annelie. Krister würde zum Einkaufen geschickt, ob noch etwas benötigt würde? Annelie konnte gar nicht so schnell schreiben, was ihr alles zugetragen wurde. Ihr Ehemann protestierte, als er die lange Liste sah, gab dann aber doch nach und brauste in Richtung Einkaufszentrum davon. Er wollte schließlich rechtzeitig wieder zurück sein, um den Grill anzuwerfen. Währenddessen tüdelten die Mädchen mit Matz rum. Er wurde geknuddelt und gestriegelt. Er bekam zwei Äpfel sowie drei getrocknete Brötchen. Es schmeckte ihm scheinbar hervorragend, so wie er schmatzte. Malina ging auf Sicherheitsabstand, nachdem Matz vor kurzem ihr T-Shirt als Serviette benutzt hatte. Annelie bat die Kinder, die Terrasse matzsicher zu gestalten, und den Tisch zu decken. Sobald Krister zurück war, wollten sie gemeinsam essen.

Es war schon kurz nach vier, als Annelies Ehemann endlich auf den Hof fuhr. Liv und Levke waren inzwischen auch eingetroffen und halfen dann kräftig beim Ausladen mit. Offenbar war Krister hungrig einkaufen gefahren. Annelie war es nicht entgangen, dass er unter vielem anderen auch die Zutaten für eine Prinsesstarta mitgebracht hatte. Dennoch kam er ihr etwas zu schweigsam vor, und sie fragte nach. Krister flüsterte. „Ich bin geblitzt worden." „Schlimm?", fragte Annelie, und er nickte. „Ich hatte es eben eilig." Er räusperte sich. „Ich soll Mika schön grüßen. Es war Fred Petersson, der mochte mich noch nie, jetzt wird es teuer." Seine Frau grinste und bemerkte mit einem leichten Unterton: „Ausgerechnet Fred. Soll ich mal mit ihm reden?" „Bloß nicht, Annelie. Der zeigt uns noch wegen Beamtenbestechung an." „Zu mir war er immer ganz nett. Naja, er wollte mich ja auch heiraten, aber ich wollte lieber dich, Krister." Annelie beschloss, nachher heimlich Mika anzurufen, ob er vielleicht ein gutes Wort bei Fred einlegen könne. Liv ging zwischendurch kurz nach Hause, um den Wäschetrockner erneut anzustellen. Bei der Gelegenheit brachte sie Thore und Svea sowie ihren Gatten samt frischer Bouillabaisse mit. Mittlerweile hatten die Kinder richtig Hunger, und Grillmeister Krister war abgelenkt. Ganz besonders gut kamen die Schaschlik-Spieße an. Levke und Annelie waren total überrascht, wie lecker ihnen die Fischsuppe ihres Vaters schmeckte. „Na Papa, das hast du super hinbekommen. Da haben sich die zusätzlichen zwanzig Minuten am Flughafen doch noch gelohnt, so lecker, Papa." Peer freute sich über die Anerkennung seiner Töchter. Martha und Malina wollten lieber nicht probieren, dennoch waren sie neugierig, wie die Suppe wohl schmecken würde. Thore und Svea aßen begeistert mit, schließlich hatten sie ja auch bei der Zubereitung geholfen. Es war ein schöner Familienabend. Liv war etwas traurig darüber, ihre jüngste Tochter bald wieder gehen lassen zu müssen. Sechs Tage hatten sie aber noch gemeinsam, und die wollte man glücklich zusammen verbringen.

Für den nächsten Tag planten die Mädchen einen erneuten Ausflug mit Matz. Die Erwachsenen waren ganz und gar nicht begeistert darüber, schließlich waren die Kinder beim letzten Ausflug in gefährliche Schwierigkeiten gekommen. „Wir reden morgen beim Frühstück noch einmal darüber", entschied Levke, und alle waren damit einverstanden. Unbemerkt von den anderen hatte Annelie mehrfach versucht, ihren Cousin Mika zu erreichen, leider jedoch ohne Erfolg. Mika schien gerade in einem Einsatz zu stecken. Sie überlegte einen Moment und schrieb ihm daraufhin eine WhatsApp-Nachricht. Dummerweise hatte die Autokorrektur den Sinn ihrer Message leicht durcheinander gebracht. Anstatt *erzähle Krister nicht von der Nachricht bitte, er regt sich sonst nur auf,* stand dort: *erzähle Kristallnacht bitte erregt worauf.* Annelie war wütend, die Nachricht war einfach nicht zu gebrauchen. Sie schickte gleich eine zweite hinterher,

bei der sie genau Korrektur las, bevor sie sie ab-
schickte: *Vergiss die erste Nachricht, rufe dich morgen an,*
geht um Krister ;o).

Oma Liv war am nächsten Morgen sehr aufgeregt.
Seit Peers Bruder mit seiner Frau nach Lulea gezogen
war, sah sich dieser Teil der Familie viel zu selten. Am
sonntäglichen Frühstück waren die beiden nun als
Überraschungsgäste eingeplant. Liv hatte sich das
schon länger gewünscht, dass Stan und Anna zu Besuch kamen, während Levke und die Kinder bei
Ihnen in Gustavsberg wären. Da sie aber nicht wusste,
ob es klappen würde, hatte sie diesen voraussichtli-
chen Besuch ihres Schwagers und ihrer Schwägerin
verschwiegen. Da Levke mit den Kindern auch bei
ihnen im Haus untergekommen war, würde es etwas
eng werden. Liv holte tief Luft und war überzeugt davon, dass sie sich irgendwie arrangieren würden. Die
Mädchen könnten sicherlich auch bei ihrer ältesten
Tochter Annelie übernachten. „Platz ist in der kleins-
ten Hütte, Hauptsache die Familie ist vereint", dachte
Liv. Lulea war eine Stadt ganz hoch im Norden
Schwedens. Stan Ole war vor knapp zwanzig Jahren
der Arbeit wegen dorthin gezogen. Das einzige Kind
blieb bei Oma Astrid in Gustavsberg. Nebenan wohnten ja damals auch sein Onkel Peer und seine Tante
Liv mit ihren Töchtern Annelie und Levke. In den Ferien fuhr Mika natürlich zu seinen Eltern. Es war allen
nicht ganz leicht gefallen damals, aber es war die richtige Entscheidung gewesen. Liv hatte bei ihrem letzten Telefonat unter dem Mantel der Verschwiegenheit ihrer Schwägerin von Hella berichtet. Anna
wollte ihre zukünftige Schwiegertochter unbedingt

kennenlernen, bevor sie zurückreisen würden. Es war geplant, dass die beiden über Stockholm mit dem Zug anreisen und dann weiter mit dem Bus nach Gustavsberg. Liv sollte die Überraschungsgäste heimlich vom Busbahnhof abholen. Mika würde nach der Spätschicht sowieso nicht vor 10:30 Uhr eintreffen. Liv hatte mit Hilfe von Peer den Tisch eingedeckt. Es duftete herrlich nach frischem Kaffee. Den Topf mit der Milch für den Kakao ließ Peer nicht aus den Augen, das war schon mehrmals schief gegangen. Er hatte keine Lust dazu, schon wieder den Herd schrubben zu müssen. Das große Überraschungsfrühstück war gut vorbereitet und konnte also starten. Nach und nach trudelten die Kinder und Enkel ein. Krister hatte Schokoladen-Croissants dabei, und die Kinder strahlten. Als erstes griff sich allerdings Levke eins, und Thore zog die Augenbrauen hoch. Sie warf ihrem Sohn ein Küsschen zu, und er lächelte daraufhin wieder. Liv nahm sich auch ein Croissant, worauf Annelie stutzte und auch schnell zugriff. Peer und Krister schauten sich an, und Krister fragte, ob er vielleicht gleich ein zweites Mal zum Bäcker fahren sollte? „Nein, mir reicht eins", verkündete Levke lautstark. „Mama!" Martha schüttelte den Kopf. Alva nutzte die aufgelockerte Stimmung und fragte: „Dürfen wir denn jetzt mit Matz los? Nur ein kleiner Ausflug, höchstens zwei Stunden, vielleicht drei?" Martha merkte noch an, dass ihr Handy diesmal frisch aufgeladen und jederzeit erreichbar sei. Oma Liv schaltete sich ein. „Wie wäre es denn, wenn wir erst einmal ganz gemütlich zu Ende frühstücken? Ich fahre gleich kurz los und hole für Mika auch ein Croissant. Er kommt sicherlich bald." Peer schaute seine Frau verdutzt an, ungesunde fettige Teigwaren, und Liv fährt extra deswegen los. „Komisch", dachte er. „Bitte, Papa. Wir wollen einen Ausflug machen!" Svea quengelte und Krister war verunsichert. Nochmal würden die Mädchen bestimmt ein solches Risiko nicht mehr eingehen wie bei ihrem letzten Ausritt. Er wollte schon zustimmen, doch Annelies mahnender Blick hielt ihn davon ab. Stattdessen grinste seine Frau ihn an und flüsterte leise „Fred". „Oh", dachte Krister, „das ist jetzt aber… sehr frech". Schon bekam er einen Kuss und entspannte sich wieder. Die Familie genoss das Frühstück, und kurze Zeit später kam Mika leicht abgehetzt zur Tür herein. Er begrüßte seine Familie herzlich und strahlte über beide Wangen. Seine Cousinen grinsten und Annelie fragte daraufhin, wie es denn Hella, Anneke und Martha Sofia geht? „Super gut, vielen Dank. Anneke und die Kleine dürfen Dienstag nach Hause. Ich hatte geplant, nächstes Wochenende nochmal einen kurzen Abstecher nach Gotland zu machen." Das hätte Mika besser anders formulieren sollen, denn seine Cousinen fingen an zu kichern. Mika errötete leicht, verkündete daraufhin aber klar und deutlich. „Ja, Hella und ich sind jetzt ein Paar", er stutzte, „wo ist denn Tante Liv?" Thore erklärte ihm, dass Oma losgefahren sei, damit Mika auch noch ein Croissant abbekommen würde. Mama und Tante Annelie hatten sie weggefuttert. „Oh, wär doch nicht nötig gewesen, der Tisch ist mehr als reichlich gedeckt." Mika ließ es sich schmecken und nahm zur Abwechslung auch einen Becher Kakao von seinem Onkel Peer. „Genau wie früher", dachte er. „Nur irgendwie noch schöner. Aber sehr schade, dass seine Eltern nicht dabei sein konnten, und Hella fehlte ihm auch". Mika beschloss am Abend endlich mal wieder seine Eltern anzurufen, schließlich hatte er etwas Neues zu berichten. Mama wäre bestimmt ganz glücklich, wenn er ihr von Hella erzählen würde. Dann hörten sie laute Stimmen aus dem Eingangsbereich, und Mika sprang auf, er hatte die Stimme seines Vaters sofort erkannt. „Papa!", rief er und sprintete in den Flur. Das war eine fast halbstündliche Begrüßung, bis Stan und Anna alle geknuddelt hatten. Es war das erste Mal, dass sie Thore sahen. „Was denn, Thore, du bist ja schon groß." Er antwortete: „Ja, Papa sagt immer, ich kann schon laufen und sprechen", er grinste, „aber ich komme bald zur Schule, dann bin ich wirklich groß. Ihr seid also Mikas Eltern." Opa Peer holte einen Schnaps, und die Erwachsenen prosteten sich zu. Die beiden Brüder setzten sich nebeneinander. Sie hatten sich unendlich viel zu erzählen. Levke hatte ihren Platz geräumt, damit Tante Anna sich neben Mika setzen konnte. Sie blieben noch fast zwei Stunden länger am Frühstückstisch sitzen. Nur Annelie hatte sich früher verabschiedet und alle zu um sechzehn Uhr zur Prinsesstarta eingeladen. Sie ging nach Hause, um sich an die Arbeit zu machen, schließlich schmeckte ihre Tarta besser als alle anderen. Die Mädchen bekamen auch endlich die Erlaubnis von Krister und Levke, einen kleinen Ausflug mit Pony Matz zu unternehmen. Thore würde dieses Mal allerdings auch mitkommen dürfen. Spätestens um 15:30 Uhr sollten die Kinder wieder bei Familie Lundberg eintreffen. Ein paar Äpfel und etwas zu trinken durften sie außer der großen grünen Decke noch mitnehmen. Mehr zu essen gab es vor der Prinsesstarta nicht, hatte Mama Annelie beschlossen. Die Tarta war ihr wieder perfekt gelungen. Krister hatte zum Glück morgens vom Bäcker noch ein paar Plunder Stückchen mitgebracht. Gegen 15.45 Uhr kamen die Larssons samt Levke zu Besuch. Sie waren natürlich zu Fuß gegangen. Unterwegs hatten sie noch ein frei herumlaufendes Pony eingefangen. Annelie war etwas verwirrt, denn ihre Schwester führte Pony Matz, während die Kinder sich nicht in Sichtweite befanden. Das Pony dampfte total, als wäre es galoppiert. „Wo sind die Kinder?", fragte sie sofort. Levke zog die Schultern kurz hoch. „Oh, so wie der schnauft, ist er ihnen weggelaufen. Matz, Matz, Matz!" Annelie löste den Sattelgurt und streichelte ihn kurz. Als Sattel und Halfter entfernt waren, machte er sich zügig auf den Weg in den hinteren Teil des Gartens. Da weder die Wolldecke noch die Tüte mit den Getränken am Sattel befestigt waren, kombinierten die Mütter, dass die Kinder wohl eine Pause gemacht haben mussten, während Matz sich unerlaubt in Bewegung gen Heimat gesetzt hatte. Levkes Handy klingelte, und eine völlig aufgelöste Martha bestätigte diese Theorie. Sie beruhigte ihre Tochter und bat, dass die Kinder zügig zum Kaffeetrinken kommen sollten. Die Frage nach der Abholung mit dem Auto verneinte Levke. Sie ärgerte sich über die Achtlosigkeit der Kinder. Annelie stimmte ihr zu, und die Erwachsenen genossen die Tarta. Etwa zwanzig Minuten später standen fünf Kinder mit erhitzten Gemütern und Köpfen, man konnte es deutlich an ihrer Gesichtsfarbe erkennen, vor der Kaffeetafel und redeten durcheinander. Alva konnte es überhaupt nicht verstehen, warum ihr Pony einfach losgetrabt sei. Als sie hinterherlaufen wollte, hatte es angefangen zu galoppieren und weg war es. Sie wollte auf jedem Fall noch mit ihm schimpfen, freute sich aber darüber, dass ihm nichts passiert war und er den direkten Weg nach Hause genommen hatte. Es waren nur noch vier Stückchen von der Prinsesstarta übriggeblieben, nun standen jedoch fünf hungrige Kinder da und schauten entsetzt auf den Kuchenteller. Annelie konnte es sich nicht nehmen lassen und gab zum Besten: „Ihr wisst doch, wer nicht kommt zur rechten Zeit, der muss sehen, was übrig bleibt." Levke schnappte sich kurzerhand die Torte und schnitt alle vier Stücke in der Hälfte durch. „So, jetzt haben wir noch acht Stücke", meinte sie und grinste. Die Kinder bekamen jedes eins davon, und die restlichen drei verteilte sie an die Erwachsenen. Natürlich wurden die Kinder auch satt, und alle hatten an diesem Tag noch sehr viel Spaß zusammen.

Ein Tag im Einkaufszentrum

Da am kommenden Tag das Achtelfinale der Fuß-ball-Weltmeisterschaft Schweden gegen die Schweiz stattfinden würde, hatten Anna sowie Liv und Ihre Töchter beschlossen, in das Einkaufszentrum zu fahren. Sie wollten den Tag ausgiebig dazu nutzen, um shoppen zu gehen. Jetzt, wo sie eine gute Chance auf den Weltmeistertitel hatten, wollten die Frauen ihre Mannschaft unterstützen und sich Nationaltrikots zulegen. Die Frauen entschieden, dass Krister während ihrer Shoppingtour auf die Kinder aufpassen sollte. Nur Thore würde mit Stan und Peer zum Angeln fahren. Alles war geregelt, die Frauen starteten extrem gut gelaunt zu ihrer Einkaufstour.

Es war ein heißer Sommertag, und Peer hatte ein kleines Ruderboot geliehen für die bevorstehende Angeltour mit seinem Bruder und seinem Enkel. Leider hatte er die Wirkung der tiefstehenden Sonne unterschätzt. Wenn er ehrlich war, hatte er sogar ganz vergessen an Sonnenschutz zu denken. Sein Bruder Stan hatte wenigstens eine Schirmmütze dabei, doch Peer fiel keine andere Lösung ein als die, wieder zum Ufer zu paddeln und mit dem Auto angemessene Kleidung samt Kopfbedeckung und Sonnenmilch zu holen. Auf seine Enkel passte er ganz besonders auf, und Thore konnte nicht länger der prallen Sonne ausgesetzt bleiben. „Ach Opa, das ist nicht schlimm, wir können ja auch etwas anderes machen." Thore kramte in seinen Hosentaschen und holte einen 500 Kronen

Schein heraus, das waren fast fünfzig Euro. Er wedelte mit dem Geldschein herum. „Ich lade euch zum Eis ein!" Peer schaute auf den Schein. „Wo hast du denn so viel Geld her?" Stan antwortete „von mir" und grinste leicht verlegen. „Wir wollten mit dem Zug keine schweren Geschenke transportieren, da haben wir uns gedacht, dass ein kleines Scheinchen auch gut wäre." Die Drei hatten Annelies Auto geliehen, da Liv mit dem Volvo unterwegs war. Peer und Stan fragten sich, ob sie im Einkaufszentrum vielleicht auf die Frauen treffen würden. Gemeinsam beschlossen die Männer, jeweils drei Kugeln Eis zu essen. Wenn sie mehr nehmen würden, bekämen sie Ärger von den Frauen, da waren sie sich einig. Thore durfte die beiden Brüder dann auch tatsächlich einladen und war mächtig stolz darauf. Als sie sich der Eisdiele im ersten Obergeschoss des Einkaufszentrums näherten, hörten sie schon von weitem ein lautes Gelächter. Peer erkannte sofort Livs Stimme und weihte Thore und Stan in seinen Plan ein. Sie wollten sich heimlich an den Nachbartisch setzen, die Tische waren durch künstliche zirka 1,5m hohe Hecken in rollbaren Blumenkübeln von einander getrennt. Das war ein optimaler Sichtschutz. Unbemerkt von den Frauen, nahmen sie Platz und eine sehr nette Bedienung brachte ihnen drei Eiskarten. Peer verstellte seine Stimme und bestellte drei Kugeln Schokoladeneis mit Sahne. Thore und Stan wählten Fruchteis. Dummerweise konnte man sehr gut hören, was die Frauen redeten. Anna meinte, dass es ewig her sei, dass Stan mit ihr in eine Eisdiele gefahren sei. Liv erwiderte gleich noch, dass Peer dazu überhaupt keine Lust mehr hätte, die Zeiten seien vorbei, sie seufzte. Thore wollte protestieren, doch Stan und Peer legten blitzschnell ihre Zeigefinger auf die Lippen, und er sagte nichts. Als die Bedienung zurück an den Tisch kam, bestellte Peer auf seine Rechnung vier Kinder-Kuller-Eis für den Nachbartisch. Jede von Ihnen bekam einen kleinen Teller mit einer Kugel Vanilleeis, Schokoplättchen als Augen, eine Erdbeere als Nase, mini Marshmallows und viele bunte Streusel. Die Frauen guckten die Bedienung leicht verwirrt an, als sie die Kinder-Kuller bekamen. „Ein netter Gruß von den drei Herren hier hinter der Hecke." Keine traute sich aufzustehen, sie waren verunsichert. Annelie brach das Schweigen: „Ich schau jetzt nach!" Sie stand auf und linste um die Ecke. „Papa, was macht ihr denn hier?" „Das frag ich mich auch", sagte er mit einem Lächeln, „wo wir doch scheinbar schon zu alt zum Eis essen sind." Sie schnappten sich ihre Eisbecher, und Peer, Stan Ole und Thore setzten sich zu den Frauen. Anna und Liv lächelten ihre Männer leicht verlegen an. Levke bedankte sich für das herrliche Kinder-Kuller-Eis.

Krister hingegen war mit den vier Mädchen zu Hause leicht überfordert. Sie quengelten rum und wollten entweder einen Ausflug mit Mats unternehmen oder ins Schwimmbad gehen. Beides hielt er für nicht so gute Ideen. Er traute sich das irgendwie nicht zu, gleich mit vier Mädchen schwimmen zu gehen. „Obwohl", dachte er, „so klein sind sie auch nicht mehr, und alleine auf die Toilette gehen sie auch schon lange". Martha und Malina versicherten ihm, dass sie beide schwimmen konnten, zumindest ein paar Minuten. Seine Töchter hatten auch beide schon das Schwimmabzeichen gemacht, und er stimmte schließlich zu. „Was müssen wir denn alles mitnehmen, Alva?" „Geld, Papa, den Rest suche ich zusammen." „Das war klar", dachte Krister, „Mädchen sind teuer". Er überlegte, aber früher, als er mit seiner Mutter ins Schwimmbad gegangen war, wollte er auch immer Pommes und später dann noch ein Eis. Er steckte sich lieber ein bisschen mehr Geld ein. Alva hatte zwei Wolldecken, fünf große und fünf kleine Handtücher sowie Sonnenmilch zusammengesucht. Ihren Cousinen würden sie Badeanzug und Bikini leihen. „Papa, deine Badehose nicht vergessen", rief Alva ihrem Vater zu. „Wo ist die denn?", rief er zurück. „Frag Mama, sie hat ihr Handy mit." Es blieb ihm nichts anderes übrig, als tatsächlich seine Frau anzurufen, denn selbst nach intensiver Suche konnte er seine Badehose nicht finden. Überhaupt kannte er sich anscheinend nicht ganz so gut in seinem Kleiderschrank aus. Längst verschollene Shorts und Shirts lagen ganz unten unter den aufgehängten Hemden. Er fand sein ACDC-Shirt wieder, da war er doch so stolz drauf. Das hatte er sich auf dem Konzert 1996 in Stockholm gekauft. „Papa, wir haben nicht ewig Zeit", Svea wurde ungeduldig, und Krister rief endlich seine Frau an, um nach der Badehose zu fragen. „Was suchst du? Oha, ich glaube, die habe ich vor drei Jahren entsorgt. Soll ich dir eine neue mitbringen?" Annelie war erstaunt darüber, dass die Mädchen es geschafft hatten, ihren Gatten dazu zu bewegen, mit ihnen in das Schwimmbad zu fahren. „Nimm doch eine von deinen Shorts, das fällt gar nicht auf. Viele tragen jetzt Badeshorts." Schnell fügte sie noch hinzu: „aber nicht die weiße, Krister." Was sie in diesem Moment nicht sehen konnte, war, dass er ganz ausgeprägt mit den Augen rollte. Außerdem wollte er wissen, warum sie die alte Badehose weggeschmissen hatte, doch Annelie hatte keine Zeit mehr zu telefonieren und wünschte allen viel Spaß. Krister zog sich eine von seinen beiden olivfarbenen Shorts an und die Mädchen waren damit einverstanden, dass er so baden gehen wollte.

Die Frauen amüsierten sich inzwischen gemeinsam mit den Männern im Einkaufszentrum. Anna flüsterte in einem unbeobachteten Moment ihrer Schwägerin zu: „Jetzt haben wir sie doch an den Hacken", sie kicherte. Liv drehte sich daraufhin um und antwortete: „Im wahrsten Sinne des Wortes." Thore, Stan und Peer hatten sich den Frauen angeschlossen und wollten unbedingt dabei sein, wenn sie Trikots anprobierten. Dazu mussten sie in die dritte Etage. Liv suchte sich ein Nationaltrikot von Andreas Granqvist aus, während Annelie und Levke lieber eins haben wollten von Emil Forsberg. Fast hätten sich die Schwestern deswegen sogar noch in die Haare bekommen. Zum Glück fand der Verkäufer nach etwas längerer Suche ein zweites Shirt in der gleichen Größe. Anna wählte ein neutrales Trikot der schwedischen Mannschaft. Diesen Punkt konnten sie von ihrer Liste streichen. Allerdings waren alle überrascht, wie teuer die Trikots waren. Annelie merkte an, dass Krister gerade dabei war, ohne Badehose mit den Kindern ins Schwimmbad zu gehen. Entsetzt schauten die anderen sie an. Noch bevor Levke etwas sagen konnte, fügte ihre Schwester hinzu, dass er dafür in seinen Shorts baden würde. Es wäre an der Zeit, eine schmucke Badehose für ihren Gatten zu erwerben, wo sie sich doch nun schon einmal in einem Sportgeschäft befänden. Liv hielt eine Hawaii-Badehose hoch, und nicht nur die Frauen schüttelten mit den Köpfen. Annelie hatte eine dunkelblaue Badeshorts mit einem weißen Anker auf der Gesäßtasche gefunden. Diese Hose kam allgemein gut an, nur bei der Größe war sie sich nicht sicher. Krister hatte etwas zugenommen, so entschied sie sich für XL anstatt L. Peer hatte angeboten sich zu opfern, falls seinem Schwiegersohn die Hose nicht passen würde. Da Thore gerade anwesend war, bekam er dann auch noch eine Badeshorts und ein paar neue T-Shirts. Levke betrachtete ihren Sohn. Groß geworden war er und tatsächlich ein bisschen zu kräftig. „In drei Wochen kommt Thore zur Schule. Und wir haben noch gar keinen Schulranzen." „Was? Ich wollte doch den mit den Drachen. Hast du den etwa nicht im Internet bestellt, Mama?" Thore hörte sich ziemlich wütend an, und Levke musste zugeben, dass der Ranzen mit den Drachen ausverkauft war und sie dann vergessen hatte mit ihrem Sohn darüber zu sprechen. „Das vergisst man doch nicht. Ich werde mich beschweren!" Thore wurde immer wütender. Es dauerte nicht lange, und die drei Herren beschlossen gemeinsam nach einem Tornister für den Schulanfänger zu suchen. Die Frauen würden sie dann höchstwahrscheinlich erst wieder in Gustavsberg treffen.

Die Mädchen hatten unterdessen richtig viel Spaß im Schwimmbad. Sogar Krister ging mit ins Becken.

Er war allerdings der erste, der wieder aus dem Wasser kam und sich auf die grüne Decke schmiss. Irgendetwas war komisch. Er bemerkte, dass er voller Ponyhaare war, genau wie die große grüne Decke auch. Überall klebten die Haare von Matz, er ärgerte sich über seine älteste Tochter, dass sie keine sauberen Decken eingepackt hatte. Zum Glück waren am Beckenrand zwei Außenduschen vorhanden. Krister spülte sich ab und benutzte dann ein großes Handtuch. Danach warf er einen kritischen Blick auf die andere Wolldecke und legte sich schließlich darauf. Er hatte sich ein John Sinclair- Heft mitgenommen und tauchte beim Lesen in eine Fantasiewelt von Geistern und Dämonen ein. Ziemlich unsanft wurde er wieder in die Realität zurückgeholt. Eine klitschnasse Svea ließ sich schwungvoll neben ihm auf der Decke nieder. Er schrie laut auf, und in unmittelbarer Nähe brach ein Gekicher aus. Erst jetzt bemerkte der Familienvater, wie viele hübsche junge Frauen sich neben ihm auf den anderen Decken und Handtüchern in der Sonne räkelten. „Svea! Wo sind die anderen denn?" „Papa, die wollten rutschen, ich traue mich nicht." Krister erschrak: „Ist das gefährlich? Muss ich mir Sorgen machen?" Svea runzelte die Stirn und zuckte dann fragend mit den Schultern. Krister sprang auf, seine Knie knackten und ihm wurde kurz bewusst, dass er keine zwanzig mehr war. Sie machten sich auf den Weg zur Rutsche. Malina kam ihnen entgegen. „Ich traue mich auch nicht, das ist zu hoch und zu schnell.". An der Rutsche angekommen, schauten sie nach Alva und Martha, konnten sie jedoch nicht erblicken. Krister schaute auf das Becken, in welches die

Rutsche mündete. Vielleicht waren die Mädchen ja noch am Rutschen. Einer nach dem anderen plumpste ins Wasser, nur von Alva und Martha war nichts zu sehen. Die drei setzten sich auf eine Bank mit Blick auf das Becken. Nach etwa zehn Minuten ging Krister zum Bademeister und ließ die beiden Vermissten ausrufen. Unterdessen spendierte er eine Portion Pommes für die beiden jüngsten. Svea war nicht begeistert davon, dass ihr Vater ihr mindestens die Hälfte der Pommes Frites wegaß. Malina schaffte ihre Portion nicht, und Krister freute sich, doch seine Tochter war schneller und schnappte sich die Schale von Malina und sauste damit ab. Als Martha und Alva nach weiteren zehn Minuten immer noch nicht in Sichtweite waren, wurde Krister nervös. Als er dann auch noch die Sirene des Krankenwagens hörte, wurde er ganz blass. Er suchte einen Bademeister und fragte, was denn passiert sei. Es hatte offenbar einen Badeunfall in der Rutsche gegeben. Ein Junge hatte das Ampelsignal nicht abgewartet und war zu früh gestartet und voller Schwung in ein langsameres Mädchen hineingerutscht. „Oh mein Gott!" Krister rannte in Richtung des Krankenwagens. Alva und Martha standen neben einem auf einer Trage liegenden Mädchen. Alva hielt ihre Hand. Martha berichtete einem Bademeister, was sie gesehen hatte. Das Mädchen und der Junge kamen ziemlich gleichzeitig aus der Rutsche. Dann schrie das Mädchen laut auf und weinte. Daraufhin holte dann der dünne Bademeister mit dem Dutt auf dem Kopf das Mädchen vorsichtig aus dem Wasser. Krister war total erleichtert, dass es seiner Nichte und seiner Tochter gut ging, dennoch tat ihm das andere

Mädchen sehr leid. Der Krankenwagen fuhr ab, und die großen Mädchen bekamen auch Pommes. Da Alva ihren Vater kannte, setzte sie sich in sicherer Entfernung zu ihm auf den Deckenrand. Martha gab freiwillig ab, und Krister freute sich.

Die Auswahl an Schulranzen war überwältigend, Thore fing an zu heulen. Es gab so gut wie gar keine Ranzen, da in Schweden die Schule das Material stellt. Die Kinder haben Schließfächer in der Schule. Meistens haben sie nur einen kleinen Rucksack, um das Nötigste zu transportieren. Peer und Stan waren ratlos. Sie waren sich einig, wenn es hier im Einkaufszentrum keinen Schulranzen geben würde, dann brauchten sie gar nicht weitersuchen. Peer versprach Thore, ein ernstes Wort mit seiner Mutter zu reden und dass er den schönsten Schulranzen der ganzen Schule bekommen würde. „Wie machst du das denn Opa? Du bist doch hier?" Thore schluchzte wieder. „Deine Mama hat zwei Wochen Zeit, das wird reichen. Ich rufe nachher deinen Papa an, dann kann er schon mal schauen, ob er einen Ranzen für dich findet." „Ja, Opa, Danke." Peer tröstete Thore, er tat ihm wirklich leid. Schulanfang ist doch etwas Besonderes. Ein großer Schritt für einen kleinen Menschen. Peer ärgerte sich über seine Tochter. Levke war doch sonst so gewissenhaft. Er nahm seinen Enkelsohn in den Arm und drückte ihn.

Die Frauen zogen derweil von einer Boutique zur nächsten. Wenn sie so weiter machen würden, kämen sie ungefähr pünktlich zum Ladenschluss aus dem Einkaufszentrum heraus. Annelie beschloss, Krister vorsichtshalber eine Nachricht zu senden, dass er, wenn er aus dem Schwimmbad komme, die Würstchen auftauen und den Grill anwerfen solle. Ach ja, und die Wäsche könne er dann auch gleich noch waschen. Dazu schrieb sie ihm genau, welche Knöpfe er nacheinander drücken müsse. Annelie zögerte kurz und fragte dann ihre Schwester: „Levke, du hast doch nicht wirklich vergessen, einen Schulranzen für Thore zu kaufen, oder?" „Natürlich nicht". Levke schaute in die Runde und verkündete: „Ich habe den Drachenranzen samt Federtasche und Turnbeutel gekauft, steht alles gut versteckt im Keller. Axel ist eingeweiht. Kurz bevor wir nach Hause kommen, packt er das Paket aus und stellt alles in Thores Zimmer." Liv schaute ihre Tochter verdutzt an. „Was ist denn, wenn Peer jetzt einen Ranzen kauft?" „Der kriegt hier bestimmt keinen. Das müsstest du doch wissen, Mama. Hier in Schweden gibt es keine vernünftigen Schulranzen. Und wenn doch, dann bringen wir ihn die Tage zurück." Liv knuddelte ihre Jüngste. Annelie merkte an, dass sie sich freue, dass Levke doch einen Ranzen gekauft habe. Die Frauen beschlossen, noch eine kleine Kaffeepause zu machen, bevor sie die nächste Etage leerkaufen würden. Außerdem müssten sie die Taschen zwischendurch abstellen, die Arme taten schließlich schon weh. Annelie bekam eine Nachricht von Krister. Kurz und bündig: *Sonst noch etwas?*, Krister hatte sich über die ganzen Anweisungen seiner Frau geärgert. Annelie überlegte kurz und schrieb dann zurück: *„Gib Matz bitte etwas Heu, wir kommen nicht vor 18 Uhr zurück."* Zum Glück hatte sie noch ein rotes Herzchen und einen Kusssmiley hinterhergeschickt, und Krister beruhigte sich wieder. Er wies die Mädchen darauf hin, dass sie nur noch eine halbe Stunde im Schwimmbad bleiben würden, er müsste noch Wäsche waschen und das Abendessen vorbereiten. Als Alva ihm daraufhin zurief „ist gut, Mama, äh Papa!", fingen die Frauen um ihn herum auf ihren Decken wieder an zu kichern, und diesmal musste er auch lachen.

Peer hatte Thore kurzerhand eine hochwertige Angel gekauft. Stan war so begeistert, dass er sich auch eine zulegte. Thore strahlte wieder und die drei beschlossen am Donnerstag, einen erneuten Angelausflug zu machen. Sie würden Krister und Mika fragen, ob sie auch Zeit hätten für einen Männertag.

Abends trafen sich alle bei den Lundbergs. Krister hatte es sich nicht nehmen lassen, noch ein paar Schaschlik-Spieße aufzutauen. Auch hatte er auf die Schnelle einen leckeren Tomatensalat mit Hilfe der Mädchen gemacht. Brot aus dem Ofen gab es dazu und viele Saucen. Sie hatten sich an diesem Abend viel zu erzählen und Peer war total erleichtert, dass Levke doch einen Schulranzen gekauft hatte. Erst weit nach Mitternacht gingen sie alle zu Bett.

Achtelfinale – Schweden gegen die Schweiz

Es lag eine spürbare Unruhe auf dem ganzen Land, schließlich hatte die schwedische Fußballmannschaft es noch nie geschafft, Weltmeister zu werden. 2018 fand die Fußballweltmeisterschaft in Russland statt. Um Punkt siebzehn Uhr in Sankt Petersburg würde das Fußballspiel angepfiffen. Zweimal wurde die schwedische Mannschaft bisher Vizeweltmeister, aber auch das lag schon lange zurück. Zum letzten Mal schaffte die Mannschaft diesen Erfolg 1958 im eigenen Land. 1994 in den USA wurden die Schweden Dritter. Nun ging es im Achtelfinale um den Einzug in das Viertelfinale, und überall wo man hinschaute oder hinhörte ging es nur um Fußball. Im Vorfelde wurde auf fast allen Fernsehsendern und Radiokanälen viel diskutiert. Zudem hüllte sich das ganze Land in die Farben Blau und Gelb. Das Fußballfiber hatte fast alle ergriffen, so auch die Familien Larsson, Lundberg und Johannsen. An diesem Tag hatte Opa Peer darum gebeten, dass Spiel gemeinsam bei ihnen Zuhause zu schauen. Liv und Peer hatten zu um fünfzehn Uhr eingeladen. Nach dem Mittagessen wollten sich alle noch etwas ausruhen. Stan und Anna hingegen waren schon früh morgens mit dem Bus nach Stockholm gefahren. Mika wollte seine Eltern vom Busbahnhof abholen und ihnen eine der schönsten Städte der Welt zeigen. Er vergaß dabei ein wenig, dass sein Vater, auch wenn er seit guten zwanzig Jahren in Lulea lebte, doch auch in Stockholm und Umgebung aufgewachsen war. So kam es des Öfteren vor, dass Mika etwas erklärte und Stan noch etwas hinzufügen konnte, von dem sein Sohn bis zu diesem Zeitpunkt noch gar nichts wusste. Um die Mittagszeit setzten sich die drei in ein kleines Café. Anna nahm die Hand ihres Sohnes und meinte: „Wir müssen dir etwas erzählen, Mika". Er unterbrach seine Mutter kurz. „Ich euch auch! Aber erst du, Mama!" Anna schaute kurz zu Stan und redete dann weiter. „Papa geht ja in anderthalb Jahren in Rente. Wir haben geplant, dann zurück nach Gustavsberg zu kommen. Das Haus ist abbezahlt, und wir können es gut verkaufen". Mika war die Freude auf diese Nachricht deutlich anzumerken. „Das ist ja fantastisch, ich freue mich so. Ich habe auch eine tolle Neuigkeit. Ich habe mich verliebt. Mich hat es erwischt." Stan umarmte seinen Sohn und Mika schwärmte von Hella. Seine Mutter träumte schon weiter. „Vielleicht heiratet ihr ja und bekommt sogar Kinder. Das wäre wunderbar". Sie schluckte und fügte unter Tränen hinzu: „Aber versprich mir, lass dein Kind nie allein zurück. Es zerbricht dir das Herz." „Mama", er umarmte sie, „mir ging es doch immer gut bei Oma Astrid. Onkel Peer und Tante Liv haben mich wie ein eigenes Kind behandelt." „Das wissen wir, sonst wären wir auch nicht weg gegangen." Ein adrett gekleideter Mann näherte sich ihnen und rief von weitem: „Hey, Mika!" „Hey, Fred! Meine Eltern sind gerade zu Besuch." Fred kam an ihren Tisch und begrüßte Mikas Eltern. Seine Mutter entschuldigte sich und schnaubte ihre Nase. „Freudentränen", meinte sie nur kurz. Mika war nicht entgangen, dass Fred sich ordentlich herausgeputzt hatte. „Ich habe gleich ein Date", sagte er grinsend. „Und ich habe endlich eine feste Freundin", erwiderte Mika. Fred fragte dann noch, warum er denn noch gar nicht bei ihm angerufen hätte wegen Krister. Mika schaute ihn mit großen Augen an und fragte, ob sie sich etwa wieder geprügelt hätten. „Nein, Nein. Das ist fünfzehn Jahre her. Seitdem er meine Traumfrau geheiratet hat, sind wir uns eher aus dem Weg gegangen. Ich habe ihn geblitzt. Viel zu schnell. Hatte eigentlich erwartet, dass du dich meldest." Anna fragte ganz direkt. „Kannst du da denn etwas machen Fred?" Er antwortete mit einem Grinsen: „Könnte ich schon..." Anna fiel ihm ins Wort: „Ach, das ist aber nett. Da freue ich mich sehr und Annelie bestimmt auch." Das hatte gesessen. Fred zwinkerte ihr zu und verabredete sich noch für die kommende Woche auf ein Bierchen mit Mika. Als Fred außer Sichtweite war, fragte Mika seine Mutter, ob sie davon gewusst hätte, dass Krister geblitzt wurde. „Nööö, aber das ist ja nun wohl hoffentlich vom Tisch", meinte sie kess. Mika schüttelte den Kopf. „Da bin ich noch nicht von überzeugt, Mama. Die Zeiten haben sich geändert." Sie konterte: „Aber Fred Pettersson ist immer noch in Annelie verknallt. Wie gut, dass sie sich für Krister entschieden hat. Ich wusste gar nicht, dass sich die beiden sogar mal geprügelt hatten." Mika dachte noch: „Wie gut, dass du einiges andere auch nicht weißt", sagte es aber nicht laut. Stattdessen fragte er seine Eltern, ob sie ihn nicht am Wochenende nach Gotland zu Hella begleiten wollten. Vorausgesetzt, es wäre ein Zimmer in dem

Landgasthof der Ingwersons frei. Begeistert stimmten die beiden sofort zu. Mika erzählte daraufhin die dramatische Geschichte um die Geburt der kleinen Martha Sofia. Sie vergaßen die Zeit und mussten sich beeilen, um rechtzeitig zurück in Gustavsberg zu sein. Die Rücktour fuhr Mika mit seinem Auto, und Vater und Sohn unterhielten sich die ganze Fahrt lang. Anna gab sich Mühe, konnte aber durch die Fahrtgeräusche leider nicht viel verstehen. Ihr Sohn fuhr zu schnell, wie sie fand, aber sie hatten es schließlich eilig.

Krister hatte sich angeboten, mit Peer das Wohnzimmer in einen kleinen Kinosaal zu verwandeln. Er brachte seinen Beamer und die große Leinwand mit. Thore hätte gerne ein Süßigkeiten-Buffet gehabt, genauso wie in Visby. Opa Peer stimmte ihm zu, aber beide wussten, dass das im Hause Larsson allerhöchstens an Silvester geboten würde. Dafür hatte Liv in liebevoller Kleinarbeit Gemüse geputzt und verschiedene Dips kreiert. Es gab noch Salzstangen und sehr leckere selbstgebackene Käsekekse. Peer und Thore erhielten jedoch das Verbot zu probieren, bevor die Familie komplett eingetroffen sei. Liv und Annelie kamen etwas früher, um ihrer Mutter zu helfen, doch Liv hatte schon alles vorbereitet, und sie setzten sich auf einen Kaffee auf die hintere Terrasse am Steingarten. „Oh Levke, das habe ich seit drei Tagen vergessen, dir zu erzählen", Liv wurde ganz hektisch. „Axel hat mindestens viermal auf den Anrufbeantworter gesprochen und um Rückruf gebeten. Beim letzten Anruf hat er gefragt, wie dein Neuer denn heiße?" Levke prustete ihren Kaffee über ihr Shirt. „Shit, den habe ich ganz vergessen." Thore stand in der Tür und schüttelte den Kopf. Er rannte kurz in die Küche und kam mit einem Geschirrtuch wieder. „Mama, du schockst mich immer wieder. Opa wird bald mit dir schimpfen, wenn du so weiter machst." Annelie wandte ihren Blick ab, denn sie wusste, dass sich jetzt ihre Blicke weder mit denen ihrer Schwester noch mit denen ihrer Mutter treffen durften, sonst würde es hier ein lautes Gelächter geben. Levke stand auf und merkte noch kurz an, dass sie jetzt den Papa anrufen würde. Thore rief ihr noch nach: „Grüß ihn schön und zieh dir ein sauberes T-Shirt an!"

Levke atmete ganz tief durch, bevor sie den Hörer abnahm und zu Hause in Elmshorn anrief. Es war ihr sehr unangenehm, dass sie bei dem ganzen Trubel der letzten Tage tatsächlich vergessen hatte, ihren Ehemann anzurufen. Es war sogar noch schlimmer, und das machte ihr Angst. Sie hatte Axel total vergessen in den letzten Tagen. Es tutete, und irgendwie hoffte sie sogar, dass er nicht zu Hause sei. „Johannsen", meldete sich ihr Ehemann, und Levke piepste kleinlaut „Hier auch." Stille, nur maximal fünf Sekunden, aber fast unerträglich für beide Ehepartner. Sie fingen dann gleichzeitig an zu reden und verstanden gar nicht, was der andere zu sagen hatte. „Axel, ich liebe Dich, und es tut mir leid, dass ich mich nicht eher gemeldet habe." Nach anfänglichen Verständigungsschwierigkeiten telefonierten die beiden dann aber doch noch fast eine halbe Stunde. Zumindest so lange, bis Thore in der Tür stand und wieder mit seiner Mama schimpfte. Sie hatte sich immer noch nicht umgezogen, und alle anderen würden unten warten.

Sogar Mika und seine Eltern wären schon lange da. Wütend stampfte er die Treppe wieder hinunter. Levke machte sich kurz schick und folgte ihm dann nach unten zu den anderen. Alle waren sehr aufgeregt. Auf der Leinwand lief schon die Vorbesprechung der Mannschaften. Schätzungsweise 90% der Schweden saßen vor ihren Fernsehern oder waren irgendwo zum Public Viewing verabredet. Alle schauten Levke fragend an. Als sie die blau-gelben Trikots sah, winkte sie kurz und kehrte auf dem Absatz wieder um. „So etwas Peinliches, jetzt hatte sie glatt vergessen, ihr T-Shirt von Emil Forsberg anzuziehen. Sie war aber auch tüdelig in den letzten Tagen", dachte sie. Axel würde das gar nicht gut finden. Erst denken, dann handeln oder sprechen, war immer seine Devise. Sie zog sich um, und als sie die Stube wieder betrat applaudierten die Kinder. „Ja, Ja, ich weiß. Dankeschön, es reicht". Levke schaute sich bewundernd um. „Wow, sieht super aus hier". Das Spiel begann und alle waren sehr angespannt. In der Halbzeit stand es noch 0:0, und die Spannung stieg eher noch weiter. Das Buffet von Liv mundete allerdings vorzüglich. Es lenkte vom Spielgeschehen ab, eine Selleriestange nach der anderen zu futtern. Als die zweite Halbzeit startete, setzte Thore sich zu seiner Mutter. In der 66. Minute kam dann das erlösende Tor durch die Schweden. Kein geringerer als Emil Forsberg schoss dieses spätere Siegtor, und Levke sowie Annelie tanzten mit ihren Forsberg Trikots durch den Raum. Die Stimmung war unsagbar euphorisch. Überglücklich saß die Familie noch bis spät abends zusammen. Mika musste wieder nach Stockholm. Er verabschiedete sich ganz herzlich von seiner Cousine Levke und deren drei Kindern. Es kam vor, dass über ein Jahr verging, von einem bis zum anderen Treffen mit seiner in Deutschland lebenden Cousine. Für die Johannsens fuhr der Zug nach Göteborg am Samstag früh schon kurz nach neun in Stockholm ab, während später die Fähre nach Kiel erst um 17:45 Uhr starten sollte. Schweren Herzens lösten Mika und Levke die Umarmung wieder. „Ich wünsche dir viel Glück mit Hella", flüsterte sie ihm noch zu, und er strahlte. Levke hatte nur noch drei Tage in ihrer Heimat. Sie zweifelte an ihren Gedanken, denn ihre Heimat war doch eigentlich Elmshorn. Ihr fiel der alte Spruch wieder ein, dass die Heimat da sein soll, wo das Herz ist. Levkes Herz war einfach doppelt gefüllt. Mit diesem Gedanken konnte sie sich arrangieren. Also noch drei Tage hier genießen, danach ab zu ihrem geliebten Ehemann.

Für den Mittwoch hatten sich die Schwestern Annelie und Levke vorgenommen, mit den drei Jüngsten ins Schwimmbad zu gehen. Überraschenderweise wollte Krister mitkommen. Seine neue Badehose war allerdings einen Tick zu groß, und er freute sich, dass innen ein Kordelzug vorhanden war. Er steckte sein T-Shirt in die Hose und zog dann kräftig zu und verschnürte alles so gut es ging. Annelie gefiel gar nicht, was sie sah, der Bauch hing über der Hose. Alva kreuzte ihren Weg und nahm ihr die Bürde ab. „Papa, das geht gar nicht. Nimm das Shirt aus der Hose!" Ohne zu murren, tat Krister das dann auch, und seine Ehefrau war genauso wie seine Tochter zufrieden.

Beide Wolldecken mussten dringend gewaschen werden, Annelie packte stattdessen die großen Saunatücher ein. Alva und Martha bekamen die Erlaubnis, mit Matz spazieren zu gehen, dafür reichte die grüne Decke noch. „Alva, ihr passt aber bitte besser auf als beim letzten Mal. Wenn das nochmal vorkommt, dass du so nachlässig bist und er dir wegrennt, darfst du nicht mehr mit Matz los". Annelie hatte sich bemüht, autoritär zu klingen, und Alva versprach ihr besser aufzupassen. „Klappt doch", dachte die zweifache Mutter. Doch wo war denn jetzt ihre Jüngste? „Svea! Wo steckst du?", rief sie, doch es kam keine Antwort. Auf dem Küchentisch lag ein Zettel von Krister: *Wir sind schon mal losgefahren, hatten keine Lust mehr zu warten. Getränke haben wir dabei. LG K + S.* Annelie ärgerte sich, eben stand er doch noch neben ihr, da hätte ihr Mann doch etwas sagen können. „Auch das noch", dachte sie, als ihr einfiel, dass ihr Auto ja noch bei den Eltern stand. Ein Anruf bei ihrer Mutter folgte. „Mama, kannst du bitte Levke den Autoschlüssel geben, dann kann sie gleich alles einladen, was sie ins Schwimmbad mitnehmen will. Bitte nicht vergessen, mich hier abzuholen", sie beschwerte sich bei ihrer Mutter darüber, dass Krister und Svea einfach losgefahren waren. „Annelie, sei doch nicht wieder so kleinlich, aber mache ich. Ach übrigens, Anna hat gestern mit Fred gesprochen. Vielleicht hat Krister Glück und bekommt keinen Strafzettel." Annelie war ganz durcheinander, doch ihre Mutter redete noch weiter. „Ich wusste gar nicht, dass sich Fred und Krister mal um dich geprügelt hatten, das musst du mir bei Gelegenheit genauer erzählen. Dann viel Spaß euch allen."

Levke nahm leider den Bordstein mit, als sie losfahren wollte, und eine Radkappe löste sich. Malina durfte vorne sitzen und sprang schnell aus dem Auto und holte die leicht zerbeulte Radkappe. Thore schüttelte wieder den Kopf. „Mama, man muss immer aufpassen, wenn du dabei bist. Wäre gut, wenn du das von deinem Taschengeld bezahlst und nicht aus der Haushaltskasse." Levke war sprachlos. Malina versuchte einzulenken, doch irgendwie fehlten ihr die richtigen Argumente. Leicht zerknirscht überreichte Levke Annelie die Radkappe und erzählte, was passiert war. „Ach, das macht nichts. Vielleicht kann Krister die wieder hinbekommen". Annelie war wenig beeindruckt und überhörte absichtlich Thores Zwischenruf, dass die Radkappe schon hin wäre. Als Annelie fragte, ob ihre Schwester weiter fahren wollte, verneinte Levke und ging zur Beifahrerseite. Allerdings saß dort Malina und weigerte sich aufzustehen. Unter den strengen Blicken von Thore, setzte sie sich neben ihren Sohn. „Und Thore, wie geht es dir denn eigentlich so?", fragte sie ihn. Annelie startete das Auto, und er antwortete kurz und bündig. „Jetzt wieder gut." Kurz danach fing er dann doch an zu reden. „Am liebsten würde ich Opa mitnehmen nach Hause. Mama, Samstag ist doch das Viertelfinale. Können wir das auf der Fähre überhaupt sehen?" „Das hoffe ich doch. Thore davon gehe ich sogar aus, die werden eine Möglichkeit zum Public Viewing haben." Als sie im Schwimmbad angekommen waren und an der Kasse standen, sahen sie gerade noch, wie ein Mann in einem weißen Bademantel von zwei Bademeistern regelrecht abgeführt wurde. „War das nicht Krister?", fragte Malina. Alle schauten in die Richtung, konnten die Männer aber nur noch von hinten sehen. Annelie zahlte für alle, und da kam ihnen auch schon eine aufgeregte Svea entgegen. „Mama, Papa ist nackt rumgelaufen, und da haben sie ihn mitgenommen." „Was, wieso das denn?", Annelie sprintete den Männern hinterher und erreichte sie zum Glück noch, bevor sie im Gebäude verschwinden konnten. Krister erzählte, dass er die neue Badehose angezogen hatte und einen Köpper vom Einer gemacht habe, und als er wieder auftauchte war die Badehose weg. „Wir haben aber keine Badehose im Becken gefunden", meldete sich einer der Bademeister zu Wort. „Ich glaube die haben die Jugendlichen da hinten einkassiert, um mir eins auszuwischen." Kristers Stimme war leicht wackelig und Annelie wollte mit den Jugendlichen sprechen. Etwa 90 Sekunden später stand sie wieder da mitsamt Kristers Badehose in ihrer rechten Hand. Es klärte sich daraufhin schnell auf, und Krister wurde verwarnt. In den Baderegeln sei eine angemessene Badekleidung klar definiert. Zu große Hosen seien im Becken verboten. „Alles Erfahrungswerte", meinte der Bademeister mit dem Dutt. Krister durfte sich nicht vor dem Gebäude umziehen, er musste in eine Umkleidekabine gehen. Svea zeigte den ausgesuchten Liegeplatz. Leider ein bisschen zu nah an einem Mülleimer, fand Malina. Sie hatte großen Respekt vor Wespen. Als Krister zurückkam, lud er alle auf ein Eis ein und entschuldigte sich mit den Worten, dass es ihm sehr leidtun würde, dass seine Frau eine zu große Badehose für ihn gekauft habe. Daraufhin suchte Annelie sich das teuerste Eis am

Stiel aus, was sie je gegessen hatte. Als die Kinder das mitbekamen, waren sie auch nicht gerade zurückhaltend in ihrer Eiswahl. Levke war die einzige, die nur ein kleines Wassereis wählte. Langsam kam der Tag näher, an dem sie Axel wiedersehen würde. „Zwei bis drei Kilogramm dürfte ich zugenommen haben", dachte die dreifache Mutter und beschloss in den verbleibenden Tagen in Schweden etwas zurückhaltender mit dem Essen zu werden. Sie blieben bis abends im Schwimmbad. Malina konnte endlich ihre Bahnen Verzögerungen, jedoch kein Vergleich zu dem kleinen Bad in Visby. Mittlerweile konnte sie schon richtig gut schwimmen. Wieder zu Hause in Deutschland wäre es wohl Zeit, ihre Jüngste für einen Schwimmkurs anzumelden, damit Malina auch endlich ein Schwimmabzeichen bekommen würde. Levke schloss die Augen und genoss die Sonne und diese ganz besondere Atmosphäre im Freibad.

Anne, Liv, Peer und Stan hatten den Tag damit verbracht, zu Hause auf der Terrasse zu sitzen und UNO zu spielen. Zwischendurch machten sie immer wieder kleine Klön-, Essens-, Toiletten- oder auch mal Lästerpausen. Sie schmiedeten Pläne, wie schön es sein würde, wenn Stan und Anna in anderthalb Jahren wieder nach Hause nach Gustavsberg kommen würden. Peer und Stan hatten eine Idee für einen spannenden Angelausflug für den nächsten Tag besprochen. An diesem Abend kam Thore nur kurz gute Nacht wünschen und huschte dann ab ins Bett. Levke, Annelie und die Mädchen wollten den kommenden Tag ganz gemütlich im Garten verbringen. Da sie alle sehr erschöpft waren, gingen auch die Erwachsenen früh schlafen.

Dunkle Wolken

Peer, Stan und Thore schlichen sich an diesem Morgen schon ganz früh aus dem Haus. Zur Feier des Tages hatte Peer für den geplanten Angelausflug ein Motorboot gemietet. Es war schon der zweite Versuch, gemeinsam angeln zu gehen. Diesmal hatte Peer Schutzkleidung und ausreichend Sonnenmilch eingepackt, allerdings sah es etwas bewölkt aus, als sie starteten. Thore und Stan waren ganz aufgeregt und wollten endlich ihre neuen Angeln ausprobieren. Vorsichtshalber hatte Stan Ole noch einen kleinen Zettel auf dem Küchentisch hinterlassen, dass die drei Herren jetzt unterwegs seien, und es am Abend spät werden könne. Sie hielten an einem Lebensmittelladen an, und Thore durfte sich aussuchen, was er gerne haben wollte. Stan und Peer taten es ihm nach. Der kleine Proviantrucksack reichte nicht mehr aus, und Peer musste noch eine Tragetasche dazu kaufen, und den Sechserpack Wasser klemmte er sich unter den Arm. Als sie endlich am Hafen angekommen waren, staunten sie nicht schlecht. Das Boot, welches Peer gemietet hatte, stellte sich als kleine Yacht heraus. Platz zum Angeln war vorhanden und eine kleine Reling ebenfalls. Der Eigner bestand darauf, dass alle Personen an Bord eine Schwimmweste trugen. Dazu gingen die drei in das kleine Gebäude neben dem großen Yachtclub. Hier war ein Regal, scheinbar aus alten Paletten gebaut, über die ganze linke Wand verteilt. Die neonfarbenen Schwimmwesten befanden sich etwa in der Mitte des Regals. Die kleineren Kinderwesten lagen etwas tiefer. Thore entschied sich für eine neongelbe Schwimmweste. Stan und Peer blieben bei der am häufigsten vertretenen Farbe Orange. Es dauerte über eine halbe Stunde, bis Peer endlich alles erklärt worden war und er offiziell zum Skipper ernannt wurde. Das sei der Bootsführer, wurde Thore erklärt. Die kleine Yacht hatte einen Dieselmotor wie auch einen Anker. Unter Deck befanden sich der Maschinenraum und ein kleiner Aufenthaltsraum. Auf dem Oberdeck die Brücke mit Steueranlage, ein Radarmonitor und ein Sprechfunkgerät. Der Eigner ging zurück in das Gebäude, und sie machten einen Funktest. Es funktionierte, sogar Thore konnte jetzt den Sprechfunk bedienen. Für alle Fälle sollte Peer noch seine Mobilfunknummer hinterlassen. Dabei fiel auf, dass er, genau wie sein Bruder auch, sein Handy zu Hause vergessen hatte. Peer hinterließ eine Kopie seines Ausweises und unterschrieb den Vertrag. Alle drei strahlten glücklich voller Vorfreude auf die Bootstour mit einem so charmanten Schiff, wie Stan anmerkte. Die Yacht hieß *Blooma av havet*, in Deutsch *Blume des Meeres*. Ein wunderschöner Name, Peer lächelte. „Ich freue mich so, dass wir drei heute diesen tollen Ausflug machen dürfen." Stan und Thore stimmten ihm zu. Ganz langsam fuhr der Skipper in Richtung offene See heraus. Weit wollten die drei gar nicht fahren, es hatte sich etwas schlimmer bewölkt, und Peer beschloss, in Ufernähe zu bleiben. Er musste jedoch sehr aufpassen auf die vielen Felsformationen. Als Kind waren die beiden Brüder öfters mit ihrem Vater raus zum Angeln gefahren, damals waren sie jedoch gerudert. Ihnen waren einige Fels- und Sandbänke sowie kleinere Inseln in der näheren Umgebung noch gut bekannt. Zu einer dieser kleineren Inseln waren sie jetzt unterwegs. Etwa eine halbe Stunde würde es dauern, bis sie ihr Ziel erreicht hätten. Peer schätzte die Windstärke auf 3 - 4 mit steigender Tendenz ein. Thore freute sich über die Wellen und war total begeistert darüber, dass es schaukelte. Vorsichtshalber band Stan ihm ein Seil um die Hüften. Das andere Ende knotete er um seinen dicken schwarzen Gürtel. „Thore ist ein Wirbelwind, man kann ja nie wissen", sagte Stan leise zu seinem Bruder, und Peer nickte grinsend. Ein eingehender Funkspruch forderte die Aufmerksamkeit der Männer. Leider rauschte es ziemlich stark, und die Brüder konnten nicht ganz genau verstehen, was der Eigner von ihnen wollte. Anscheinend würde der Wind noch etwas auffrischen. Peer und Stan entschieden aber nicht umzudrehen, da sie ihr Ziel in wenigen Minuten erreichen würden. Sie gaben ihre Position durch und beendeten das Gespräch. Peer machte jedoch eine eindeutige Handbewegung in Richtung seines Bruders. Dazu hatte er den Ellenbogen rechtwinklig vorgestreckt, seine rechte Hand nach oben hin und her wackelnd. Das bedeutete so viel, wie dass es ein wenig gefährlich werden könnte. Der Wind machte eine Unterhaltung zwischen den Brüdern schwierig. Langsam stellte sich auch die Frage, ob sie überhaupt noch angeln könnten bei dem Geschaukel. Man sah es beiden deutlich an, dass sie überlegten, ob sie nicht doch besser umdrehen sollten. Thore hingegen genoss diese Schaukelfahrt. Leider war seine Jacke nicht ganz regenfest, und seine Hose war auch schon ziemlich nass gespritzt von den brechenden Wellen. Das schien ihn aber nicht weiter zu stören. Ab und zu hörte man von ihm die Worte KRASS, WOW, KLASSE WELLE, OHHHHH JAH.

Sie hatten ihr Ziel erreicht. Da die Steilküste genau in der Richtung lag, aus der der Wind kam, war das Wasser so nah vor der Küste sogar relativ ruhig. Peer ließ den Anker herunter und entspannte sich. Als er sich allerdings umdrehte und auf die offene See schaute, wurde ihm ganz anders. Fast schon bedrohlich wirkende schwarze Wolken waren dort am Himmel zu sehen. In der weiteren Entfernung schien ein Gewitter zu wüten. „Die Sommergewitter sind tückisch", dachte er und erinnerte sich an den Sommer vor drei Jahren. Da kamen Hagelkörner so groß wie Tischtennisbälle vom Himmel. Der Schaden war damals beträchtlich. Er konzentrierte sich wieder auf das Jetzt und Hier, schließlich hatte er als Skipper die Verantwortung für die Mannschaft. Er gab Stan und Thore ein Zeichen, sich nach unten zu begeben. „Opa, hier wird mir schlecht. Ich will wieder nach Oben", Thore maulte. „Das geht nicht, Thore, wir müssen erst abwarten, bis das Gewitter vorübergezogen ist. Hier sind wir geschützt durch die Felswand." Peer versuchte möglichst gelassen zu klingen. Mittlerweile schaukelte das Boot ganz schön bedrohlich. Das Gewitter näherte sich, und aus dem Grollen wurde ein Donnern bis hin zu lautem Knallen. Thore bekam Angst, und Peer versuchte ihn zu trösten. Doch in seinem Innern hatte er mindestens ebenso große Angst, dass etwas schief gehen könne. Stan entschied kurz nach oben an Deck zu schauen. Als er die Luke öffnen wollte, riss ihm der Wind mit einer gewaltigen Kraft die Klappe aus der Hand. Stan schrie laut auf, da er einen kurzen aber heftigen Schmerz in seiner rechten Schulter verspürte. Eine Boe nahm seine Schirmmütze mit in die Luft gen Himmel. Das Wasser der sich mit brachialer Gewalt entleerenden Wolken floss die vier Treppenstufen herunter und Peer sprang auf, um seinem Bruder zu Hilfe zu kommen. Stan hatte offenbar starke Schmerzen und war nicht in der Lage, die Luke wieder zu schließen. Sie hatten Glück, dass die Scharniere nicht aus der Verankerung gerissen wurden. Peer hatte große Schwierigkeiten die Luke unter Kontrolle zu bringen und gegen den Widerstand des Windes zu schließen. Als er es endlich geschafft hatte, ließ er sich auf die Bank fallen und atmete tief durch, bis er merkte das seine Füße feucht wurden, weil seine Leinenslipper jetzt endgültig durchnässten. Der Fußboden stand unter Wasser und Peer musste schnell handeln. Thore wurde mit eingespannt, um gemeinsam mit seinem Großvater den Boden aufzuwischen. Die Yacht schaukelte stark, die Windstärke schätzte Peer jetzt auf 9 bis 10, vereinzelte Orkanböen machten die Situation unberechenbar. Glücklicherweise zog das Gewitter schneller weiter als gedacht, und die Situation entspannte sich wieder. Etwa fünfzehn Minuten später verdrängte die Sonne die dunklen Wolken, und die See beruhigte sich langsam. Peer ging an Deck und begutachtete das kleine Schiff. Bis auf Stans Mütze schienen keine weiteren Verluste zu verzeichnen zu sein. Stan machte ein paar kreisende Armbewegungen und lächelte. „Es geht wieder, zwickt noch, aber wird wieder." „Können wir dann jetzt endlich angeln?" Thore wurde ungeduldig. Peer entschied, dass sie die Yacht den ganzen Tag gemietet hatten, und nun wäre Angelzeit. Als er die hübsche Dose mit den Maden in den Händen hielt, dachte er wieder an seine Tochter und den Schreck, den Levke bekommen hatte, als Thore ihr den Armreif gemopst hatte. Für die drei Angler wurde es dann noch ein sehr erfolgreicher Tag. Peer half seinem Enkel und seinem Bruder, sobald ein Fisch anbiss. Stan hatte noch nicht genug Kraft in seinem lädierten Arm. Trotzdem amüsierten sich die drei prächtig. Der mitgebrachte Eimer füllte sich zusehends mit Karpfen, Barschen und Weißfischen. Die vielen kleinen Pausen genossen die Angler ebenso. Peer biss herzhaft in einen Kanten Salami, und Stan bekam große Augen. „Möchtest du auch mal beißen?" fragte Peer. Stan antwortete: „Klar! Thore hör mal weg. Bei uns zu Hause heißt es immer nur, *zu fett, das darfst du nicht essen.*" „Genau wie bei Oma und Mama, das kenne ich doch." Thore schnappte sich einen Schokoriegel und mampfte ihn genüsslich. Der sechsjährige durfte mit dem Eigner funken und gab Gewitter-Entwarnung. Sie wären jetzt am Angeln und kämen erst ganz spät in den Hafen zurück. Peer ordnete dem „ganz spät" dann noch vor zwanzig Uhr hinzu, und sie beendeten das Funkgespräch.

Levke, Annelie und die Mädchen hatten sich ihren ruhigen Tag im Garten auch anders vorgestellt. Das Wetter war so nicht eingeplant, schon gar nicht diese Wassermassen. Wie sollte das Wasser auch abfließen können bei diesem steinigen Untergrund? Levke stand völlig verzweifelt an der Terrassentür und schaute auf ihre durch den Garten schwimmende Luftmatratze. Die frisch gekauften Zeitungen waren genauso hinüber wie die wunderschönen Kletterrosen. Ein Hagelschauer hatte ausgereicht, um fast alle blühenden und nicht blühenden Pflanzen stark zu beschädigen. Zum Glück war Pony Matz schon beim ersten Grummeln in seinen Unterstand geflüchtet. Allerdings schwamm das Stroh daraus jetzt auch im Garten umher. Alva wollte nach ihm sehen, was Annelie jedoch während des Gewitters streng verboten hatte. In diesen Minuten war der Himmel wie zugezogen, wahrscheinlich war es in diesen Sommernächten sogar noch heller als jetzt am Mittag. Nach-dem das Gewitter vorübergezogen war und das Donnern weit genug entfernt, zogen sie sich Gummistiefel an, um die Schäden zu begutachten. Dazu hatte Levke Kristers Gummistiefel angezogen, und es sah lustig aus, wie sie damit durch die Gegend stapfte. Es roch ganz modrig wie im tiefsten Wald. Die Mädchen waren gleich zu Matz gerannt, während die Frauen anfingen, die Terrasse zu säubern. Sie hörten Alva schreien „Matz!...Maaaaaaaatz!" und eilten zu den Kindern. Die Gartenpforte stand weit auf, und von dem Pony fehlte jede Spur. Annelie befürchtete, dass Matz in Panik vor dem Gewitter weggerannt sein könne, und sie schrie ebenfalls so laut sie konnte nach dem Pony. Die Haustür ihrer Nachbarin Frau Lindholm ging auf, und sie winkte hektisch. Annelie rannte zu ihr rüber und die ältere Dame sprach ganz aufgeregt: „Er ist in meiner Küche. Ich habe ihn herein gelassen, als das Gewitter direkt über uns war. Ich hatte ihn vom Küchenfenster aus gesehen, er kennt mich ja. Bitte holen sie ihn aus meiner Küche." Annelie stürmte an ihr vorbei. Matz schaute sie ganz verlegen an, Schaum vorm Maul, und der Obstkorb lag auf dem Fußboden. „Er hat sogar die Bananen gefressen", rief die alte Frau ihr zu. Annelie redete beruhigend auf das Pony ein und führte es am Halfter wieder nach draußen. „Vielen Dank, Frau Lindholm, ich kaufe Ihnen neues Obst. Und einen neuen Obstkorb." Die Kinder standen inzwischen schon vor der Tür und begrüßten Matz stürmisch. Annelie erzählte, dass Frau Lindholm Matz vor dem Gewitter gerettet hatte und er zum Dank ihren Obstkorb platt gemacht hatte. Normalerweise würde Annelie jetzt einen wunderschönen Sommerblumenstrauß aus ihrem Garten binden und ihn ihrer Nachbarin bringen, doch die Blumen waren ja hinüber. Gemeinsam beschlossen sie, erst gründlich aufzuräumen und danach einkaufen zu fahren, schließlich würde neben den Blumen auch neues Obst benötigt. Auf Krister war Annelie leicht sauer. Sie hatte ihn mindestens fünfmal gebeten, einen stabileren Riegel an der Gartenpforte anzubringen. Levke machte sich Sorgen um die Angeltruppe, doch statt ihres Vaters ging ihre Mutter an sein Handy. „Ja Schatz, Papa hat sein Handy auf der Toilette liegen lassen." Ihre Tochter erkundigte sich, ob irgendwelche besonderen Vorkommnisse aufgrund des Gewitters zu verzeichnen seien, außer wahrscheinlich keine Blüten mehr an den Pflanzen. Als ihre Mutter darauf nur antwortete, „erzähl ich dir später", wechselte Levke das Thema und fragte nach Onkel Stans Handynummer. „Oh, äh ja, das ist so, dass er sein Handy leider auch liegen lassen hat. Das hat Anna gemerkt, als sie versucht hat ihn anzurufen und es in ihrer Handtasche klingelte." „Waren sie denn schon auf dem Wasser, als das Unwetter wütete?", fragte Levke leicht verzweifelt. „Ich weiß es nicht, Levke, mach dir nicht immer solche Sorgen. Wenn etwas Schlimmes passiert wäre, hätten wir es bestimmt schon gehört", Liv versuchte ihre Tochter zu beruhigen, leider nur mit mäßigem Erfolg. „Hast du denn keine Nachrichten gehört, Mama? Da sind einige Boote gekentert. Auf der Schnellstraße liegt ein Baum, und vereinzelt sind sogar Dächer abgedeckt. Sogar Matz war in Frau Lindholms Küche". „Was? Wieso das denn?" Liv war verunsichert. Hatte sie die Gefahr für die Männer unterschätzt? „Mama, ich komm mal kurz nach Hause, am Telefon ist doof." Levke verabschiedete sich und Annelie fuhr mit den Kindern allein zum Einkaufen. So passten dann auch alle ins Auto.

Bei ihrem Elternhaus angekommen, schaute Levke entsetzt auf den verwüsteten Vorgarten. Mama und Papa hatten sich so viel Mühe gegeben, und jetzt sah es fürchterlich aus. Für den morgigen Freitag würde sie ihre Hilfe anbieten, um den Garten wieder zu richten. Am Samstag müssten sie und ihre Kinder ja schon ganz früh nach Stockholm zum Zug. Liv öffnete ihrer Tochter die Tür und erschrak ebenfalls bei dem Blick in den Vorgarten. „Ach du meine Güte, na komm erst mal rein, meine Kleine." Anna hatte einen Cappuccino für die Frauen zubereitet, und sie setzten sich in die Küche. „Ich helfe dir morgen, Mama. Dann können wir den Garten wieder schön machen. Was ist denn bei euch noch passiert?" Anna und Liv sahen sich an, und Levke fragte erneut, was passiert sei. „Nun, vor dem Gewitter sah der Garten so bezaubernd aus, dass ich mir Papas Kamera geliehen habe, um schöne Fotos zu machen. Erst als das Gewitter in vollem Gang war, habe ich gemerkt, dass ich den Apparat draußen liegen lassen hatte." Liv seufzte tief: „Ach Mama, die Kameratasche wird das meiste abgehalten haben, die sind doch sehr stabil." Levke ahnte nicht, was sie gleich zu sehen bekam. Liv hielt ihr eine regelrecht demolierte Kamera hin, das Objektiv zersplittert, fehlende Knöpfe. Der Fotoapparat war in einem grauenvollen Zustand. „So, damit hat sich die Frage nach der Überraschung aus der Erbschaft von Oma Astrid erledigt." Levke hatte die Familie vor ein paar Wochen gebeten sich zu äußern, über welches Geschenk im Namen der verstorbenen Oma Astrid sie sich freuen würden. Allerdings hatte sie dabei eher an eine Hollywoodschaukel oder ein paar E-Bikes gedacht. Nun allerdings würde es eine neue Kamera geben, samt einem neuen Teleobjektiv für ihren Vater. Darüber hatte er schon ein paarmal zaghaft geredet, doch Liv rollte danach immer mit den Augen. Jetzt war sie allerdings begeistert von Levkes Idee. Am liebsten wären die drei Frauen unmittelbar losgefahren in das Einkaufszentrum, doch sie hatten kein Auto zur Verfügung und verschoben es auf den kommenden Tag. Die Kamera und alle gefundenen Einzelteile versteckte Liv in ihrem Nachtschränkchen. Gemeinsam säuberten Anna, Liv und Levke zuerst

204

den Vorgarten, danach fingen sie im Steingarten an, doch gegen 19 Uhr machten sie Schluss und beschlossen einen ruhigen Fernsehabend zu machen. Kaum hatten sie es sich gemütlich gemacht, kamen die Männer herein gepoltert. Vorbei war es mit der Ruhe, Peer hielt Liv den Eimer mit den Fischen hin, und sie schüttelte nur den Kopf. „Super, aber da musst du dich heute selber drum kümmern. Wir haben Feierabend." Leicht enttäuscht zottelte er in Richtung Küche ab. Thore kriegte sich gar nicht wieder ein zu erzählen, und die Augen der Frauen wurden immer größer. Ascheinend hätten sie sich doch größere Sorgen machen müssen. Wie gut, dass die Männer wieder nach Hause gekommen waren. Stan Ole zeigte seiner Frau, wie gut er seinen Arm schon wieder bewegen konnte. Das Telefon klingelte, Annelie wollte nur kurz Bescheid sagen, dass sie heute alle früher zu Bett gingen, und lud für morgen früh um 8 Uhr zum Frühstück ein. Alle waren erledigt, die Ereignisse und Bilder dieses Tages waren immer noch präsent, als sie schon in ihren Betten lagen und schließlich geschafft einschliefen.

Der letzte Tag in Schweden

Annelie hatte zur Feier des Tages noch einmal richtig aufgefahren, um das gemeinsame Familienfrühstück zu einem besonderen Ereignis werden zu lassen. Der Gedanke, dass ihre Schwester am nächsten Tag wieder zurück nach Deutschland reiste, schmerzte sie. Wie schön wäre es doch, wenn die Familie näher beieinander wohnen würden. Sogar ihre Kinder verstanden sich blendend. Für ihren Vater war es ein ganz besonderes Vergnügen, seinem einzigen Enkelsohn die Welt zeigen zu dürfen, das war auch Annelie nicht entgangen. Ihm würde der kleine Thore ganz besonders fehlen und umgekehrt sicherlich auch. Annelie bot sich an, am nächsten Tag ihre Schwester samt den drei Kindern mit dem Volvo nach Stockholm zum Bahnhof zu bringen. So würde sie ihrem Vater den Abschied erleichtern. Krister hatte sich bereit erklärt, ein Ablenkungsmanöver zu starten und um Peers Hilfe für den kommenden Tag zu bitten. Das Viertelfinalspiel der Schweden gegen England stand bevor, und Krister bat seinen Schwiegervater, ob sie nicht zu diesem besonderen Ereignis die am Vortag gefangenen Fische zusammen vorbereiten sowie anschließend grillen können. Außerdem müssten sie vorher noch ein paar Gewürze kaufen, wie Dill und Estragon. Peer stimmte zu und bestand darauf, auch Lavendel mitzubringen, der sei perfekt passend für die Barsche. Für einen besonderen Kartoffelsalat wollte Peer dann auch gleich noch die Zutaten holen.

Krister war erleichtert, dass sein Schwiegervater am morgigen Tag gut abgelenkt sein würde. Liv verkündete, dass sie sich um die Mädchen kümmern würde. Sie wurde traurig, dass ab dem kommenden Tag der Begriff Mädchen wieder nur für Svea und Alva stand, während Martha und Malina weit über tausend Kilometer entfernt lebten. Liv riss sich zusammen, schließlich sollte dieser vorerst letzte Tag in Schweden doch besonders schön für Levke und ihre Kinder werden. Das Frühstück hatte Annelie jedenfalls fabelhaft hinbekommen, und Thore wollte bei Annelie bleiben, da sie besser kochen würde als seine Mutter. Liv wollte ihn damit ablenken, dass er doch in zwei Wochen zur Schule komme und sicherlich eine große Schultüte in Deutschland auf ihn wartete. Fast hätte sie vergessen, Axel zu erwähnen, der sicherlich auch sehnsüchtig auf seine Familie wartete. Thore maulte gar nicht wegen seines Schulranzens, das kam Liv komisch vor. Sie müsste nachher Peer fragen, ob er vielleicht etwas verraten hätte. Pony Matz hatte sich angeschlichen und klaute ein halbes Brötchen von Annelies Teller. „Matz", schrie sie, und er trabte los. Sie sprang auf, doch er war schneller. Die beiden rannten um den großen Apfelbaum herum, mehrere Runden, bis Annelie sich lachend ins Gras fallen ließ. Matz bremste und schaute vorsichtig zu ihr rüber, indem er einen langen Hals machte. „Du hast da noch Erdbeermarmelade im Mundwinkel", meinte Annelie trocken, und alle mussten lachen.

Annelie und Krister hatten sich dazu entschieden, den ganzen Tag den Rest der Familie zu verwöhnen. Dafür mussten noch einige Vorbereitungen getroffen werden. Thore und Peer waren voller Tatendrang und begaben sich schnellstmöglich in Peers Werkstatt, um eine kleine Skulptur für den Garten zu schnitzen. Peer hatte noch ein Stück Fichtenholz. Eine Überraschung sollte es werden, und die beiden verrieten nichts Näheres. Die Mädchen hatten sich vorgenommen zu reiten, während die Frauen sich etwas früher verabschiedeten, um ins Einkaufszentrum zu fahren. Liv hatte die kaputte Kamera gut versteckt, damit Peer sie nicht zu Gesicht bekam. Als Ihr Mann mit Thore in der Werkstatt verschwand, holte sie den Fotoapparat und packte ihn schnell in ihre große Shoppingtasche. Im Einkaufszentrum angekommen begaben sich die Frauen auf direktem Weg in den Laden „Fototraum". Liv zeigte die kaputte Kamera. „Uiuiui, die hat es aber erwischt", es war ein anderer Verkäufer, den Liv noch nicht kannte. Ein netter junger Mann. Er nahm den Apparat und ging damit ins Hinterzimmer. Derweil schaute Levke sich die neuen Kameras an und entdeckte ein vielversprechendes Angebot: „Schau mal, Mama! Das ist das Nachfolgemodell von Papas Kamera, inklusive zwei gratis Objektiven. Wäre das nichts?", Levke strahlte. Dann stockte sie kurz. „Es ist eine digitale Spiegelreflexkamera." Liv schien nicht ganz so begeistert zu sein. „Und kleiner ist sie auch noch, das merkt dein Vater doch sofort." Der Verkäufer kam zurück und strahlte. Er hatte gute Nachrichten, denn die fehlenden Knöpfe wären leicht zu ersetzen, ebenso wie die kaputte Linse. Ein paar andere Kleinigkeiten wären noch zu reparieren. Die Kosten würden sich auf etwa 1.300 Kronen belaufen, und die Reparatur dauere ein bis zwei Wochen. Die Frauen berieten sich und schließlich kaufte Levke die Kamera im Angebot, samt Zubehör und Tasche, dazu aber noch das Objektiv, auf das Peer schon lange scharf war. Peers Apparat blieb dort zur Reparatur. Die neue Kamera würde der gesamten Familie zur Verfügung stehen durch die Hilfe von Oma Astrid. Somit war ein weiterer Teil ihres Erbes sehr gut angelegt, Levke freute sich darüber. Ihre Mutter würde die neue Kamera beim Abendessen präsentieren und bei der Gelegenheit beichten, was mit dem alten Apparat passiert war. Wo sie schon mal im Einkaufszentrum wären, könnten sie auch noch etwas shoppen gehen, beschlossen die drei gemeinsam. Levke erschrak, und Liv fragte, was los wäre. „Mama, ich habe doch schon wieder Axel vergessen. Was könnte ich ihm denn mal mitbringen?" „Vielleicht musst du Martha fragen. Manchmal habe ich das Gefühl, dass sie ihren Vater besser kennt als du deinen Ehemann", sie nahm ihre Tochter in den Arm. Levke rief kurzerhand bei Annelie an und verlangte Martha zu sprechen. „Papa, der freut sich über schwedische Schokolade genauso wie über Lakritze. Vielleicht auch eine neue Arbeitstasche, seine sieht ranzig aus. Mama, ich will wieder zu Matz, wir reiten gerade", Martha legte auf und Levke starrte auf ihr Handy. „Was hat sie denn gesagt?", fragte Liv. „Mama, du hattest Recht. Martha weiß mehr als ich." Sie mussten lachen und Levke kaufte eine coole Aktentasche für Axel, einen Canvas/Leder-Mix in Dunkelblau passend zu seiner Uniform. Auf die Schokolade verzichtete sie lieber bei dieser Hitze, aber drei Gläschen unterschiedliche Lakritze kaufte sie in dem

Bonbonladen im Erdgeschoss des Einkaufszentrums. Zehn kleine gemischte Tütchen mit Süßwaren mussten auch unbedingt noch mit. Anna bat darum, die Heimreise anzutreten, da Mika sich gemeldet hatte. Er hatte für seine Eltern einen Flug nach Gotland, sowie ein Zimmer gebucht. Der Bus ab Gustavsberg würde schon um sechzehn Uhr gehen, und sie müsse noch packen. Levke und Liv freuten sich für Anna und Stan und bestellten ganz herzliche Grüße an Familie Ingwerson und Hella.

Zurück bei den Lundbergs, präsentierte Liv die Aktentasche für Axel. Krister war total begeistert von der Tasche, und Annelie wurde hellhörig. Levke verteilte die gemischten Süßigkeitstütchen, und alle freuten sich, besonders Stan und Krister. Malina war scharf auf das Glas mit der salzigen Lakritze, aber Levke hatte die Gläser gekauft, damit jedes Kind seinem Vater davon ein Glas mitbringen konnte aus Schweden. Krister fuhr später Stan und Anna zum Bahnhof, auf dem Rückweg schaute er bei Peer und Thore vorbei, um sie zum Kaffee abzuholen. Die beiden wollten jedoch noch weiter in der Werkstatt arbeiten. Unter dem Mantel der Verschwiegenheit zeigten sie Krister das entstehende Kunstwerk. „WOW, so einen hätte ich auch gerne", Krister war begeistert. „Annelie hat als Überraschung nochmal eine Prinsesstarta gemacht, da ihr doch morgen abfahrt." Thore bat darum, je ein Stück für ihn und Opa aufzuheben, zum Abendbrot wären sie bestimmt fertig. Krister beeilte sich, zurück zur Tarta zu kommen. Dreimal Prinsesstarta in zwei Wochen war schon super, das war ihm bewusst, und er freute sich.

Levke telefonierte mit Axel. Am Sonntag gegen viertel nach neun sollte die Fähre in Kiel anlegen, und je länger das Telefonat wurde, um so mehr freute sie sich auf ihren Ehemann. Zumindest bis zu dem Zeitpunkt, als er ihr erzählte, dass er ein Geschenk für Ela brauche, und wissen wollte, was man ihr denn schenken könne. „Wieso brauchst du denn ein Geschenk für Ela? Wir haben doch nie so einen ganz engen Kontakt zu unseren linken Nachbarn gehabt", Levke war verwundert darüber. „Nun, das möchte ich am Telefon nicht sagen, aber sie ist etwas verärgert, und ich müsste das wieder gut machen", Axels Stimme klang nicht so kräftig wie sonst. „Was hast du denn angestellt?", wollte Levke wissen, doch er rückte mit der Sprache nicht raus, und Levkes Kopfkino begann zu rattern. „Nun sag doch endlich, ich will es wissen", mittlerweile klang ihre Stimme so wütend, dass Annelie um die Ecke schaute und sie fragend ansah. Sie winkte abwegig in Richtung ihrer Schwester, während Axels Stimme sich wieder gefangen hatte. „Jetzt reicht es aber, Levke, wir sind doch keine kleinen Kinder mehr." Sie beruhigten sich zum Glück beide wieder, doch verraten wollte Axel ihr nicht, was passiert war, und darüber konnte Levke sich den ganzen Tag ärgern. Zumindest solange, bis ihre Mutter sie um gute Laune für den letzten Tag in Schweden bat. Martha hatte die Gespräche zwischen den Frauen mitbekommen und suchte sich ein unbeobachtetes Plätzchen, um ihren Vater anzurufen. „Nein Papa, ich bin es." „Ach Martha, was willst du denn?" fragte Axel zurückhaltend. „Dir aus der Patsche helfen. Ela ist stundenlang im Garten, kauf ihr einen Blumentopf, und sie freut sich." Martha brauchte nicht lange auf die Reaktion zu warten. „Super, Martha, Dankeschön, ich fahre gleich los." „Warte mal, Papa. Bist du etwa mit dem Van gegen ihren neuen Gartenzaun gefahren?" Am anderen Ende der Leitung herrschte eine kurze Stille. Danach antwortete Axel seiner Tochter. „Martha, wie machst du das? Du musst später tatsächlich zur Kripo." „Nun, Papa, der neue Zaun ist ungefähr zehn Zentimeter breiter. Ich hatte schon drauf gewartet, dass Mama dagegen fährt. Dass du es jetzt bist, hätte ich nicht gedacht. Aber das neue Auto entschuldigt dich." Axel bedankte sich erneut bei seiner Tochter, und sie beendeten das Gespräch. Der Familienvater brach daraufhin sofort zum nächsten Blumenladen auf und besorgte seiner Nachbarin eine wunderschön blühende Hortensie samt Rattan-Übertopf. Als er mit der Blumenpracht im Arm klingelte, öffnete Elas neuer Freund und schaute ihn nicht gerade freundlich an. „Ela! Hast du einen Verehrer?", rief er in die Reihenhaus Wohnung hinein. Sie kam angerannt und klärte die Situation auf, während Axel am liebsten im Boden versunken wäre. Zu allem Übel war ihm dieser Typ auch noch sehr unsympathisch. Am schlimmsten war der Moment, als Ela sagte: „Nein, das ist nur der Typ, der den neuen Zaun umgenietet hat". Daraufhin zog ihr Freund von oben herab die Augenbrauen hoch und ging einfach weg.

Levke verzweifelte fast daran, die Koffer zu packen. Nun hatte Axel doch schon so viele Klamotten mitgenommen, aber ihr Koffer ließ sich einfach nicht schließen. Zum Glück hatten Malina und Thore noch

Platz in ihren Trolleys. Martha brauchte sie gar nicht erst zu fragen, ihre älteste Tochter packte immer zu viel ein. Nach einer guten Stunde konnte Levke sich wieder entspannen. Alles, was unbedingt mit musste, hatte seinen Platz in den Koffern gefunden. Währenddessen hielt ihr Vater trotz der Hitze die Tür der Werkstatt geschlossen. Vielleicht ja auch wegen der Hitze, Levke war leicht verunsichert. Als sie klopfte, hörte sie zweimal „Nein". „Ganz deutlich Thore und Papa", dachte sie. „Kommt ihr denn trotzdem gleich zum Abendessen zu Annelie?" „Ja Mama, höchstens zehn Minuten noch." Levke schlenderte ganz bewusst und langsam den Weg zu ihrer Schwester. „Oh nein, nur das nicht", dachte sie, als ihr bewusst wurde, dass sie angefangen hatte zu weinen. „Jedes Mal wieder das gleiche", dachte sie, und ärgerte sich über sich selbst. Die Kinder sollten nichts davon mitbekommen, dass sie schwächelte. Höchstens ein Jahr, dann wäre sie erneut hier bei ihrer schwedischen Familie. Sie ging bei Annelie direkt in die Küche und nahm sich ein paar Zwiebeln aus dem Korb. Als sie die Zwiebeln wie wild malträtierte, meldete sich eine Stimme aus dem Hintergrund. „Mir wirst du auch fehlen, meine Kleine", Liv stand hinter ihrer Tochter. Sie hielt es dann für besser, selbst auch noch schnell ein Paar Zwiebeln zu schneiden. Annelie kam zur Tür herein und starrte zuerst entsetzt auf die Zwiebeln und dann auch auf Liv und Levke. Blitzschnell stand eine große Pfanne auf dem Herd. Alle drei schnitten weitere Zwiebeln, bis keine mehr vorhanden waren. Danach schmorten sie die Ringe und Stückchen in der Pfanne goldbraun. So wirklich passten die Zwiebeln jetzt nicht zu dem Rest des Abendmahls, aber das war ihnen egal. „Noch ein paar Zwiebeln, Mama?", fragte Levke. „Ja, unbedingt, mein Mäuschen". Thore amüsierte sich so über die Worte seiner Großmutter, dass er sich verschluckte. Sein Enkel hustete immer stärker und Peer wollte schon aufspringen und den Notarzt rufen, doch gerade noch rechtzeitig beruhigte und entspannte sich Thore wieder. Nach ein paar weiteren Minuten standen Thore und Peer auf. Unter einem Handtuch versteckt, holten sie ein Abschiedsgeschenk von Thore für Liv aus dem Flur. Alle schauten gespannt auf das Handtuch. Liv fragte, ob sie denn wirklich nachschauen dürfe und Peer nickte erwartungsvoll. „Oh, ist der aber schön. Habt ihr den wirklich selber gemacht?" Liv war total begeistert. Peer und Thore hatten aus einem Klotz Fichtenholz einen Fliegenpilz gearbeitet. Eine kleine Raupe schlängelte sich oben auf dem Pilz. Sie hatten keine Farbe benutzt, das fertige Kunstwerk aber mit Öl abgerieben. Man konnte deutlich die Oberflächenstruktur mit den leicht erhabenen Punkten erkennen. „Wenn ich nächstes Mal hier bin, machen wir noch kleine dazu", Thore strahlte. Annelie und Krister wollten auch Pilze haben, und Peer versprach mit Svea und Alva, auch welche zu kreieren. Ein roter Pilz mit weißen Punkten, das wünschte Alva sich. Levke übernahm dann noch die Kamerabeichte und präsentierte die neue Familienkamera. Sie beichtete auch, dass es sich um eine digitale Spiegelreflex-Kamera handelte. Zum Glück gab es keine Einwände. Ganz besonders freute sich Peer über das lang ersehnte Objektiv. Annelie überreichte ihrer Schwester noch ein Geschenk, mit der

Bitte, es erst zu Hause auszupacken. Es hatte ungefähr Buchgröße, und Levke freute sich schon auf schwedische Literatur in Deutschland. Allen war bewusst, dass der Wecker am nächsten Tag sehr früh klingeln würde, trotzdem hatte Levke ihren Kindern freigestellt, so lange sie wollten, aufzubleiben, wenn sie versprechen würden, am anderen Morgen nicht zu maulen. Die Kinder fanden das spannend. Die Erwachsenen auch, denn sie wussten nicht, ob das klappen würde. Nur als die Kinder um 23 Uhr einen Nachtausflug mit Matz unternehmen wollten, verbot Krister es, weil es im Dunkeln zu gefährlich werden könnte. Zum Glück hatte er den Zettel auf dem Küchentisch noch rechtzeitig entdeckt, bevor die Kinder aufbrechen konnten. Auch die Erwachsenen saßen in dieser lauen Sommernacht noch länger als gewöhnlich auf der Terrasse. Leuchtende Citronella Kerzen in den Großen Gläsern vor der Terrassentür sollten die Mücken fernhalten. Das funktionierte leider nicht ganz so, wie erhofft. Trotzdem war es für alle ein wunderschöner Abend.

Die Fahrt zurück nach Deutschland

Als der Wecker klingelte, riss er Levke aus einem perfekten Traum mit weißem Sandstrand und … „Nein", dachte sie, „wie kann ich denn so etwas nur träumen? Es geht doch heute zurück zu Axel." Thore wollte nicht aufstehen, und Levke musste ihn erst an sein Versprechen erinnern, nicht zu maulen. Da Stan und Anna auf Gotland waren, hatten Martha und Malina auch wieder bei den Großeltern übernachtet. Das machte es etwas einfacher, alle reisefertig zu bekommen. Levke wusste, dass ihr der Abschied schwerfallen würde, aber sie musste sich, schon der Kinder wegen, zusammenreißen. Als die dreifache Mutter ein bisschen zerknirscht unten in der Küche ankam, begrüßte Malina sie gleich passend. „Mama, du maulst doch wohl nicht etwa? Ich bin schon fertig mit Packen. Deine Sachen kannst du doch wohl selber mitnehmen, oder?" Levke starrte auf den Haufen T-Shirts, die sie gestern mühevoll in Malinas Trolley gequetscht hatte. „Bei mir passt nichts mehr, die müssen bei dir mit rein." Levke war verärgert. Peer stand in der Tür und fragte: „Wer mault denn hier? Levke, das solltest du aber nicht tun". „Papa, ich habe nicht genug Platz in meinem Koffer." „Oh Mama, ich packe die Shirts ja wieder ein. Martha und Thore schauen gerade nach, ob sie von dir auch Sachen in ihren Koffern finden. Da würde ich mich jetzt lieber mal beeilen." Levke rannte wieder nach oben und konnte Thore gerade noch stoppen, die Plastiktüte mit den dreckigen Jeans von gestern wieder auszupacken. Sie versprach ihm Cola und Pommes auf der Fähre, das wirkte. „Soso, Bestechung also", Martha schaute ihre Mutter an und schüttelte den Kopf. „Bei mir brauchst du es gar nicht erst zu versuchen, mein Koffer geht nicht zu. Ich habe auch zu viel." Thore schaute seine älteste Schwester an und überlegte einen Moment. „Bekomme ich deinen Drachenstift, wenn ich dir Platz abgebe?" „Du hast doch gar keinen Platz mehr in deinem Koffer", meinte seine Mutter. Daraufhin antwortete ihr Sohn: „Ich lasse einfach was hier. Wenn es nach mir geht, kommen wir in den Herbstferien sowieso wieder." Peer stand in der Tür und deutete auf seine Uhr. Irgendwie arrangierten sie sich dann, und Thore durfte tatsächlich zwei alte T-Shirts als Arbeitsshirts bei Opa und Oma lassen. Annelie kam ein paar Minuten früher und trank noch einen Kaffee mit. Als sie danach die Haustür öffneten, stand Matz da mit einer Tüte Gummibärchen als Reiseverpflegung um den Hals gebunden. Martha löste die Schleife und steckte die Gummibärchen in die Getränketüte. Die Kinder verabschiedeten sich herzlich von ihren Cousinen sowie von Krister und Matz. Thore bedankte sich sogar noch für das Grillen bei Krister. Oma und Opa wurden ausgiebig geknuddelt, und Levke setzte sich schnell ins Auto und putzte sich kurz die Nase. „Opa, ich ruf dich an, wenn wir zu Hause sind." Thore winkte immer noch aus dem Fenster, als sie schon nicht mehr in Sichtweite waren.

Levke machte Annelie noch einmal deutlich, dass sie immer herzlich willkommen in Deutschland seien und jederzeit auch spontan vorbeischauen dürften.

„Wer weiß, nichts ist unmöglich", antwortete Annelie. Als sie dann endlich im Zug nach Göteborg saßen, dachte Levke noch über die Worte ihrer Schwester nach. Krister und Axel verstanden sich sehr gut, das würde auch passen. Mit Annelie verstand sich Levke meistens gut, obwohl die Schwestern sehr verschieden waren. Zum Glück war Thore nach kurzer Fahrt eingeschlafen, seine ständigen Fragen nach allem und jenem konnten schon nervig werden. Dass er gar nicht mehr nach seinem Ranzen gefragt hatte, machte Levke etwas stutzig, dann musste sie irgendwie auch eingeschlafen sein. Als sie aufwachte, war es schon kurz nach zwölf, und Thore lächelte sie an. Sie lächelte zurück. „Wo sind denn Martha und Malina?" „Im Bistrowagen, die hatten Hunger." Thore lächelte immer noch. „Wo haben die Mädchen denn Geld her bekommen?" Levke schaute nach ihrer Handtasche, doch die war unter ihrem rechten Arm und diente ihr vor kurzem noch als Kopfkissen. Thore kramte in seiner Hosentasche und holte einen grünen Zweihundertkronenschein hervor. „Von Opa, wir haben jeder einen bekommen". „Wieso hast du denn keinen Hunger, Thore?" „Ach, ich habe die Gummibärchen von Annelie gegessen, bevor sie noch schmelzen. Wenn wir zwei nachher in den Bistrowagen gehen, kann ich ja mein Geld sparen." Levke lächelte ihn nickend an, und er freute sich schon darauf, mit seiner Mutter etwas essen zu gehen. Ihr war bewusst, dass der X2000 gut klimatisiert war und die Gummibärchen nicht geschmolzen wären. „Aber weg war weg, was solls", dachte die dreifache Mutter. Als Martha und Malina zwanzig Minuten später immer noch nicht wieder zurück waren, wurde sie nervös. Levke überlegte, ob sie ihre Töchter suchen sollte. Allerdings müsste sie dazu entweder Thore allein zurücklassen oder ihr Gepäck unbeaufsichtigt in den Gepäcknetzen. Levkes Puls schnellte dann in die Höhe, als sie Malina und einen Schaffner auf sich zukommen sah. „Sind Sie Frau Johannsen? Die Mutter dieses Mädchens", fragte er Levke. „Ja, das Ticket habe ich hier, wenn sie es kontrollieren wollen? Oder hat meine Tochter etwas angestellt?" „Mama!" Malina ärgerte sich über diese Frage ihrer Mutter. „Nein, weder noch. Das Ganze ist etwas komplizierter. Ihre Tochter behauptete, dass sie zusammen mit ihrer Schwester einen Jungen beobachtet habe, welcher einer älteren Dame das Portemonnaie aus der Handtasche gestohlen habe. Die Dame befand sich im Bistrowagen und die Kinder hatten durch die Scheibe im Gang geschaut." Er wandte sich an Malina: „Ist das richtig so?" Malina nickte, und der Schaffner redete weiter, „daraufhin hat die ältere den Jungen verfolgt und ist nicht zurück gekommen zu ihrer Schwester." „Was soll das heißen, nicht zurückgekommen?" Levke regte sich immer mehr auf. „Mama, ich habe sie nicht gefunden, weder Martha noch den Jungen. Dabei bin ich bis zum Ende des Zuges gegangen, auch durch die erste Klasse. Dann habe ich dem Schaffner Bescheid gesagt." Jetzt sah Malina so aus, als ob sie gleich weinen würde, und der Bahnangestellte fügte noch hinzu: „Der Dame ist tatsächlich die Börse abhanden gekommen. Wir befürchten, dass eine Bande dahintersteckt, da es nicht der erste Fall dieser Art ist. Jedoch hatten wir bisher keine vermissten Personen zu verzeichnen." „Jetzt reicht es mir aber", Levke stand auf und stemmte ihre Hände in die Hüften. „Was unternehmen Sie denn nun, um meine Tochter zu finden?" Er erklärte ihr, dass er einen Kollegen angefunkt habe, der unterwegs zu ihnen sei und den Generalschlüssel für alle Räume inkl. Nasszellen und Abstellmöglichkeiten dabei habe. Schließlich müssten die Kinder irgendwo versteckt sein, da der Zug keinen Haltebahnhof passiert hatte. Nachdem der Schlüssel überbracht worden war, wurden Malina und Thore angewiesen, sitzen zu bleiben und auf die Sachen aufzupassen, während Levke mitging, um alle Räumlichkeiten zu kontrollieren. Wenn eine Toilette besetzt war, warteten die beiden solange, bis sie frei wurde und schauten dann gründlich hinein. Levke war vorher gar nicht bewusst, wie viele Möglichkeiten es in dem Zug gab, etwas zu verstauen oder auch zu verstecken. Sie schauten unter jede Bank und auf jede Gepäckablage. Nicht immer hatten die Reisenden dafür Verständnis. Da Levke Angst um Martha hatte, war sie nicht sehr belastbar in diesen Situationen der zwischenmenschlichen Konfrontation und der Schaffner musste schlichten. Nach dem zweiten Wagon kam ihnen ein aufgeregtes Ehepaar entgegen. Sie vermissten ihren zehnjährigen Sohn. Nach der Beschreibung des Jungen konnten sie eigentlich nur den kleinen Dieb meinen, dachte Levke, während die andere Mutter erzählte, dass ihr Sohn ein paar etwas ältere Freunde kennengelernt hatte und sie gemeinsam in den Bistrowagen gehen wollten, dann aber nicht zurückgekommen waren. Das Ehepaar bekam die freundliche Anweisung, sich vorerst auf ihren Platz zu begeben, man würde sich in Kürze wieder bei ihnen melden. In einem Putzschrank fanden sie dann endlich die beiden vermissten Kinder, geknebelt und gefesselt. Vorsichtig entfernte Levke zuerst die Knebel, während der Bahnangestellte die Fesseln löste. Zum Glück waren die beiden unverletzt. Außer ein paar blauen Flecken und Wut im Bauch ging es ihnen gut. In unmittelbarer Nähe befand sich ein kleines Abteil für Zugbegleiter. Dort gingen die vier hinein, es gab Wasser zu trinken, und Martha erzählte die Geschichte aus ihrer Sicht. Der Junge gab schließlich zu, dass die älteren Kinder ihn dazu überredet hatten, der alten Dame die Geldbörse zu stehlen. Sie hatten ihm genau gezeigt, wie man so etwas mache und auf was man alles achten müsse. Als Martha dann kam, um den Jungen zur Rede zu stellen, ging alles ganz schnell. Die Verbrecher nahmen die Börse und sperrten die Kinder in den Schrank. „Es war auch ein erwachsener Mann dabei, mindestens Ende dreißig", meinte Martha. Daraufhin wurde eine Telefonverbindung nach Göteborg hergestellt, und Martha gab detailgenau eine Beschreibung der Täter durch. Im Zielbahnhof würde ein Großaufgebot von Polizisten warten. Die beiden betroffenen Kinder sollten mit dem Einverständnis der Eltern zuerst aussteigen und unter Anweisung der Beamten vor Ort an einem Platz stehen, von dem aus sie alle Passanten gut erblicken konnten. Der Bahnsteig sei dann nur in eine Richtung zu verlassen, sodass alle Reisenden an Martha und dem Jungen vorbeigehen mussten. Levke willigte ein, schließlich kannte sie ihre Tochter, und Martha war

bestimmt schon ganz wild darauf, die Täter zu über-
führen. Axel fehlte ihr jetzt an ihrer Seite, doch Levke
bemühte sich so gut sie konnte, alles richtig zu machen. Die Eltern des Jungen waren erst dagegen, dass
ihr Sohn sich dieser Situation stellen sollte. Erst als
Martha einwarf, dass er ja schließlich auch noch etwas
gut zu machen hätte, willigten sie ein. Sie bestanden
aber darauf, unmittelbar neben ihm zu stehen. Die Eltern des Jungen holten ihr Gepäck in das Zugbeglei-
ter-Abteil und blieben bis zur Ankunft des X2000 in
Göteborg bei den Kindern. Levke wusste, dass
Martha sich schon darauf freute, ihrem Papa wieder
etwas Spannendes berichten zu können, und ging
wieder zurück zu ihren beiden Jüngsten. Im Bistrowagen machte sie kurz halt und trank einen kleinen
Cappuccino, während sie auf drei Portionen Pommes
Frites mit Mayo wartete.

Es wurde Zeit, zurück zu Thore und Malina zu
kommen, das sah sie ihren Kindern an. Thore sprang
auf und drückte sie. „Mama, wo ist Martha?" Malina
war den Tränen nahe, und Levke gab Entwarnung.
Unter dem Mantel der Verschwiegenheit erzählte sie
ganz leise ihren Kindern den Stand der Dinge in einer
kurzen Zusammenfassung. Danach verspeisten die
drei genüsslich ihre Mahlzeit. Nur als Malina zum
Nachtisch etwas von den Gummibärchen essen
wollte, gab es Ärger, und Levke musste einlenken. Sie
versprach Malina eine eigene Tüte Fruchtgummi
nach Wahl auf der Fähre. Malina öffnete ihren Trolley, holte ein Buch heraus und irgendetwas zum Na-
schen, das konnte man hören. Nach einer Weile kam
ein leicht süßlicher Lakritz-Geruch in Levkes Nase.

„Du hast doch wohl nicht etwa das Lakritzglas für Papa geöffnet!" Levke schaute ihre Tochter eindringlich an. „Nur mal davon genascht, er kriegt schon noch das Meiste ab. Und überhaupt, Thore frisst die ganzen Gummibärchen von Annelie, und ich darf nicht mal probieren." Wütend ließ sich Malina tief in den Sitz fallen. „Das geht so nicht, wie ihr das macht. Das klären wir aber zu Hause", Levke schüttelte den Kopf. Eigentlich hatte sie doch tolle Kinder, meistens auch lieb. Nachdenklich stutzte sie, eigentlich waren die Kinder immer dann lieb, wenn man deren Willen nachgab. Langfristig musste sie daran etwas ändern, aber dabei sollte Axel ihr helfen, alleine würde sie das nicht schaffen. „Wie es wohl Martha gehen würde", fragte sie sich. Wahrscheinlich doch gut, es war ja alles besprochen, und Martha liebte den Nervenkitzel.

Als der Zug in den Bahnhof von Göteborg einlief, wunderte Martha sich, dass sie gar keine Polizisten sah, das war doch anders besprochen. Einige Personen liefen mit Headsets herum, aber das war doch normal, oder ob das Polizisten waren? Martha war unsicher, sie bemerkte, dass der Bahnsteig in eine Richtung gesperrt war. Kurz darauf ertönte eine Nachricht über die Lautsprecher im Zug: „Meine sehr verehrten Damen und Herren, aufgrund von Bauarbeiten auf dem Bahnsteig bitten wir sie den linken Ausgang zu nehmen. Die Türen öffnen sich zirka drei Minuten später nach der Ankunft. Vielen Dank für ihr Verständnis!" Der Zugbegleiter hatte eine Tür vorzeitig abgesperrt, dass keine anderen Reisenden hier aussteigen konnten. Er öffnete die Tür mit einem Code auf dem Tastenfeld und einer Schlüsselkarte.

Die Zeugen samt Begleitung sollten aussteigen und danach ganz dicht am Zug bleiben. Vier bis fünf Beamte in Zivil bildeten einen Sichtschutz zwischen Martha, dem Jungen und seinen Eltern und dem X2000. So konnte sie kein Passagier erkennen. Andere Beamten wiesen die Eltern und die Kinder ein, danach wurden die Zugtüren geöffnet. Dank Marthas guter Beschreibung konnte die Polizei einen der Jungen ziemlich schnell ausfindig machen, und mehrere Beamte hefteten sich an seine Fersen. Erst als Martha den für sie alten Mann, so Ende dreißig, erkannte, erfolgte der Zugriff. Der kleine Dieb machte die Beamten auf die Frau und den anderen Jungen aufmerksam. Danach musste er für eine Zeugenaussage mit auf die Wache kommen, während Martha ihre Aussage auf der Wache ihres Vaters in Deutschland nachholen könne, damit sie und ihre Familie die Fähre nach Kiel nicht verpassen würden. Der Bahnhof präsentierte sich in den schwedischen Nationalfarben Blau und Gelb. Bei der ganzen Aufregung hatten sie doch fast vergessen, dass in ein paar Stunden die schwedische Nationalmannschaft im Viertelfinale der Fußball Weltmeisterschaft gegen England antreten würde. Thore wollte seinen Trolley öffnen, um die kleine schwedische Fahne herauszuholen, doch Levke verbat ihm, mitten auf dem Göteborger Central-Bahnhof seinen Koffer zu öffnen und zu durchwühlen.

Als Levke und ihre Kinder endlich auf der Fähre eincheckten, war die achtunddreißigjährige total erledigt von den Strapazen der Zugfahrt, und sie hätte sich am liebsten schlafen gelegt. Die vier hatten eine kleine Kabine mit zwei darin befindlichen Hochbetten zugeteilt bekommen. Thore und Martha beschlagnahmten die oberen Betten. Levke zerwühlte ihren Koffer, bis sie endlich ihr Forsberg-Trikot gefunden hatte. Alle vier Johannsens machten sich schick, um gemeinsam mit vielen anderen Fußballfans das Spiel zu schauen. Die Stimmung war großartig, zumindest bis zur 30. Minute, da fiel das 0:1 für England. Ein paar wenige Leute jubelten, doch die meisten waren traurig. In der zweiten Halbzeit sollte es noch schlimmer kommen, als in der 58. Minute der 0:2 Endstand für England besiegelt wurde. Nun war die Fußball Weltmeisterschaft auch für die Schweden zu Ende, und Thore schluchzte laut auf. Nicht einmal die Aussicht auf eine zweite Portion Pommes beruhigte ihn. Als dann die Rede war von Cola und Pizza, lächelte Thore doch wieder. Gemeinsam gingen sie in eines der Bordrestaurants, und Levke war großzügig, sehr zur Freude der Kinder. Für den kommenden Morgen hatten sie das Frühstück mitgebucht und auch schon bezahlt. Es dauerte nicht lange, bis alle vier seicht in den Schlaf geschaukelt wurden.

Ankunft in Kiel

Levke war tatsächlich die erste, die an diesem Morgen erwachte. Sie hatten einen ganz leichten Seegang, dieses vertraute Geschaukel erinnerte die Schwedin wieder an ihr Zuhause und ihre Kindheit. Ganz leise ging sie ins Bad und machte sich fein für das Frühstücksbuffet. Im Spiegel sah sie plötzlich Thore hinter sich stehen. Durch die Geräusche der Lüftung hatte sie ihn gar nicht gehört. „Mama, du machst dich immer zu schick. Das mag ich nicht." Thore ging, und Martha kommentierte: „Ich finde es klasse. Schminkst du mich bitte auch, Mama?" „Nein, du bist noch viel zu jung dafür." Levke wollte keine Lolita als Tochter haben. Der Gedanke daran war grausam. Eigentlich war Martha doch auch viel zu schlau dafür. Bei Malina müsste sie später sicherlich mehr aufpassen. „Ich muss mal, dauert es noch lange? Sonst geh ich auf die Restaurant-Toiletten", fragte Martha mit enttäuschter Stimme. „Ich bin gleich weg, guten Morgen erstmal, mein Schatz." Sie gab ihrer Tochter einen Kuss auf die Stirn, leider hatte sie dabei nicht an ihren klebenden Lipgloss gedacht, und Martha schimpfte zu Recht mit ihr. Bis alle vier fertig waren dauerte es noch weitere zwanzig Minuten. Es war zwar erst 7:25 Uhr; da aber die Ankunft in Kiel für 9:15 Uhr geplant war, hatten sie nicht ewig Zeit. Der Frühstücksraum war sehr gut gefüllt, es war gar nicht so leicht, einen Platz mit Blick auf die Ostsee zu bekommen, doch Thore sprintete los, als sich eine andere Familie gemeinsam erhob, und reservierte einen klasse Fensterplatz. Levke dachte über ihren Sohn nach, diese vier Wochen in Schweden hatten aus einem Kindergartenkind tatsächlich ein Schulkind gemacht. Er war so viel selbständiger geworden, auch durch Opa Peer, sie seufzte. Thore kam als erster wieder zurück an den Tisch und hatte trotzdem den größten Haufen auf seinem Teller. Levke musste mit ihm schimpfen, denn Platz zum Essen hatte er auf diesem Teller nicht mehr. Sie stand auf und holte einen zweiten Teller für ihren Sohn. Ein junger Mann, so etwa Mitte Zwanzig, zwinkerte ihr zu, und sie wäre fast gestürzt, weil ihre Konzentration für einen Moment nicht vorhanden war. „Mama, du hast doch wohl nicht etwa gesoffen?", rief Thore ihr laut entgegen, und ein Gelächter brach aus. Noch bevor Levke ihren Sohn zurechtweisen konnte, hatten seine Schwestern das zum Glück schon übernommen. Ihren stark geröteten Kopf hatte die dreifache Mutter allerdings alleine zu tragen.

Das Anlegemanöver und Auschecken dauerte dann doch noch ein paar Minuten länger als erhofft, und Malina wurde ungeduldig. Sie wollte sich alleine weiter nach vorne drängeln, und Levke holte sie zweimal unter dem Murren der anderen Passagiere wieder zurück, schließlich hatte Levke alle Papiere einstecken. „Hast du das jetzt kapiert und bleibst bei uns?", fragte sie Malina eindrücklich. „Du kannst nicht ohne deine Mutter und auch nicht ohne deine Papiere durch den Zoll." Levke war genervt. Thore fuchtelte plötzlich mit seinem Schnitzmesser vor Malinas Nase herum, und Levke war dem Nervenzusammenbruch nahe. „Steck dein Schnitzmesser sofort wieder in deinen Koffer und setzt dich hin", die Kinder merkten, dass sie ihrer Mutter jetzt besser aus dem Weg gehen sollten. Andere Passagiere schalteten sich ein und kritisierten, dass Thore eine Waffe mitführen würde und dass das streng verboten sei. So war es denn vorprogrammiert, dass unmittelbar danach zwei Sicherheitsbeamte des deutschen Zolls die Familie höflich baten, sie zu begleiten. Levke hätte am liebsten losgeheult, als wäre sie selbst noch ein kleines Kind, und konnte sich nur mit großer Konzentration und Zuversicht beherrschen. Im Augenwinkel bekam sie noch mit, dass sich die Tore öffneten und die anderen Passagiere die Fähre verlassen konnten. Das Gepäck der Familie Johannsen wurde akribisch durchleuchtet und durchsucht. Sehr zu Levkes Leidwesen wühlten die Beamten ebenso in der dreckigen Wäsche, wie auch in den Trolleys der Kinder. Thores Messer sorgte für Aufsehen und viel Ärger. Ihr Sohn heulte wütend und wollte Opas Messer, welches Peer von seinem Vater geschenkt bekommen hatte, auf gar keinen Fall dalassen. Levke würde höchstwahrscheinlich den Einsatz der Beamten aufgrund ihrer Fahrlässigkeit bezahlen müssen. Das Schnitzmesser bekam sie dann aber unter ein paar Sicherheitsauflagen ausgehändigt, und Thore beruhigte sich wieder. Seine Mutter fühlte sich so dermaßen urlaubsreif, dass sie darüber lachen musste, als ihr bewusst wurde, dass sie gerade dabei war, von einem vierwöchigen Urlaub zurück nach Hause zu kommen.

Axel hatte inzwischen schon einiges in Bewegung gesetzt, um zu erfahren, ob seine Familie wirklich mit dieser Fähre gefahren war. Schließlich hatten offenbar alle anderen Reisenden das Schiff schon verlassen. Als er endlich seine Familie wieder in die Arme nehmen konnte, wunderte er sich doch ein wenig, irgendetwas musste passiert sein. Erst rannte Martha auf ihn zu, drückte ihn und fing unmittelbar an zu schluchzen. Auf seine Frage, was denn passiert sei, winkte sie nur ab und vertröstete ihn auf später. Malina kam schon heulend auf ihn zu. Als sie ihren Vater drückte, schluchzte sie ihm ins Ohr. „Mama ist doof. Thore darf alles und ich nichts". Ihre Theorie bestätigend kam Thore an und schubste seine Schwester weg. Noch bevor Axel einschreiten konnte, fing Thore an zu weinen. „Papa, die wollten mein Messer behalten", er drückte sich ganz fest an seinen Vater, und Axel streichelte seinem Sohn zärtlich über den Kopf. „Papa, das war Opas Messer zum Schnitzen. Mama muss jetzt Strafe zahlen. Das tut mir leid, dass ich vor Malinas Nase das Messer gehalten habe." „Was hast du? Thore, da musst du dich bei Malina entschuldigen. Überhaupt, du darfst nicht mit einem Messer spielen. Das verbiete ich dir hiermit." Er nickte und ging zu seiner Schwester, offenbar um sich zu entschuldigen. Nun kam Levke an die Reihe, und als hätte Axel es geahnt, auch seine Frau war zu nah am Wasser gebaut. „Axel", schniefte sie, „die Fahrt war so fürchterlich. Ich habe dich so vermisst."

Die Fünf gingen mehr oder weniger schweigend in Richtung Parkplatz. Martha steuerte zielsicher einen schwarzen Van an und rief: „Mach mal auf, Dad"! Axel sah seine älteste mit hochgezogenen Augenbrauen an und Martha antwortete nur: „Das Nummernschild hat dich verraten. AJ." „So ein großes

Auto, das schaffe ich nicht." Levke drohte zusammen zu brechen. „Es hat Schiebetüren, mein Schatz. Zumindest die Türen machen keine Probleme mehr. Und dann habe ich noch eine Überraschung dazu", Axel strahlte seine Frau an. „Wir zwei werden in der Woche nach Thores Einschulung ein Wochenende alleine wegfahren. Ich habe uns beide für ein Fahr-Sicherheits-Training mit diesem Auto angemeldet, sogar inkl. Einparkübungen für... äh, naja. Jedenfalls schlafen wir zwei Nächte in einem Hotel." „Doch sturmfreie Bude, Papa?" Martha zeigte sich erleichtert darüber. „Auf keinen Fall, meine schlaue Tochter. Eure Oma Andrea kommt dann für das ganze Wochenende vorbei und passt auf euch auf." „Ja", schrie Thore, „es gibt kalten Hund (Schokoladen-Keks-Kuchen) und Schweinebraten mit Kruste". Während Thore sich freute, schüttelte sich Malina. Levke war ganz begeistert von dem Innenraum des Fahrzeugs. So viel Platz hatte sie gar nicht erwartet. „Axel, der ist richtig klasse, der Van", endlich lächelte Levke wieder. „Und auf das Wochenende für uns zwei ganz allein freue ich mich riesig." Sie fiel ihrem Mann erneut um den Hals, doch dieses Mal strahlte sie und gab ihm einen anständigen Kuss. „Igitt Mama, lass das, ihr seid nicht alleine, und wir wollen jetzt nach Hause", Martha war ungeduldig. Thore stimmte ihr zu und schüttelte den Kopf. Auf der Fahrt beruhigten sich die Kinder wieder. Thore entschuldigte sich bei Malina und versprach, so etwas nie wieder zu tun. Als dann Axel noch vorschlug, das Abendessen später beim Asiaten einzunehmen, waren alle begeistert. „Mit dem Buffet, Papa? Da wo man sich was braten lassen kann?" Malina schien ihre gute Laune auch wieder gefunden zu haben. Sehr zur Freude seiner Familie hatte Axel eine Kühlbox im Van installiert. Levke war schneller als die Kinder und entdeckte ein kleines Gefrierfach. „Eis für alle", rief sie, und die Kinder staunten nicht schlecht. Axel fuhr ruhig und sicher mit seiner Familie nach Hause. „Die Hofeinfahrt ist aber ganz schön eng." Levke sah sich schon gegen Nachbars Zaun fahren. „Oh, der ist ja schon kaputt. Bist du dagegen gefahren Axel?" „Hmmm... ja, deshalb brauchte ich auch ein Geschenk für unsere Nachbarin", Axel wollte erst weiter erzählen, entschloss sich dann aber lieber, vor den Kindern nicht zu erwähnen, welche Abfuhr er von den Nachbarn kassieren musste.

Zu Hause angekommen rannte Thore sofort hoch in sein Zimmer. Man hörte ihn dann schreien, „Yeah, Mama! MAMA! MAAAAAAAMAAAAA!...PAAA-APAAAA!" Martha und Malina rannten die Treppe nach oben. „Du hast es scheinbar nicht vergessen", Levke lächelte ihren Ehemann an. „Natürlich nicht. Schließlich kommt unser kleiner Wonneproppen jetzt auch endlich zur Schule." Leise fügte seine Frau noch hinzu „Ist es dir auch aufgefallen? Er muss Diät machen. Ich lasse mir etwas einfallen." Sie gingen nach oben und schauten ebenfalls in das Kinderzimmer ihres Sohnes. Thore hatte sich den neuen Drachenranzen mit Hilfe seiner Schwestern aufgesetzt und leerte gerade die Federtasche, als seine Mutter ihn entsetzt stoppte. „Nein Thore, das muss da alles drinbleiben. Vorsichtig, das ist ein Füller." „Füller, Mama?", Martha seufzte „Füller braucht man gar nicht mehr, das ist altmodisch." Thore drückte seine Eltern, er freute sich sehr. Dann erwähnte er noch einmal in einem Nebensatz, dass Opa Peer auch wirklich gar nichts verraten hatte. „Also doch", dachte Levke, „hatte ihr Vater wieder mal nicht dichthalten können und stattdessen ihrem Sohn von dem Schulranzen erzählt". „Wir müssen noch in Gustavsberg anrufen, dass wir gut angekommen sind." Thore rannte zum Telefon. „Ich mache das!" Dann hörte man ihn zirka zwanzig Minuten aufgeregt reden. Bruchstücke konnte Levke zwischendurch immer mal verstehen. Es schien so, als wären ihre Eltern nun über alles informiert. Zumindest über die gefesselte Martha im Zug genauso wie über die stolpernde Mama am Frühstücksbuffet, das neue Superauto, und sogar die Geschichte mit dem Messer hatte ihr Sohn erzählt. Danach packten die Vier ihre Koffer aus und Axel bekam seine Geschenke. Er freute sich auch sehr über zweieinhalb Gläser Lakritz und eine „Klasse Arbeitstasche". Als Levke den Wäscheberg von Axels Klamotten sah, ärgerte sie sich ein wenig. Sie fragte sich, ob er etwa immer noch nicht in der Lage war, die eigene Waschmaschine zu bedienen. Als dann die Wäsche der Kinder und auch ihre eigene hinzukam, war klar, dass die Maschine mindestens fünfmal laufen müsse, um des Wäschehaufens Herr zu werden. Ansonsten schien ihr die Wohnung sehr sauber. In diesem Moment sprach Martha aus, was Levke gerade dachte. „Sag mal, Papa, hier sieht es irgendwie so perfekt sauber aus. War Oma hier und hat geschrubbt? Ich glaube die Fenster sind auch frisch geputzt." Sie wandte sich ihrer Mutter zu. „Mama, da kannst du dich aber freuen, die Arbeit kannst du dir jetzt sparen." Martha hatte Recht, im ersten Moment wollte Levke sich aufregen, dass Andrea sich eingemischt hatte. Doch bei genauer Überlegung war sie ihrer Schwiegermutter dankbar dafür. „Da hast du Recht, Martha, ich freue mich wirklich." Man sah Axel deutlich an, welcher Stein ihm gerade von der Seele geplumpst war, nachdem Levke ihren Kommentar zu der gesäuberten Wohnung abgegeben hatte, und er drückte ihr einen Schmatzer auf die Wange.

Gegen 18:00 Uhr saßen dann alle frisch geduscht und adrett gekleidet im Auto. Thore regte sich mal wieder über die Schminke in Mamas Gesicht auf, und eigentlich könnte es jetzt losgehen, doch der Van sprang nicht an. „Das hat er noch nie gemacht", meinte Axel verdutzt. „Papa, vielleicht ist die Batterie alle. Die Kühlbox kühlt zumindest noch", Martha schaute sich weiter um und entdeckte noch mehr Stromfresser. „Schau mal, der MP-3 Player von Thore läuft auch noch. Hast du das Licht ausgemacht gehabt?" „Mist", meinte Axel, „das mit der Kühlbox ist wirklich nicht so gut, im Standbetrieb sollte man sie entweder vom Stromnetz des Autos trennen oder eine externe Batterie benutzen. Daran hatte ich leider nicht mehr gedacht. Oh", er stutzte, das Abblendlicht war tatsächlich auch nicht ausgeschaltet. Es hatte gar nicht gepiepst, da war sich Axel sicher. Es nutzte nichts, die Familie musste wieder aussteigen. Martha schaltete die Kühlbox aus und entfernte die darin befindlichen Getränke. Axel rief den Pannendienst, und es dauerte fast eine Stunde, bis das Auto repariert

werden konnte. Er hatte seine Familie schon vorgewarnt, dass er nun höchstwahrscheinlich erst einmal
eine halbe Stunde fahren müsse, damit sich die Batterie wieder aufladen könne, doch es kam ganz anders.
Der kompetente und freundliche Helfer stellte nach
Prüfung der Batterie fest, dass diese erneuert werden
musste. Das hatte zwar den Nachteil, dass Axel eine
neue Batterie bezahlen musste, aber auch den Vorteil,
dass die Familie direkt im Anschluss nach dem erfolg-
ten Batterieaustausch zum gemeinsamen Essen aufbrechen konnte. Die Kinder wurden angehalten,
keine Essensberge auf ihre Teller zu laden. Im Gegenteil, sie sollten erst eine kleine Portion nehmen und
dann probieren. „Nachnehmen könne man immer
noch", meinte Papa Axel und schaute dabei eindringlich in Thores Richtung.

Sie bekamen trotz regen Betriebs noch einen schö-
nen Fensterplatz ab. Thore fragte, ob er denn Cola
trinken dürfe, und handelte schließlich mit Axel ein
großes Glas Spezi heraus. Wenn er später noch mehr
Durst haben würde, müsse er Mineralwasser trinken.
Axel bestellte eine große Flasche Mineralwasser mit
drei Gläsern. Eigentlich dachte er dabei an Malina,
Levke und sich, aber seine Frau bestellte eine große
Apfelschorle. Martha ging davon aus, dass das dritte
Glas Wasser für sie bestellt wurde, und sagte nichts.
„Papa, darf ich mir etwas braten lassen?" Thore war
hungrig, und Axel entschloss sich, mit ihm mitzuge-
hen. Es gab da mal eine peinliche Situation vor ein
paar Monaten, da hatte Thore den Teller mit den
Scampi aus der Auslage genommen und ihn dann
komplett dem Koch zum Braten gereicht. So war das

mit dem Buffet natürlich nicht gedacht, aber das mussten die Kinder ja auch erst lernen. Malina ließ sich frische Bohnen und Kängurufleisch braten, dazu probierte sie eine dunkle Sauce mit Ingwer. Im Gegenteil zu Malina war Levke begeistert darüber, und die beiden tauschten ihre Teller. Beim Nachtisch strahlte Malina wieder. Der Schokoladenbrunnen war in Betrieb und die Eis-Theke sehr abwechslungsreich gefüllt. Es war ein sehr schönes Familienessen, und Axel hatte noch eine klasse Idee für diesen heißen Sommerabend. Die Familie fuhr noch nach Kollmar an den Elbstrand, um dort die bald untergehende Sonne zu genießen. Zum Glück hatte Axel zwei Wolldecken in dem neuen Wagen verstaut. Ein laues Lüftchen wehte ihnen entgegen, und es war wunderschön, diesen aufregenden Tag hier gemeinsam und glücklich ausklingen zu lassen. Während die Kinder Axel von ihren Abenteuern aus Schweden berichteten, dachte Levke schon über die kommenden Monate nach. „Als erstes würde Thore eingeschult werden, dann kam da noch das aufregende Wochenende nur mit Axel und dem etwas gefürchteten Fahr-Sicherheits-Training. Ja, und dann würde auch noch Marthas zwölfter Geburtstag anstehen. Dummerweise wünschte sie sich jetzt ganz sehnlich ein eigenes Pony". Levke war sich sicher, dass ihre Familie zukünftig noch viele spannende Abenteuer vor sich hatte. Sie hielt ihren Kopf in Richtung der letzten Sonnenstrahlen an diesem Abend, schloss die Augen und atmete tief und glücklich durch.

Hallo liebe Leserinnen und liebe Leser,

ich hoffe, dass Ihnen die Abenteuer um „Martha und Malina" und deren großer Familie gefallen haben. Wenn ja, verschenken Sie doch bei passender Gelegenheit das ein oder andere Exemplar an Ihre Familie und Freunde. Falls Ihnen das Buch nicht so gut gefallen hat, überlegen Sie doch kurz, wem aus ihrem Bekanntenkreis es besser gefallen könnte, und verschenken Sie das Buch einfach weiter.

Von Herzen ein großes Dankeschön auch an alle, die ihre Zeit und Energie geopfert haben, um mich bei der Umsetzung meines ersten Buchs zu unterstützen!

Ihre

Susanne Gripp